Artemis Fowl - Die Verschwörung

Das Buch

Schon lange vermisst Artemis Fowl seinen Vater. Nur weil dieser als verschollen galt, ist der inzwischen Dreizehnjährige überhaupt zum Meisterverbrecher geworden. Aber Artemis hat die Hoffnung nie aufgegeben – und jetzt führt eine Spur ins eisige Murmansk: Sein Vater soll zwar leben, sich aber in den Händen einer Erpresserbande befinden, die vor nichts zurückschreckt.
In Begleitung seines treuen Dieners Butler macht sich Artemis Fowl auf den Weg ins eisige Russland. Doch der Rettungsversuch verläuft anders, als er es sich in seinen kühnsten Träumen vorgestellt hätte. Denn schließlich sind da noch die Unterirdischen, und die haben ihren Zwist mit Artemis nicht vergessen ...
Die Situation verlangt nach perfekter Planung und äußerster Vorsicht: Schätzt Artemis Fowl den Mut der Elfe Holly Short richtig ein? Wie viel Verlass ist auf die energische Art von Commander Root, dem Chef der Untergrundpolizei? Wird der Erfindungsgeist des Zentauren Foaly zur Gefahr? Und was ist mit Mulch Diggums, dem verwegenen Gräber mit dem ganz speziellen Abgasproblem? Sie alle richtig einzuschätzen ist nicht leicht, vor allem wenn man selbst an seine Grenzen stößt. Denn nicht immer zählt nur der IQ ...

Der Autor

Eoin Colfer erzielte mit seinen Romanen um den Meisterverbrecher Artemis Fowl, die in 42 Sprachen übersetzt wurden, internationale Bestsellererfolge. Er erhielt 2001 den Children's Book Award, den wichtigsten Kinder- und Jugendbuchpreis Englands. Im Jahr 2004 wurde er mit dem Deutschen Bücherpreis ausgezeichnet.

Von Eoin Colfer ist in unserem Hause außerdem erschienen:

Meg Finn und die Liste der vier Wünsche

Eoin Colfer

Artemis Fowl
Band 2

Die Verschwörung

Roman

Aus dem Englischen von
Claudia Feldmann

List Taschenbuch

Für Betty

Besuchen Sie uns im Internet:
www.list-taschenbuch.de

Umwelthinweis:
Dieses Buch wurde auf chlor- und säurefreiem Papier gedruckt.

Limitierte Sonderausgabe im List Taschenbuch
List ist ein Verlag der Ullstein Buchverlage GmbH, Berlin.
Oktober 2005

Titel der englischen Originalausgabe: *Artemis Fowl – The Arctic Incident*
(*Viking*, Penguin Group, England)
Umschlagkonzept: HildenDesign, München – Stefan Hilden
Umschlag- und Schubergestaltung: Hauptmann & Kompanie Werbeagentur,
München – Zürich, unter Verwendung von Illustrationen von
Nikolaus Heidelbach, Köln
Druck und Bindearbeiten: Ebner & Spiegel, Ulm
Printed in Germany
ISBN-13: 978-3-548-60627-9
ISBN-10: 3-548-60627-X

Artemis Fowl:
Ein psychologisches Gutachten

Ausschnitt aus »Die Jugendjahre«

Im Alter von dreizehn Jahren wies unser Untersuchungsobjekt Artemis Fowl Zeichen einer Intelligenz auf, die größer war als die sämtlicher Menschenwesen seit Wolfgang Amadeus Mozart. Artemis hatte in einem Online-Turnier den Schach-Europameister Evan Kashoggi geschlagen, fast dreißig Erfindungen patentieren lassen und den Architekturwettbewerb zur Gestaltung des neuen Opernhauses in Dublin gewonnen. Darüber hinaus hatte er ein Computerprogramm geschrieben, das mehrere Millionen Dollar von Schweizer Bankkonten auf sein eigenes umleitete, über ein Dutzend impressionistische Gemälde gefälscht und das Erdvolk um einen beträchtlichen Teil seines Goldes beraubt.

Warum tat er das? Was trieb Artemis dazu, sich in verbrecherische Unternehmungen zu stürzen? Die Antwort darauf hängt mit seinem Vater zusammen.

Artemis Fowl senior war der Anführer eines Verbrecherimperiums, das sich vom Dubliner Hafengelände bis in die dunklen Ecken von Tokio erstreckte. Er verfolgte seit einiger Zeit jedoch den Plan, sich als gesetzestreuer Geschäftsmann niederzulassen. Dazu hatte er ein Frachtschiff gekauft, es mit einer Viertelmillion Dosen Cola beladen und sich auf den Weg nach Murmansk in Nordrussland gemacht. Das Geschäft versprach, auf Jahrzehnte hinaus gute Profite abzuwerfen.

Die russische Mafija war allerdings nicht gerade begeistert darüber, dass ein irischer Geschäftsmann sich ein Stück von ihrem Kuchen abschneiden wollte, und versenkte die *Fowl Star* in der Kola-Bucht. Artemis Fowl der Erste wurde als vermisst gemeldet und schließlich für tot erklärt.

Nun war Artemis junior auf einmal der Kopf eines Imperiums, dessen Mittel allerdings stark eingeschränkt waren. Um das Familienvermögen wieder aufzubauen, begann er seine Verbrecherkarriere, die ihm innerhalb von nur zwei Jahren fünfzehn Millionen Pfund einbringen sollte.

Dies beträchtliche Vermögen gab Artemis zum größten Teil für Rettungsexpeditionen nach Russland aus. Denn er weigerte sich, an den Tod seines Vaters zu glauben, auch wenn dieser mit jedem verstreichenden Tag wahrscheinlicher wurde.

Artemis ging anderen Jugendlichen aus dem Weg und hasste es, dass er zur Schule gehen musste. Viel lieber verbrachte er seine Zeit damit, das nächste Verbrechen zu planen.

So war seine Verwicklung in die Verschwörung der Unterirdischen, egal wie traumatisch, erschreckend und gefährlich sie auch war, vermutlich das Beste, was ihm passieren konnte. Immerhin kam er dabei an die frische Luft und lernte neue Leute kennen.

Dumm war nur, dass die meisten von ihnen versuchten, Artemis zu töten.

Professor J. Argon, Psychologenverband
(Bericht erstellt im Auftrag der Zentralen Untergrund-Polizei)

Prolog

Murmansk, Nordrussland, vor zwei Jahren

Die beiden Russen drängten sich in dem vergeblichen Versuch, die arktische Kälte abzuwehren, um ein brennendes Fass. Die Kola-Bucht zählt nicht zu den Orten, an denen man sich nach Wintereinbruch Anfang September noch gerne aufhält, und Murmansk schon gar nicht. In Murmansk tragen sogar die Eisbären Schals. Nirgendwo ist es kälter, außer vielleicht in Norilsk.

Die Männer waren Auftragskiller der Mafija und eher gewohnt, ihre Abende in gestohlenen BMWs zu verbringen. Der Größere von beiden, Michail Wassikin, schob den Ärmel seines Pelzmantels hoch und warf einen Blick auf seine unechte Rolex.

»Das Ding friert mir noch ein«, sagte er und klopfte vorsichtig auf den Außenring. »Und was soll ich dann damit anfangen?«

»Hör auf zu jammern«, erwiderte sein Partner Kamar. »Schließlich ist es deine Schuld, dass wir überhaupt hier festsitzen.«

Wassikin blickte auf. »Wieso das denn?«

»Unser Auftrag war klar: Versenkt die *Fowl Star*. Du brauchtest nichts anderes zu tun, als den Laderaum in die

Luft zu jagen. Ein schönes, dickes Loch in den Laderaum, und schon wäre sie abgesoffen. Aber nein, der große Wassikin trifft das Heck. Und hat nicht mal eine Ersatzrakete, um das Ganze zu Ende zu bringen. Jetzt hocken wir hier und müssen nach Überlebenden suchen.«

»Was willst du, sie ist doch untergegangen.«

Kamar zuckte die Achseln. »Ja, aber wie! Bei dem Tempo hatten die Passagiere jede Menge Zeit, sich an irgendwas festzuhalten. Wassikin, der berühmte Scharfschütze! Da schießt ja meine Großmutter besser.«

Ljubtschin, der Mafija-Mann kam den Kai entlang, bevor die beiden sich richtig in der Wolle hatten.

»Wie läuft's?«, fragte der Jakute, der aussah wie ein Bär.

Wassikin spuckte über die Kaimauer. »Wie soll's schon laufen? Habt ihr was gefunden?«

»Nur tote Fische und kaputte Kisten«, sagte der Jakute und drückte den beiden Killern einen dampfenden Becher in die Hand. »Nichts was noch gelebt hätte. Und jetzt ist es schon über acht Stunden her. Ein paar gute Männer suchen die ganze Küste bis zum Grünen Kap ab.«

Kamar nahm einen tiefen Schluck, spuckte ihn jedoch sofort wieder aus. »Was ist denn das für ein Zeug? Pech?«

Ljubtschin lachte. »Heiße Cola. Von der *Fowl Star*. Wird kistenweise ans Ufer gespült. Heute trägt die Kola-Bucht ihren Namen zu Recht.«

»Pass bloß auf«, knurrte Wassikin und kippte die Flüssigkeit in den Schnee. »Das Wetter hier hebt nicht gerade meine Laune. Also spar dir deine blöden Witze. Mir reicht's, dass ich mir Kamars Sprüche anhören muss.«

»Nicht mehr lange«, entgegnete sein Partner. »Noch eine Kontrollrunde, dann brechen wir die Suche ab. Keiner kann acht Stunden in dem Wasser hier überleben.«

Wassikin hielt seinen leeren Becher hoch. »Hast du nicht was Stärkeres? Einen Schluck Wodka, um die Kälte zu vertreiben? Ich weiß doch, dass du immer 'nen Flachmann mit dir rumträgst.«

Ljubtschin griff in seine Hüfttasche und hielt inne, als das Walkie-Talkie an seinem Gürtel zu fiepen begann. Drei kurze Signale. »Drei Piepser. Das ist das Zeichen.«

»Das Zeichen wofür?«

Ljubtschin rannte schon den Kai hinunter. Über die Schulter rief er ihnen zu: »Dafür, dass die von der K9 jemanden gefunden haben.«

Der Überlebende war kein Russe, das sah man schon an seiner Kleidung. Alles, vom Designer-Anzug bis zum Ledermantel, stammte eindeutig aus Westeuropa oder sogar aus Amerika. Die Sachen waren maßgeschneidert und aus Materialien von bester Qualität.

Obwohl die Kleidung des Mannes relativ unversehrt geblieben war, ließ sich das von seinem Körper nicht gerade behaupten. Seine bloßen Hände und Füße waren übersät mit Frostbeulen, ein Bein war unterhalb des Knies merkwürdig verdreht, und sein Gesicht war eine schauerliche Maske von Verbrennungen.

Der Suchtrupp hatte aus einer Plane eine Trage gebastelt und ihn von der Spalte in der Eiswüste, wo man ihn gefunden hatte, zum Hafen herübergetragen. Die Männer umringten ihre Beute und stampften mit den Füßen, um die Kälte aus ihren Stiefeln zu vertreiben. Wassikin bahnte sich mit Hilfe der Ellbogen einen Weg durch die Menge und ging in die Hocke, um sich den Mann genauer anzuschauen. »Das Bein wird er verlieren, so viel steht fest«, bemerkte er. »Und ein paar Finger. Das Gesicht sieht auch ziemlich übel aus.«

»Danke, Doktor Michail«, spöttelte Kamar. »Irgendwelche Papiere?«

Wassikin tastete mit den geübten Bewegungen eines Taschendiebs nach dem Wichtigsten: Brieftasche und Uhr. »Nichts. Wie seltsam. Man sollte doch meinen, dass ein so reicher Mann ein paar persönliche Dinge bei sich hat, oder nicht?«

Kamar nickte. »Sehe ich genauso.« Er wandte sich zu den umstehenden Männern. »Zehn Sekunden, oder es gibt Ärger. Das Geld könnt ihr behalten, alles andere will ich zurück.«

Den Matrosen war anzusehen, was sie dachten. Der Mann war nicht groß. Aber er war von der Mafija, vom organisierten Verbrechen Russlands.

Eine lederne Brieftasche flog über die Köpfe hinweg aus der Menge und landete in einer Falte der Plane. Sekunden später folgte eine Armbanduhr von Cartier. Gold, mit Diamanten verziert. Ihr Wert entsprach etwa fünf durchschnittlichen russischen Jahreslöhnen.

»Kluge Entscheidung«, sagte Kamar und bückte sich, um die Schätze aufzuheben.

»Und?«, fragte Wassikin. »Nehmen wir ihn mit?«

Kamar zog eine Platin-VisaCard aus der Brieftasche und las den Namen, der darauf stand. »Oh ja, und ob wir das tun«, erwiderte er und griff nach seinem Handy. »Wir nehmen ihn mit und packen ihn schön warm ein. Sonst holt er sich womöglich noch ’ne Lungenentzündung, bei dem Glück, das wir haben. Und das wär das Letzte, was wir wollen. Der gute Mann ist wie ein Sechser im Lotto.«

Kamar war ganz aus dem Häuschen, ein ungewöhnlicher Anblick.

Wassikin rappelte sich hoch. »Wen rufst du an? Wer ist der Kerl?«

Kamar drückte auf eine Kurzwahltaste. »Na, Britwa. Was dachtest du denn?«

Wassikin wurde blass. So ein Anruf beim Boss war gefährlich. Britwa war berüchtigt dafür, den Überbringer schlechter Nachrichten zu erschießen. »Also bedeutet es was Gutes, ja? Du hast eine gute Nachricht für ihn?«

Kamar hielt seinem Partner die VisaCard unter die Nase. »Lies.«

Wassikin betrachtete die Karte eingehend. »Ich kann kein *angliski*. Was steht da? Wie heißt der Kerl?«

Kamar sagte es ihm. Langsam breitete sich ein Lächeln auf Michails Gesicht aus. »Ruf an«, drängte er.

Kapitel 1
Familienbande

Der Verlust ihres Mannes hatte auf Angeline Fowl eine tragische Wirkung gehabt. Sie hatte sich in ihr Zimmer zurückgezogen und sich geweigert, den Raum zu verlassen. Vollkommen in ihre Gedankenwelt versunken, hatte sie sich Träumen von der Vergangenheit hingegeben, statt sich um das wirkliche Leben zu kümmern. Vermutlich hätte sie sich nie davon erholt, hätte ihr Sohn Artemis der Zweite nicht einen Handel mit Holly Short, der Elfe, abgeschlossen: die geistige Gesundheit seiner Mutter im Austausch gegen die Hälfte des erpressten Golds, das er der Polizei der Unterirdischen abgeluchst hatte. Und als seine Mutter wieder geheilt war, hatte Artemis junior seine ganze Energie darauf konzentriert, seinen Vater wiederzufinden. Dazu investierte er große Teile des Familienvermögens in Expeditionen nach Russland, Geheimdienstermittlungen vor Ort und Suchfirmen im Internet.

Der junge Artemis hatte eine doppelte Portion der Fowlschen Findigkeit geerbt. Nach der Heilung seiner Mutter, einer schönen und ehrenwerten Frau, wurde es für ihn aber immer schwieriger, seine genialen Verbrecherpläne in die Tat umzusetzen. Dabei war dies nun einmal unabdingbar, um die nötigen Mittel für die Suche nach seinem Vater zusammenzubekommen.

Angeline Fowl bereiteten Artemis' Besessenheit und die möglichen Auswirkungen des vergangenen Jahres auf ihn Sorgen. Daher meldete sie ihren dreizehnjährigen Sohn zur Behandlung beim Schulpsychologen an.

Er konnte einem wirklich Leid tun. Der Psychologe, versteht sich ...

St. Bartleby's School, County Wicklow, Irland, Gegenwart

Dr. Po lehnte sich in seinem gepolsterten Sessel zurück und ließ den Blick über das Blatt Papier vor sich wandern. »Nun, Master Fowl, dann wollen wir uns mal unterhalten.«

Artemis stieß einen tiefen Seufzer aus und strich sich das dunkle Haar aus der blassen, hohen Stirn. Wann würden die Leute endlich begreifen, dass man ein Gehirn wie seines nicht sezieren konnte? Er hatte bereits mehr psychologische Fachbücher gelesen als der Psychologe. Er hatte sogar einen Artikel in einer Fachzeitschrift veröffentlicht, unter dem Pseudonym Dr. F. Roy Dean Schlippe.

»Wie Sie wünschen, Doktor. Unterhalten wir uns über Ihren Sessel. Viktorianisch?«

Po strich zärtlich über die lederne Armlehne. »Ja, in der Tat. Ein Familienerbstück gewissermaßen. Mein Großvater hat ihn auf einer Auktion bei Sotheby's erstanden. Angeblich stand er früher im Buckingham Palace. Der Lieblingssessel der Königin.«

Um Artemis' Mundwinkel spielte ein gespanntes Lächeln. »Tatsächlich, Doktor? Normalerweise gestatten sie im Palast keine Fälschungen.«

Pos Hand hielt in der Bewegung inne. »Fälschung? Ich versichere dir, das Stück ist absolut echt.«

Artemis beugte sich vor, um es genauer zu betrachten. »Ja, geschickt gemacht. Aber sehen Sie hier.« Pos Blick folgte dem Finger des Jungen. »Die Nägel. Sehen Sie das Kreuzmuster auf den Köpfen? Maschinell hergestellt. Frühestens um 1920. Ihr Großvater hat sich übers Ohr hauen lassen. Aber was soll's? Ein Sessel ist ein Sessel. Ein Möbelstück, ein vollkommen unbedeutender Gebrauchsgegenstand, nicht wahr, Doktor?«

Po kritzelte hektisch etwas aufs Papier, um seine Bestürzung zu verbergen. »Ja, Artemis, sehr clever. Genau wie es in deiner Akte steht. Du spielst deine kleinen Spielchen. Wie wär's, wenn wir uns jetzt wieder dir selbst zuwenden?«

Artemis Fowl der Zweite zupfte die Bügelfalten seiner Hose zurecht. »Es gibt dabei ein Problem, Doktor.«

»Ach ja? Und das wäre?«

»Das Problem ist, dass ich die klassischen Antworten auf alle Fragen weiß, die Sie mir stellen werden.«

Eine ganze Minute machte sich Dr. Po auf seinem Block Notizen. »Ja, wir haben in der Tat ein Problem, Artemis. Aber das ist es nicht«, sagte er schließlich.

Artemis hätte beinahe gelächelt. Zweifellos würde der Doktor ihn wieder einmal mit einer dieser öden Theorien beglücken. Welche Störung würde er wohl diesmal haben? Multiple Persönlichkeit? Oder vielleicht war er ein pathologischer Lügner?

»Dein Problem liegt auf der Hand: Du respektierst niemanden genug, um ihn als ebenbürtig zu betrachten.«

Die Feststellung brachte Artemis aus der Fassung. Dieser Psychologe war intelligenter als der Rest. »Das ist lächerlich. Es gibt durchaus Leute, die ich in höchstem Maße schätze.«

Po sah nicht von seinem Notizblock auf. »Tatsächlich? Wen denn zum Beispiel?«

Artemis überlegte einen Moment. »Albert Einstein. Seine Theorien waren meistens zutreffend. Und Archimedes, der griechische Mathematiker.«

»Wie wäre es mit jemandem, den du persönlich kennst?«

Artemis dachte angestrengt nach. Ihm fiel niemand ein.

»Nanu? Schweigen?«

Artemis zuckte die Achseln. »Warum sagen Sie es mir nicht, Dr. Po, da Sie doch anscheinend alle Antworten kennen?«

Po klickte ein Fenster auf seinem Laptop an. »Erstaunlich. Jedes Mal, wenn ich das hier lese …«

»Meine Akte, nehme ich an?«

»Ja. Sie erklärt eine ganze Menge.«

»Zum Beispiel?«, fragte Artemis, der gegen seinen Willen Neugierde verspürte.

Dr. Po druckte eine Seite aus. »Da ist zunächst dein Begleiter, Butler. Ein Leibwächter, wenn ich richtig verstehe. Kaum der passende Umgang für einen leicht beeinflussbaren Jungen. Dann deine Mutter. Eine wunderbare Frau, wie ich finde, die jedoch auf dein Verhalten nicht den geringsten Einfluss hat. Und schließlich dein Vater.

Den Angaben hier zufolge war er nicht gerade ein Vorbild, auch als er noch lebte.«

Der Pfeil saß, aber Artemis wollte dem Psychologen nicht zeigen, wie getroffen er war. »Ihre Unterlagen sind nicht korrekt, Doktor«, sagte er. »Mein Vater lebt noch. Vermisst, ja, aber er ist am Leben.«

Po überprüfte das Blatt. »In der Tat? Ich dachte, er werde seit beinahe zwei Jahren vermisst. Das Gericht hat ihn offiziell für tot erklärt.«

Artemis ließ sich nichts anmerken, obwohl sein Herz heftig pochte. »Es ist mir egal, was das Gericht sagt. Er lebt, und ich werde ihn finden.«

Wieder kritzelte Po etwas auf seinen Block. »Aber selbst wenn dein Vater zurückkäme, was dann?«, fragte er. »Würdest du in seine Fußstapfen treten? Ein Verbrecher werden wie er? Vielleicht bist du's ja schon?«

»Mein Vater ist kein Verbrecher«, widersprach Artemis gereizt. »Er hat unser gesamtes Vermögen in legale Unternehmungen investiert. Das Murmansk-Projekt war absolut einwandfrei.«

»Du weichst mir aus, Artemis.«

Doch Artemis hatte genug von dieser Art Befragung. Es wurde Zeit für eins seiner kleinen Spiele. »Nun ja, Doktor«, erwiderte er kleinlaut. »Das ist ein schwieriges Thema. Ich frage mich manchmal, ob ich nicht an einer Depression leide.«

»Ja, das wäre durchaus möglich.« Po spürte, der Durchbruch war nahe. »Und stimmt es?«

Artemis schlug die Hände vors Gesicht. »Ach, Doktor, es ist meine Mutter.«

»Deine Mutter?«, hakte Po nach, bemüht, sich seine Aufregung nicht anmerken zu lassen. Artemis hatte allein in diesem Jahr in St. Bartleby's bereits ein halbes Dutzend Schulpsychologen verschlissen, und auch Po war mittlerweile drauf und dran, die Koffer zu packen. Aber jetzt...

»Meine Mutter, sie –«

Po beugte sich auf seinem unechten viktorianischen Sessel vor. »Ja, was ist mit deiner Mutter?«

»Sie zwingt mich dazu, diese alberne Therapie über mich ergehen zu lassen, obwohl diese so genannten Psychologen kaum etwas anderes sind als fehlgeleitete Weltverbesserer mit Diplom.«

Po seufzte. »Nun gut, Artemis. Tu, was du willst, aber du wirst niemals Frieden finden, wenn du weiter vor deinen Problemen davonläufst.«

Das Vibrieren seines Handys erlöste Artemis von weiteren Analysen. Ein Anruf kam über die verschlüsselte Sicherheitsleitung. Nur eine einzige Person hatte die Nummer. Artemis holte das Handy aus der Tasche und klappte es auf. »Ja?«

Butlers Stimme tönte aus dem Lautsprecher. »Ich bin's, Artemis.«

»Ich weiß. Ich bin gerade in einer Besprechung.«

»Wir haben eine Nachricht bekommen.«

»Aha. Von wem?«

»Keine Ahnung, ehrlich gesagt. Aber es geht um die *Fowl Star*.«

Artemis war wie elektrisiert. »Wo sind Sie?«

»Haupteingang.«

»Gut gemacht. Bin schon unterwegs.«

Dr. Po riss sich die Brille von der Nase. »Unsere Sitzung ist noch nicht zu Ende, junger Mann. Wir haben heute einige Fortschritte gemacht, auch wenn du es nicht zugeben willst. Wenn du jetzt gehst, sehe ich mich gezwungen, den Schulleiter zu informieren.«

Doch die Warnung interessierte Artemis nicht. Er war in Gedanken bereits woanders. Ein vertrautes Kribbeln überlief seinen Körper. Dies war der Anfang von etwas Besonderem. Er spürte es ganz deutlich.

Kapitel 2

Einsatz für Chix

Erdland, Haven City, Westviertel

Das klassische Bild eines Alrauns ist das eines kleinen Wichts in einem grünen Anzug. In der Vorstellung der Menschen, natürlich. Die Unterirdischen haben ihre eigenen Klischees. Jemand vom Erdvolk stellt sich unter einem Officer der Aufklärungseinheit der Zentralen Untergrund-Polizei meistens einen großmäuligen Troll oder muskelbepackten Elf vor, der direkt von der Bank eines Crunchball-Teams seines College weg rekrutiert worden ist.

Captain Holly Short entspricht keiner dieser Beschreibungen. Genau genommen wäre sie vermutlich die Letzte, von der man annehmen würde, Mitglied der ZUP-Aufklärungseinheit zu sein. Sollte man raten, was sie beruflich macht, würde man angesichts der katzenartigen Bewegungen und der sehnigen, trainierten Muskeln vermutlich auf Kunstturnerin oder Höhlenforscherin tippen. Aber schaut man genauer hin, nicht nur auf ihr hübsches Gesicht, sondern direkt in ihre Augen, findet man dort eine glühende Entschlossenheit, die auf zehn Schritt Entfernung eine Kerze zum Brennen bringen könnte, und eine einsatzerprobte Cleverness und Intelligenz, die sie zu einer der anerkanntesten Officer der Aufklärung gemacht haben.

Technisch gesehen gehörte Holly allerdings nicht mehr zur Aufklärungseinheit. Seit der Artemis-Fowl-Affäre, bei der sie gefangen genommen und als Geisel gehalten worden war, stand ihre Stellung als erster weiblicher Officer der Aufklärung auf dem Prüfstand. Dass sie jetzt nicht zu Hause saß und Däumchen drehte, verdankte sie allein Commander Roots Drohung, ebenfalls den Hut zu nehmen, sollte Holly suspendiert werden. Root wusste, auch wenn die Aufsichtsbehörde dies nicht anerkennen wollte, dass die Entführung nicht Hollys Schuld gewesen war und dass nur ihr schnelles Reaktionsvermögen den Verlust von Menschenleben verhindert hatte.

Doch die Mitglieder des Rates interessierten sich weniger für den Verlust von Menschenleben als für den Verlust von Feengold. Und nach ihrer Überzeugung hatte Holly sie einen ziemlich großen Teil des Entführungsfonds gekostet. Holly wäre nur zu gern an die Erdoberfläche zurückgekehrt und hätte Artemis Fowl so lange am Kragen geschüttelt, bis er das Gold wieder herausrückte, aber so lief es nun mal nicht. Ein Menschenwesen, dem es gelang, einem Unterirdischen sein Gold abzunehmen, durfte es für immer behalten, so stand es im Buch, der Bibel des Erdvolks.

Statt ihr die Dienstmarke abzunehmen, hatte die Aufsichtsbehörde schließlich darauf bestanden, Holly zu Fleißarbeit zu verurteilen und dorthin zu versetzen, wo sie keinen Schaden anrichten konnte. Ein Posten bei der Überwachung war die nahe liegendste Lösung. Also war Holly an die Zoll- und Steuerabteilung ausgeliehen worden, wo man sie in eine Tarnkapsel gesteckt und zur Beobachtung an der Felswand eines Druckaufzugsschachts festgesetzt hatte. Ein absoluter Schnarchjob.

Allerdings war die Schmuggelei für die Zentrale Untergrund-Polizei zu einem echten Problem geworden. Nicht so sehr die Ware selbst, denn das war meist harmloses Zeug: Designer-Sonnenbrillen, DVDs, Cappuccinomaschinen und dergleichen. Nein, die Art, wie diese Sachen beschafft wurden, bereitete Sorgen.

Die B'wa Kell, eine Art Koboldmafia, hatte den Schwarzmarkt fest in der Hand und wurde immer dreister bei den Ausflügen an die Erdoberfläche. Gerüchte sprachen sogar von einem eigenen Frachtshuttle der Kobolde.

Das Beunruhigendste dabei war, dass Kobolde eigentlich richtig dämliche Kreaturen waren. Und wenn nur einer von ihnen je vergessen sollte, seinen Sichtschild einzuschalten, würden Fotos der Kobolde via Satellit sofort über die ganze Welt und alle Nachrichtensender verbreitet. Dann wäre Erdland, die letzte menschenfreie Zone des Planeten, nicht länger ein Geheimnis. Und weil die menschliche Natur nun einmal so war, würde es nicht lange dauern, bis Umweltverschmutzung, Bergbau und Ausbeutung auch unter der Erde an der Tagesordnung wären.

Dies war der Grund, weshalb alle schwarzen Schafe, die auf der Abschussliste der Aufsichtsbehörde landeten, für Monate zum Wachdienst eingeteilt wurden. Und so hockte Holly nun an der Felswand neben dem Eingang zu einem kaum benutzten Schacht.

E37 war ein Druckaufzug, der ins Stadtzentrum von Paris führte. Da die europäische Hauptstadt als Zone mit höchster Risikostufe galt, wurden selten Visa bewilligt. Und wenn, dann nur für ZUP-Einsatzzwecke. Doch obwohl seit Jahrzehnten kein Zivilist mehr den Schacht benutzt hatte, musste er weiterhin rund um die Uhr überwacht werden, was bedeutete, dass sechs Officer in Acht-Stunden-Schichten Dienst taten.

Der Kollege, der Holly zugeteilt war, stellte sich nicht gerade als ein Glücksgriff heraus. Wie die meisten Feenmänner hielt Chix Verbil sich für den grünhäutigen Traum aller Frauen und war mehr damit beschäftigt, Holly anzubaggern, als seine Arbeit zu tun.

»Sie sehen heute wieder fantastisch aus, Captain«, begrüßte er Holly an jenem Abend. »Haben Sie etwas mit Ihrem Haar gemacht?«

Holly stellte die Überwachungskamera scharf und fragte sich, was man mit einem kastanienbraunen Kurzhaarschnitt wohl machen sollte. »Konzentrieren Sie sich, Private. Wir könnten jeden Moment Hals über Kopf in ein Feuergefecht verwickelt werden.«

»Das bezweifle ich, Captain. Die Ecke hier ist still wie ein Grab. Ich liebe solche Jobs. Schön stressfrei. Was zum gemütlich Abhängen.«

Holly ließ den Blick über die Szenerie unter ihr wandern. Verbil hatte Recht. Der einst so lebendige Vorort hatte sich seit der Schließung des Schachts für den Publikumsverkehr in eine Geisterstadt verwandelt. Nur dann und wann tapste ein hungriger Troll an ihrer Kapsel vorbei. Und wenn sich erst die Trolle in einem

Gebiet herumzutreiben begannen, dann war es wirklich verlassen.

»Wir sind ganz allein, Captain. Und die Nacht ist noch jung.«

»Lassen Sie den Quatsch, Verbil, und machen Sie Ihre Arbeit. Oder ist der Rang eines Private für Sie nicht niedrig genug?«

»Doch, Holly – Entschuldigung, ich meine, jawohl, Sir.«

Feenmänner. Immer dasselbe. Kaum hatte ein Unterirdischer ein Paar Flügel, hielt er sich für unwiderstehlich.

Holly kaute auf ihrer Unterlippe herum. Auf diesem Beobachtungsposten hatten sie schon genug Steuergold verschwendet. Die Lamettaträger sollten den Laden endlich dichtmachen, aber davon war keine Rede. Posten bei der Überwachung waren ideal, um lästige Officer aus dem Verkehr zu ziehen.

Dennoch war Holly fest entschlossen, ihren Job so gut wie möglich zu machen. Wenn es nach ihr ginge, würde sie der Aufsichtsbehörde keine weitere Munition liefern, die man gegen sie verwenden könnte.

Holly rief die tägliche Checkliste für die Tarnkapsel auf den Bildschirm. Die Anzeige für die Drucklufthalterung war im grünen Bereich. Genug Gas, um ihre Kapsel vier öde Wochen lang an der Felswand zu halten.

Als Nächstes waren die Thermobilder dran. »Chix, ich möchte, dass Sie auf Kontrollflug gehen. Wir machen einen Thermoscan.«

Verbil grinste. Feenmänner waren ganz versessen aufs Fliegen. »Bin schon unterwegs, Captain«, sagte er und schnallte sich den Thermoscanner vor die Brust.

Holly öffnete eine Klappe an der Tarnkapsel, Verbil sprang hinaus und stieg mit elegantem Schwung hinauf in die Schatten. Der Scanner an seiner Brust tastete den Bereich unter ihm mit wärmeempfindlichen Strahlen ab. Auf dem Monitor erschienen verschwommene Bilder in verschiedenen Grautönen. Ein Lebewesen wäre selbst hinter einer Schicht aus solidem Fels zu erkennen. Doch es war nichts zu sehen, außer ein paar Fluchkröten und dem Hintern eines Trolls, der gerade aus dem Bild watschelte.

Knisternd drang Chix' Stimme aus dem Lautsprecher. »He, Captain, soll ich mal näher rangehen?«

Das war das Dumme an den tragbaren Scannern – je größer der Abstand, desto schwächer die Strahlen.

»Okay, Chix. Eine Runde noch. Aber seien Sie vorsichtig.«

»Keine Sorge, Holly. Sie werden mich in voller Schönheit zurückkriegen.«

Holly holte Luft, um ihm eine schneidende Antwort zu geben, doch die Worte blieben ihr im Hals stecken. Da, auf dem Bildschirm. Etwas bewegte sich.

»Chix, sehen Sie das?«

»Positiv, Captain. Sehen tu ich's, aber ich weiß nicht, was es ist.«

Holly vergrößerte einen Ausschnitt des Bildschirms. Auf der zweiten Schachtebene bewegten sich zwei Gestalten. Sie waren grau.

»Chix, bleiben Sie, wo Sie sind, und scannen Sie weiter.«

Grau? Wie konnten graue Dinge sich bewegen? Grau bedeutete tote Materie. Keine Wärme, kalt wie ein Grab. Und trotzdem …

»Seien Sie auf der Hut, Private Verbil. Wir haben möglicherweise Feindkontakt.«

Holly schaltete nun auf den Funkkanal des Polizeipräsidiums. Mit Sicherheit verfolgte Foaly, der Cheftechniker der ZUP, ihre Videoeinspeisung auf einem der Monitore in der Kommandozentrale. »Foaly, hast du uns auf Sendung?«

»Hab ich, Holly«, antwortete der Zentaur. »Ich hole euch gerade auf den Hauptschirm.«

»Was hältst du von diesen Schatten? Etwas Graues, das sich bewegt? So was habe ich noch nie gesehen.«

»Ich auch nicht.« Es folgte ein kurzes Schweigen, untermalt vom Klackern einer Tastatur. »Es gibt nur zwei mögliche Erklärungen. Erstens: ein technischer Fehler. Die Schatten könnten Phantombilder von einem anderen System sein. Wie Interferenzen beim Radio.«

»Und zweitens?«

»Das ist so lächerlich, dass ich es kaum erwähnen mag.«

»Komm schon, Foaly, raus damit.«

»Nun, so albern es klingt, es könnte sein, dass jemand einen Weg gefunden hat, mein System zu überlisten.«

Holly erbleichte. Wenn Foaly die Möglichkeit auch nur in Erwägung zog, dann traf sie fast sicher zu. Sie unterbrach die Verbindung zu dem Zentauren und wandte ihre Aufmerksamkeit wieder Private Verbil zu. »Chix! Verschwinden Sie von da, schnell!«

Doch der Feenmann war viel zu sehr damit beschäftigt, seinen hübschen Captain zu beeindrucken, als dass er den Ernst der Lage begriffen hätte. »Nur die Ruhe, Holly. Ich bin schließlich Profi. Einen Feenmann erwischt so schnell keiner.«

Im gleichen Augenblick fegte ein Geschoss durch eins der Schachtfenster und riss ein faustgroßes Loch in Verbils Flügel.

Holly schob sich eine Neutrino 2000 ins Schulterhalfter, während sie über ihr Helmmikro einen Notruf losließ. »Code 14, ich wiederhole: Code 14. Feenmann getroffen. Wiederhole: getroffen. Wir stehen unter Beschuss. E37. Schicken Sie Sanitätsmagier und Verstärkung.«

Holly schlüpfte durch die Luke, seilte sich zum Tunnelboden ab und duckte sich hinter eine Statue von Frond, dem ersten Elfenkönig. Chix lag in einem Schutthaufen auf der anderen Straßenseite. Es sah nicht gut aus. Die spitzen Zacken einer Mauerruine hatten seinen Helm eingedrückt und die Sprechanlage zerstört.

Sie musste sich beeilen, sonst war es aus mit ihm. Feen hatten nur begrenzte Heilkräfte. Eine Warze konnten sie wegzaubern, aber klaffende Wunden waren zu viel für sie.

»Ich stelle dich zum Commander durch«, drang Foalys Stimme an ihr Ohr. »Sekunde.«

Kurz darauf dröhnte Commander Root über den Äther. Er klang nicht gerade gut gelaunt, aber das war ja nichts Ungewöhnliches. »Captain Short, Sie rühren sich nicht von der Stelle, bis Verstärkung da ist, verstanden?«

»Negativ, Commander. Chix ist verletzt. Ich muss zu ihm.«

»Holly, Captain Kelp ist in ein paar Minuten bei Ihnen. Halten Sie Ihre Position. Ich wiederhole: Halten Sie Ihre Position.«

Holly knirschte hinter ihrem Helmvisier frustriert mit den Zähnen. Sie stand ohnehin schon kurz vor dem Rausschmiss aus der ZUP, und jetzt das. Um Chix zu retten, würde sie einem direkten Befehl zuwiderhandeln müssen.

Root spürte ihr Zögern. »Holly, hören Sie. Ich weiß nicht, womit Sie beschossen werden, aber es hat gereicht, um Verbil aus der Luft zu holen. Ihr ZUP-Anzug bietet keinen Schutz. Also bleiben Sie, wo Sie sind, und warten Sie auf Captain Kelp.«

Captain Trouble Kelp war vermutlich der draufgängerischste Officer der gesamten ZUP, aber es gab keinen, den Holly in diesem Moment lieber als Rückendeckung hinter sich gewusst hätte.

»Tut mir Leid, Sir, aber ich kann nicht länger warten. Chix ist am Flügel erwischt. Sie wissen, was das bedeutet.«

Einen Feenmann in den Flügel zu schießen, war etwas vollkommen anderes, als einen Vogel zu treffen. Die Flügel waren das größte Organ der Feen, und es liefen sieben Hauptschlagadern hindurch. Ein Loch wie dieses musste mindestens drei davon verletzt haben.

Commander Root seufzte. Durch den Lautsprecher klang es wie verstärktes statisches Rauschen. »Also gut, Holly. Aber bleiben Sie in Deckung. Ich will heute keinen meiner Leute verlieren.«

Holly zog die Neutrino aus dem Halfter und stellte sie auf Stufe 2. Bei diesen Scharfschützen würde sie kein Risiko eingehen. Wenn es, wie sie annahm, Kobolde der

B'wa Kell waren, würde der erste Schuss sie bei dieser Einstellung für mindestens acht Stunden außer Gefecht setzen.

Sie kauerte sich zusammen und schnellte mit voller Kraft hinter der Statue hervor. Sofort knatterte eine Salve los, die ganze Stücke aus der Statue des Elfenkönigs riss.

Holly rannte zu ihrem verletzten Kameraden, während ihr Geschosse wie ultraschnelle Bienen um den Kopf schwirrten. Normalerweise würde man in einer Situation wie dieser den Verletzten auf keinen Fall bewegen, aber da sie sich mitten in der Schusslinie befanden, blieb Holly keine andere Wahl. Sie packte den Private an seinen Epauletten und zerrte ihn hinter ein verrostetes Liefershuttle.

Chix hatte ziemlich lange da draußen gelegen. Er grinste sie schwach an. »Sie sind gekommen, Cap. Ich wusste, dass Sie kommen würden.«

Holly verbarg nur mühsam ihre Besorgnis. »Natürlich, Chix. Ich lasse doch keinen meiner Männer im Stich.«

»Sehen Sie«, ächzte er, »Sie können mir eben nicht widerstehen.« Dann schloss er die Augen. Sein Flügel hatte einiges abgekriegt. Vielleicht zu viel.

Holly konzentrierte sich auf die Wunde. Heile, dachte sie, und die Magie wallte in ihr auf. Kribbelnd wie tausend Nadeln strömte sie durch ihren Arm bis in die Fingerspitzen. Holly legte die Hand auf Verbils Wunde. Blaue Funken sprangen von ihren Fingern hinein. Sie tanzten um die Wundränder, reparierten die verbrannte Haut und ersetzten das verlorene Blut. Die Atmung des Feenmannes wurde ruhiger, und seine Wangen nahmen wieder eine gesunde grünliche Färbung an.

Holly stieß einen erleichterten Seufzer aus. Chix würde es schaffen. Kontrollflüge waren in Zukunft für ihn wohl gestrichen, aber er würde leben. Holly drehte den Bewusstlosen auf die Seite, sorgfältig darauf bedacht, keinen Druck auf den verletzten Flügel auszuüben. Und jetzt zu den mysteriösen grauen Schatten. Sie schaltete ihre Waffe auf Stufe 3 und lief, ohne zu zögern, auf den Schachteingang zu.

Am allerersten Ausbildungstag in der ZUP-Akademie nimmt sich ein riesiger behaarter Gnom mit dem Brustkasten eines ausgewachsenen Trolls jeden einzelnen Kadetten vor, drückt ihn an die Wand und warnt ihn, während eines Feuergefechts *niemals* in ein ungeschütztes Gebäude zu laufen. Eine überaus eindringliche Warnung, die er jeden Tag mehrmals jedem Kadetten einhämmert. Und doch tat Holly Short, Captain der ZUP-Aufklärungseinheit, in diesem Augenblick genau dies.

Sie sprengte die Doppeltür des Terminals und hechtete hinter einen schützenden Anmeldeschalter. Nicht einmal vierhundert Jahre zuvor hatte es in diesem Gebäude nur so gewimmelt von Touristen, die auf ihr Oberflächenvisum warteten. Paris war früher ein beliebtes Reiseziel gewesen. Doch scheinbar unausweichlich hatten die Menschenwesen die europäische Hauptstadt immer mehr für sich beansprucht. Der einzige Ort in der Nähe, an dem die Unterirdischen sich jetzt noch sicher fühlten, war das Disneyland Paris, wo sich niemand über kleinwüchsige Wesen wunderte, selbst wenn sie grün waren.

Holly schaltete den Bewegungssensor in ihrem Visier ein und blickte sich durch das Sicherheitsglas des Schalters im Terminal um. Der im Helm eingebaute Computer würde sofort jede Bewegung durch eine orangefarbene Aura markieren. Sie hob gerade rechtzeitig den Kopf, um zu beobachten, wie zwei Gestalten quer durch die Aussichtsgalerie zur Shuttleplattform trabten. Es waren in der Tat Kobolde, die sich der Schnelligkeit halber auf allen vieren fortbewegten und einen Schwebekarren hinter sich herzogen. Sie trugen eine Art reflektierenden Folienanzug samt Helm, der offensichtlich dazu gedacht war, die Wärmesensoren zu überlisten. Sehr clever. Zu clever für Kobolde.

Holly rannte die nächstliegende Treppe hinunter und blieb ihnen so voraus auf ihrem Weg in die tiefer gelegene Ebene. Um sie herum hingen überall verfallene Werbetafeln in ihren Halterungen. ZWEIWÖCHIGE SONNENWEND-TOUR. ZWANZIG GOLDGRAMM. KINDER UNTER ZEHN REISEN UMSONST.

Sie hechtete über das Drehkreuz und lief an der Sicherheitskontrolle und den Dutyfree-Shops vorbei. Jetzt kamen auch die beiden Kobolde herunter, ihre Stiefel und Handschuhe trampelten laut auf der stillgelegten Rolltreppe. Der eine verlor in der Eile seinen Helm. Er war groß für einen Kobold, bestimmt über einen Meter. Seine lidlosen Augen rollten panisch hin und her, und die gespaltene Zunge zuckte hervor, um die Pupillen zu befeuchten.

Captain Short feuerte im Laufen ihre Neutrino ab. Eine Ladung traf den Kobold, der ihr am nächsten war, am Hintern. Holly stöhnte. Nicht einmal in der Nähe eines Nervenzentrums! Aber das machte nichts. Die Folienanzüge hatten offensichtlich einen Nachteil: Sie leiteten die Neutrinostöße. Die Ladung strömte durch das Material des Anzugs wie Sturmwellen durch einen Teich. Der Kobold sprang wie elektrisiert gut zwei Meter hoch in die Luft und polterte dann bewusstlos am Fuß der Rolltreppe zu Boden. Der Schwebekarren schlitterte unkontrolliert davon und krachte in ein Gepäckband. Von der Ladefläche rollten Hunderte kleiner, zylindrischer Objekte über den Boden.

Kobold Nummer zwei feuerte eine Salve in Hollys Richtung, doch er verfehlte sie, zum einen deshalb, weil seine Arme vor Nervosität zitterten, andererseits aber auch, weil das mit dem Aus-der-Hüfte-Schießen nur im Film funktioniert. Holly versuchte im Laufen mit ihrer Helmkamera ein Bild von seiner Waffe zu machen, damit der Computer diese mit den in der Datei erfassten vergleichen konnte, aber es wackelte zu sehr.

Die Verfolgungsjagd ging weiter, durch die Gänge bis zur eigentlichen Startrampe. Zu ihrer Überraschung vernahm Holly das Summen von Andockcomputern. Hier durfte es normalerweise gar keinen Strom geben. Die ZUP-Techniker hatten doch die Generatoren abgebaut. Und wozu brauchte jemand hier Strom?

Eigentlich wusste Holly die Antwort bereits. Der Strom wurde gebraucht, um das Schwebegleis und die Startkontrolle zu nutzen. Ihr Verdacht bestätigte sich, als sie den Hangar betrat. Die Kobolde hatten tatsächlich ein Shuttle gebaut!

Unglaublich! Ein Kobold hatte kaum genug Elektrizität im Hirn, um einen Glühwürfel zum Leuchten zu bringen. Wie konnten sie also ein Shuttle bauen? Aber da war es, in seiner Starthalterung verankert, der Albtraum eines jeden Gebrauchtshuttlehändlers. Jedes einzelne Teil hatte mindestens zehn Jahre auf dem Buckel, und die Außenwand war ein Flickenteppich aus Schweißnähten und Nieten.

Holly schluckte ihre Überraschung hinunter und konzentrierte sich wieder auf die Verfolgung. Der Kobold war kurz stehen geblieben, um sich einen Satz Flügel aus dem Laderaum zu schnappen. Sie hätte ihn mit einem Schuss erwischen können, aber es war zu riskant. So, wie das Shuttle aussah, war die Nuklearbatterie wahrscheinlich nur durch eine einzige Bleiplatte abgeschottet.

Der Kobold nutzte ihr Zögern und verschwand im Zuleitungstunnel. Das Schwebegleis führte über den rußgeschwärzten Fels zu dem gewaltigen Schacht. Dieser war nur einer der zahllosen natürlichen Schlote, die Erdmantel und Erdkruste durchzogen. In unregelmäßigen Abständen schossen Magmaströme aus dem flüssigen Zentrum des Planeten Richtung Oberfläche. Ohne diese Überdruckventile wäre die Erde schon vor Äonen von Jahren in Milliarden Einzelteile zerborsten. Die ZUP hatte sich diese natürlichen Kräfte für den Expressaufstieg an die Erdoberfläche nutzbar gemacht. In Notfällen ließen sich Officer der Aufklärung in Titankapseln von den Magmawogen nach oben schießen. Und für gemütlichere Reisen gab es Shuttles, die in den Pausen zwischen den Magmastößen auf Heißluftströmungen die verschiedenen Terminals überall auf der Welt anflogen.

Holly verlangsamte ihren Schritt. Der Kobold konnte nirgendwo mehr hin. Es sei denn, er hatte vor, direkt in den Schacht hineinzufliegen, und so verrückt war niemand. Alles, was mit einer Magmawoge in Berührung kam, verglühte innerhalb von Sekundenbruchteilen zu einem Haufen Atome.

Die Schachtmündung kam in Sicht, massiv und starrend von verkohltem Fels.

Holly schaltete ihren Helmlautsprecher ein. »Das reicht jetzt«, rief sie über das Brausen der Erdwinde hinweg. »Gib auf. Ohne Tec kannst du nicht in den Schacht.«

Tec war ZUP-Jargon für technische Informationen. In diesem Fall war damit die Magmaausbruchvorhersage gemeint. Sie stimmte, außer in 0,2 Prozent der Fälle. Meistens also.

Der Kobold legte ein seltsam aussehendes Gewehr an, und diesmal zielte er sorgfältig. Der Schlagbolzen fuhr nieder, aber was auch immer diese Waffe normalerweise verschoss, es war nichts mehr davon da.

»Das ist das Dumme an nicht nuklearbetriebenen Waffen – irgendwann ist die Munition alle«, übte sich Holly in der althergebrachten Kunst, den Gegner während eines Schusswechsels zu verspotten, obwohl die Knie beinahe unter ihr nachgaben.

Als Antwort schleuderte der Kobold ihr sein Gewehr entgegen. Ein elender Wurf, aber das Ablenkungsmanöver gelang. Der B'wa-Kell-Gauner nutzte den Moment, um seine Flügel anzuwerfen, ein uraltes Modell mit Rotationsmotor und kaputtem Auspuff. Das Dröhnen des Motors erfüllte den Tunnel.

Dahinter war ein anderes Dröhnen zu vernehmen. Eines, das Holly von ihren zahllosen Schachtflügen nur zu gut kannte. Eine Magmawoge!

Ihre Gedanken überschlugen sich. Wenn die Kobolde es geschafft hatten, das Terminal an eine Stromquelle anzuschließen, dann mussten auch die Sicherheitseinrichtungen funktionieren. Einschließlich der …

Holly fuhr herum, doch die Druckschutztüren schlossen sich bereits, automatisch ausgelöst von einem Wärmesensor im Schacht. Sobald sich eine Magmawoge näherte, schotteten die zwei Meter dicken Stahltüren den Zuleitungsschacht vom übrigen Terminal ab. Sie saßen fest, und die Glutsäule kam unaufhaltsam näher. Nicht dass das Magma sie töten würde; die Wogen drangen so gut wie nie in die Seitentunnel ein. Aber die glühend heiße Luft würde sie austrocknen wie eine Dörrpflaume.

Der Kobold stand am Ende des Tunnels; offenbar bemerkte er nichts von dem drohenden Ausbruch. Holly begriff, dass der Flüchtige, der sich anschickte, geradewegs in den Hauptschacht zu fliegen, nicht lebensmüde war, sondern einfach nur strohdumm.

Mit einem neckischen Winken sprang er in den Schacht und stieg schnell darin aufwärts. Doch nicht schnell genug. Ein dicker Strahl brodelnder Lava holte ihn ein und verschlang ihn wie eine lauernde Schlange.

Holly verschwendete keine Zeit darauf, um ihn zu trauern. Sie hatte genug eigene Probleme. Die ZUP-Overalls hatten Thermodrähte, um überschüssige Hitze abzuleiten, aber das würde nicht ausreichen. In wenigen Sekunden würde eine Woge glühender Hitze heranrollen mit einer Temperatur, von der sogar die Felswände Risse bekamen.

Holly blickte nach oben. An der Tunneldecke hing noch immer eine Reihe alter isolierter Kühltanks. Sie schob den Regler ihrer Neutrino auf höchste Stufe und feuerte los. Für feinere Methoden war jetzt keine Zeit.

Die Tanks verformten sich und rissen auf, doch alles, was herauskam, waren abgestandene Luft und ein paar Tropfen Kühlflüssigkeit. Zwecklos. Wahrscheinlich waren die Tanks im Laufe der Jahrzehnte undicht geworden, und die Kobolde hatten sich nicht die Mühe gemacht, sie zu ersetzen. Aber da hing noch ein anderer. Ein schwarzes Oval, das zwischen den üblichen grünen ZUP-Modellen hervorstach. Holly stellte sich direkt darunter und drückte ab.

Fünfzehntausend Liter Kühlwasser prasselten auf sie nieder, genau in dem Moment, als die Hitzewelle vom Schacht hereinwogte. Es war ein seltsames Gefühl, fast gleichzeitig tiefgefroren und verbrannt zu werden. Holly spürte, wie sich auf ihren Schultern Blasen bildeten, die von der Wucht des Wassers sofort wieder flach gedrückt wurden. Sie fiel auf die Knie, dem Ersticken nahe. Sie durfte die heiße Luft nicht einatmen, aber es gelang ihr auch nicht, die Hand zu heben und die Sauerstoffversorgung in ihrem Helm zu aktivieren.

Nach einer Ewigkeit hörte das Dröhnen auf, und als Holly die Augen öffnete, war der Tunnel voller Dampf. Sie schaltete den Beschlagschutz ihres Visiers ein und erhob sich mühsam. Wasser strömte in Bächen von ihrem reibungsminimierten Anzug. Sie öffnete den Verschluss ihres Helms und sog in tiefen Zügen die Tunnelluft ein. Noch immer warm, aber atembar.

Hinter ihr glitten die Druckschutztüren auf, und in der Öffnung erschienen Captain Trouble Kelp und das ZUP-Einsatzkommando.

»Gut reagiert, Captain.«

Holly antwortete nicht. Sie war zu sehr damit beschäftigt, sich die Waffe anzusehen, die der zu Kohlestaub zerfallene Kobold hinterlassen hatte. Das Ding war ein Trumm von einem Gewehr, fast einen halben Meter lang und mit einem Infrarotzielfernrohr auf dem Lauf.

Ihr erster Gedanke war gewesen, dass die B'wa Kell es irgendwie fertig gebracht hatte, selbst Waffen herzustellen. Doch jetzt begriff sie, dass die Wahrheit viel schlimmer war. Captain Short hob das Gewehr auf. Holly erkannte es sofort nach den Bildern aus ihrem Fortbildungskurs *Die Geschichte des Gesetzesvollzugs*. Ein altes Softnose-Lasergewehr. Die Softnose-Waffen waren seit langem verboten. Aber das war noch nicht das Schlimmste. Anstatt mit einem Spezialakku der Unterirdischen war das Gewehr mit einer menschlichen Babyzellbatterie bestückt.

»Trouble«, rief sie. »Sieh dir das mal an.«

»*D'Arvit*«, fluchte Kelp leise und aktivierte die Funkanlage in seinem Helm. »Stellen Sie mich sofort zu Commander Root durch. Wir haben Schmuggelware der Stufe A. Jawohl, Stufe A. Ich brauche ein komplettes Technikerteam. Und Foaly dazu. Der gesamte Quadrant hier muss abgesperrt werden.«

Trouble bellte weiter Befehle in sein Mikro, doch an Hollys Ohren drangen sie nur wie ein fernes Rauschen. Die B'wa Kell handelte mit den Oberirdischen. Menschen und Kobolde hatten sich zusammengetan, um verbotene Waffen wieder einsatzbereit zu machen. Und wenn die Waffen schon hier waren, wie lange würde es dann wohl dauern, bis auch die Oberirdischen kamen?

Die Techniker waren im Handumdrehen zur Stelle. Innerhalb von dreißig Minuten war E37 von so vielen Halogenscheinwerfern beleuchtet, dass es aussah wie bei der Filmpremiere von *Die Welt des Golem*.

Foaly hockte an der Rolltreppe und untersuchte den bewusstlosen Kobold. Der Zentaur war der Hauptgrund dafür, dass die Menschen die Welt der Unterirdischen noch nicht entdeckt hatten. Er war das Genie, dessen Hirn sämtliche nennenswerten technischen Errungenschaften hervorgebracht hatte, von der Magmaausbruchvorhersage bis zu den Erinnerungslöschungen, und mit jeder neuen Entdeckung wurde er eine Spur respektloser und aufsässiger. Gerüchten zufolge hatte er eine Schwäche für einen bestimmten weiblichen Officer der Aufklärungseinheit. Genau genommen für den einzigen weiblichen Officer der Aufklärungseinheit.

»Saubere Arbeit, Holly«, sagte er und rieb am reflektierenden Anzug des Kobolds. »Kommt nicht oft vor, dass man Gelegenheit hat, mit einer Folienkartoffel zu kämpfen.«

»Ja, ja, Foaly, versuch nur davon abzulenken, dass die B'wa Kell deine Sensoren ausgetrickst hat.«

Foaly probierte einen der beiden Helme auf. »Nein, nicht die B'wa Kell. Dazu sind die zu blöd. Kobolde haben einfach nicht die nötige Hirnkapazität. Das hier ist Menschenware.«

Holly schnaubte spöttisch. »Ach ja? Und woran siehst du das? An der Naht vielleicht?«

»Nein, aber daran«, erwiderte Foaly und hielt Holly den Helm unter die Nase.

Holly las den Aufkleber. *Made in Germany*.

»Wahrscheinlich ein Feuerschutzanzug. Das Material hält die Hitze ab. Das hier ist ernst, Holly. Wir reden nicht von ein paar Designerhemden und einem Karton Schokoriegel. Da unterhält ein Oberirdischer einen schwunghaften Schmuggelhandel mit der B'wa Kell.«

Foaly trat zur Seite, um die Technikspezis zu dem Gefangenen durchzulassen. Sie würden dem bewusstlosen Kobold einen so genannten Schläfer unter die Haut pflanzen, der aus einer mit Betäubungsmittel gefüllten Kapsel und einem winzigen Zünder bestand. Mit Hilfe dieses Schläfers konnte die ZUP einen Verbrecher per Computerfernsteuerung ausschalten, sobald er etwas Illegales tat.

»Du kannst dir ja wohl denken, wer dahinter steckt, oder?«, fragte Holly.

Foaly verdrehte die Augen. »Oh, lass mich raten. Captain Shorts Erzfeind, Master Artemis Fowl.«

»Na, wer soll es denn sonst sein?«

»Die Auswahl ist groß genug. Das Erdvolk ist im Lauf der Jahrhunderte mit Tausenden von Oberirdischen in Kontakt gekommen.«

»Wirklich?«, gab Holly zurück. »Und wie viele von ihnen sind ohne Erinnerungslöschung davongekommen?«

Foaly tat so, als überlege er, und schob die Stanniolkappe zurecht, die er stets auf dem Kopf trug, um sich vor den Strahlen eventueller Gedankenlesegeräte zu schützen. »Drei«, murmelte er schließlich.

»Wie war das?«

»Okay, drei.«

»Genau. Fowl und seine Gorillas. Artemis hat damit zu tun, das schwöre ich dir.«

»Das würde dir gut ins Konzept passen, was? Dann hättest du endlich eine Chance, es ihm heimzuzahlen. Aber du weißt ja hoffentlich noch, wie es das letzte Mal gelaufen ist, als die ZUP versucht hat, gegen Artemis Fowl vorzugehen.«

»Ja, ich weiß. Aber das war letztes Mal.«

Foaly grinste spöttisch. »Darf ich dich daran erinnern, dass er inzwischen dreizehn sein dürfte?«

Holly legte die Hand auf ihren Elektrostock. »Ist mir egal, wie alt er ist. Ein kleiner Tick mit dem hier, und er schläft wie ein Baby.«

Foaly wies mit dem Kopf Richtung Eingangshalle. »An deiner Stelle würde ich mir meinen Schwung aufheben. Du wirst ihn noch brauchen.«

Holly folgte seinem Blick. Commander Julius Root kam durch die Absperrung gestürmt. Je mehr er mitbekam, desto roter wurde sein Gesicht, passend zu seinem Spitznamen »Rotkohl«.

»Commander«, begann Holly, »das hier müssen Sie sich ansehen.«

Roots Blick brachte sie zum Verstummen. »Was haben Sie sich eigentlich dabei gedacht?«

»Wie bitte, Sir?«

»Kommen Sie mir bloß nicht so! Ich war die ganze Zeit in der Kommandozentrale und habe die Chose über Ihr Helmvideo beobachtet.«

»Oh.«

»›Oh‹ ist wohl kaum eine ausreichende Erklärung, Captain!« Roots grauer Bürstenhaarschnitt bebte vor Zorn. »Sie hatten den Auftrag zu beobachten. Unsere Einsatzleute saßen auf ihrem wohl trainierten Hintern und warteten nur auf ein Zeichen von Ihnen. Aber nein,

Captain Short beschließt, es ganz allein mit der B'wa Kell aufzunehmen.«

»Einer meiner Männer ist angeschossen worden, Sir. Ich hatte keine andere Wahl.«

»Was hatte Verbil überhaupt da draußen zu suchen?«

Zum ersten Mal senkte Holly den Blick. »Ich habe ihn rausgeschickt, um einen Thermoscan zu machen, Sir. Wie es in den Vorschriften steht.«

Root nickte. »Ich habe gerade mit dem Sanitätsmagier gesprochen. Verbil wird's überstehen, aber mit dem Fliegen ist es vorbei. Es wird natürlich ein Verfahren geben.«

»Jawohl, Sir. Verstanden.«

»Sicher nur eine Formalität, aber Sie kennen ja den Rat.«

Und ob Holly den kannte. Sie würde der erste ZUP-Officer in der Geschichte sein, gegen den in zwei Fällen gleichzeitig ermittelt wurde.

»Und was ist hier los, von wegen Stufe A?«

Sämtliches Schmuggelgut wurde klassifiziert. Stufe A war der Code für gefährliche Menschentechnik. Wie zum Beispiel Energiequellen.

»Hier entlang, Sir.«

Holly führte ihn und Foaly in den hinteren Bereich der Wartungszone, direkt neben der Startrampe, wo ein Sicherheitszelt aus Plexiglas aufgebaut worden war.

Holly schob sich durch die mattierte Schwingtür. »Sehen Sie? Das ist eine ernste Sache.«

Root betrachtete das Beweismaterial. In dem Lagerraum standen mehrere Kisten mit AA-Batterien.

Holly nahm ein Päckchen heraus. »Babyzellbatterien«, sagte sie. »Eine weit verbreitete menschliche Energiequelle. Vorsintflutlich, leistungsschwach und eine Kata-

strophe für die Umwelt. Hier stehen zwölf Kisten. Wer weiß, wie viele bereits in den Tunnels sind.«

Doch Root war unbeeindruckt. »Verzeihen Sie, wenn ich mir nicht vor Angst in die Hosen mache. Ein paar Kobolde sind also versessen auf menschliche Videospiele – na und?«

Da fiel Foalys Blick auf das Softnose-Lasergewehr des Kobolds. »Oh nein!«, stöhnte er und sah sich die Waffe näher an.

»Genau«, sagte Holly.

Der Commander konnte es nicht ausstehen, wenn man ihn aus einem Gespräch ausschloss. »Was soll das melodramatische Geseufze?«

»Tut mir Leid, Chef«, sagte der Zentaur mit ungewohnt düsterer Stimme, »aber diesmal ist es wirklich ernst. Die Leute von der B'wa Kell benutzen die Batterien der Menschenwesen, um die alten Softnose-Laser in Gang zu setzen. Eine Batterie reicht nur für etwa sechs Schuss, aber wenn jeder Kobold die Taschen voll davon hat, sind das eine Menge Schüsse.«

»Softnose-Laser? Die sind doch schon seit Jahrzehnten verboten. Ich dachte, die wären im Recycling gelandet.«

Foaly nickte. »Eigentlich schon. Meine Abteilung hat sogar das Einschmelzen überwacht. Aber so furchtbar wichtig fanden wir das Ganze nicht, da die Dinger ursprünglich mit einer einzelnen Solarzelle betrieben wurden, die nicht mal zehn Jahre hielt. Anscheinend hat es jemand geschafft, ein paar aus der Recyclinganlage zu stibitzen.«

»Nicht nur ein paar, nach all den Batterien hier zu urteilen. Das fehlte gerade noch: Kobolde mit Softnose-Gewehren.«

Das Besondere an der Softnose-Technik war, dass eine Hemmung in den Lauf eingesetzt wurde, die den Laserstrahl so verlangsamte, dass er das Ziel tatsächlich durchbohrte wie ein herkömmliches Geschoss. Ursprünglich für den Minenabbau entwickelt, war sie sehr schnell von einem geldgierigen Waffenhersteller kopiert worden.

Ebenso schnell waren die Softnose-Gewehre wieder verboten worden, und zwar schlicht und einfach deshalb, weil diese Waffen entwickelt worden waren, um zu töten, statt nur außer Gefecht zu setzen. Hier und dort tauchte noch ein vereinzeltes Exemplar in der Hand eines Bandenmitglieds auf. Doch das hier sah nicht nach einem Einzelfall aus. Hier hatte jemand etwas Größeres vor.

»Wissen Sie, was mich am meisten daran beunruhigt?«, fragte Foaly.

»Nein«, erwiderte Root mit gespielter Gleichgültigkeit. »Aber Sie werden es mir sicher gleich verraten.«

Foaly drehte das Gewehr um. »Die Art, wie diese Waffe umgebaut worden ist, damit sie mit einer Menschenbatterie funktioniert. Sehr geschickt. Das hat sich garantiert kein Kobold ausgedacht.«

»Aber wozu haben die sie überhaupt umgebaut?«, fragte der Commander. »Warum nehmen sie nicht einfach weiter die alten Solarzellen?«

»Weil die kaum noch zu bekommen sind. Sie sind mittlerweile ihr Gewicht in Gold wert. Antiquitätenhändler benutzen sie noch für alle alten Geräte. Und es wäre unmöglich, in einer Fabrik irgendeine Art von Stromspeicher herzustellen, ohne dass meine Sensoren die Emissionen wahrnehmen. Da ist es doch viel einfacher, sie sich von den Menschen zu holen.«

Root zündete sich eine seiner berüchtigten Pilzzigarren an. »Ich hoffe, das war alles? Oder gibt es noch mehr Überraschungen?«

Hollys Blick wanderte zum Ende des Hangars, was Root nicht entging. Er schob sich an den Kisten vorbei aus dem Sicherheitszelt, stapfte zu dem selbst gebauten Shuttle an der Startrampe und kletterte hinein.

»Und was zum Teufel ist das hier, Foaly?«

Der Zentaur fuhr mit der Hand über die Außenwand des Fluggeräts. »Unglaublich. Nicht zu fassen. Die haben aus einem Haufen Schrott ein Shuttle gebaut! Kaum zu glauben, dass das Ding überhaupt fliegt.«

Der Commander biss wütend auf seine Pilzzigarre. »Wenn Sie mit Ihren Lobeshymnen für die Kobolde fertig sind, Foaly, dann können Sie mir vielleicht mal erklären, wie die von der B'wa Kell an den ganzen Krempel gekommen sind. Ich dachte eigentlich, sämtliche ausgedienten Shuttleteile würden zerstört.«

»Das dachte ich auch. Einen Teil davon habe ich sogar selbst aus dem Verkehr gezogen. Dieses Steuerbordtriebwerk zum Beispiel war früher in E1 im Einsatz, bis Captain Short es letztes Jahr zu Bruch geflogen hat. Ich weiß noch, wie ich den Befehl zur Zerstörung unterschrieben habe.«

Root warf Holly einen vernichtenden Blick zu. »Jetzt sind bei uns also nicht nur Softnose-Laser im Umlauf, sondern es verschwinden auch noch Shuttleteile aus der Recyclinganlage. Finden Sie raus, wie das Ding hierher gekommen ist. Nehmen Sie es auseinander, Stück für Stück. Ich will, dass jedes Fitzelchen Draht auf Fingerabdrücke und DNS-Spuren untersucht wird. Geben Sie sämtliche Seriennummern in den Großrechner ein, und überprüfen Sie, ob es da Übereinstimmungen gibt.«

Foaly nickte. »Gute Idee. Ich setze jemanden dran.«

»Nein, Foaly, das übernehmen Sie selbst. Die Sache hat höchste Priorität. Also lassen Sie Ihre Verschwörungstheorien mal für ein paar Tage beiseite und finden Sie mir den Verräter, der diesen Schrott verkauft.«

»Aber, Julius«, protestierte Foaly, »das ist Arbeit für 'nen Praktikanten.«

Root trat einen Schritt auf ihn zu. »Erstens: Nennen Sie mich nicht Julius, Zivilist. Und zweitens: Ich würde eher sagen, dass das Arbeit für 'nen Esel ist.«

Foaly bemerkte die pochende Ader an der Schläfe des Commanders. »Schon gut«, sagte der Zentaur und nahm den Palmtop von seinem Gürtel. »Ich kümmere mich sofort darum.«

»Tun Sie das. Nun, Captain Short, was sagt unser Gefangener?«

Holly zuckte die Achseln. »Nicht viel, er ist immer noch bewusstlos. Der wird erst mal ein paar Wochen lang Ruß spucken, wenn er wieder zu sich kommt. Außerdem, Sie wissen ja, wie das bei der B'wa Kell läuft – das Fußvolk erfährt nichts. Und der Typ ist nur ein einfacher Soldat. Zu schade, dass uns das Buch verbietet, den *Blick* bei anderen Unterirdischen einzusetzen.«

»Allerdings«, sagte Root, dessen Gesicht inzwischen stärker leuchtete als ein Pavianhintern, »und noch bedauerlicher ist es, dass seit dem Atlantis-Abkommen keine Wahrheitsdrogen mehr eingesetzt werden dürfen. Sonst könnten wir unseren Häftling mit Serum voll pumpen, bis er singt wie eine Amsel.« Der Commander atmete ein paar Mal tief durch, um sich zu beruhigen. Eines Tages würde ihm noch das Herz explodieren. »Jetzt müssen wir erst mal herausfinden, woher die Batterien kommen und ob es in Erdland noch mehr davon gibt.«

Holly nahm allen Mut zusammen. »Ich habe da eine Theorie, Sir.«

»Sagen Sie's mir nicht«, stöhnte Root. »Artemis Fowl, stimmt's?«

»Wer sollte es sonst sein? Ich wusste, von dem hören wir noch was. Ich wusste es.«

»Sie kennen die Regeln, Holly. Er hat uns letztes Jahr übertrumpft. Das Spiel ist gelaufen. So steht es im Buch.«

»Ja, Sir, aber das war damals. Neues Spiel, neues Glück. Uns hindert doch nichts daran, zumindest zu überprüfen, ob Fowl wirklich derjenige ist, der die B'wa Kell mit Batterien versorgt, oder?«

Root überlegte. Wenn Fowl hinter der Sache steckte, konnte das Ganze sehr schnell sehr kompliziert werden. »Mir gefällt der Gedanke nicht, Fowl in seinem eigenen Revier auszuhorchen. Aber wir können ihn auch nicht herholen. Der Druck hier unten würde ihn töten.«

»Nicht, wenn wir ihn in einer geschützten Umgebung unterbringen«, widersprach Holly. »Die Stadt ist druckkompensiert, und die Shuttles auch.«

»Also gut«, sagte der Commander schließlich. »Bringen Sie ihn her, aber nur auf einen kleinen Schwatz. Und den Großen auch.«

»Butler?«

»Ja, Butler.« Root schwieg einen Moment. »Aber denken Sie daran, Holly, wir wollen ihm nur mal auf den

Zahn fühlen. Ich will nicht, dass Sie die Gelegenheit dazu nutzen, eine alte Rechnung zu begleichen.«

»Nein, Sir. Das sehe ich rein professionell.«

»Geben Sie mir Ihr Wort darauf?«

»Ja, Sir. Ich schwöre es.«

Root zermalmte den Zigarrenstummel mit dem Absatz. »Ich will nicht, dass heute noch jemand verletzt wird, nicht einmal Artemis Fowl.«

»Verstanden.«

»Nun ja«, fügte der Commander hinzu. »Außer natürlich, es ist absolut notwendig.«

Kapitel 3
Ausflug nach Erdland

St. Bartleby's School

Butler war seit dem Tag von Artemis' Geburt in den Diensten des Jungen. Die erste Nacht im Leben seines Schützlings hatte er im Gang der Entbindungsstation des Sisters of Mercy Hospital Wache gestanden. Seit über einem Jahrzehnt war Butler Lehrer, Mentor und Beschützer des jungen Erben, und sie beide waren noch nie länger als eine Woche getrennt gewesen – bis jetzt. Eigentlich sollte ihm das nichts ausmachen, das wusste er. Ein Leibwächter darf sich nie gefühlsmäßig an seinen Schützling binden, da das sein Urteil beeinflussen konnte. Doch im Stillen ertappte sich Butler immer wieder dabei, dass er in dem jungen Fowl den Sohn oder kleinen Bruder sah, den er nie gehabt hatte.

Butler parkte den Bentley Arnage Red Label in der Einfahrt zum College. Der eurasische Diener hatte, sofern das überhaupt möglich war, seit dem Beginn des Schuljahrs noch an Muskeln zugelegt. Nun, da Artemis im Internat war, verbrachte er sehr viel mehr Zeit im

Trainingsraum. Wenn er ehrlich war, hatte er es satt, Hanteln zu stemmen, aber die Schulleitung wollte ihm absolut nicht gestatten, in Artemis' Zimmer ein Feldbett aufzuschlagen. Und nachdem der Gärtner sein Versteck neben dem siebzehnten Grün entdeckt hatte, war ihm das Betreten des Schulgrundstücks ganz untersagt worden.

Artemis schlüpfte durch das Tor des College, in Gedanken noch immer mit Dr. Pos Bemerkung beschäftigt.

»Probleme, Sir?«, fragte Butler, als er den grimmigen Gesichtsausdruck seines Herrn bemerkte.

Artemis stieg in den mit weinrotem Leder gepolsterten Fond des Bentley und nahm sich ein Quellwasser aus der Bar. »Nicht doch, Butler. Nur wieder einer von diesen Quacksalbern mit ihrem Psychogequatsche.«

»Soll ich mal mit ihm reden?«, fragte Butler mit gleichbleibend ruhiger Stimme.

»Nein, ist nicht so wichtig. Was gibt es Neues von der *Fowl Star*?«

»Heute Morgen ist im Herrenhaus eine E-Mail angekommen. Eine MPG-Datei.«

Artemis zog eine verdrossene Miene. MPG-Videodateien konnte er mit seinem Handy nicht öffnen.

Butler nahm einen Laptop aus dem Handschuhfach. »Ich dachte mir, dass Sie die Datei vielleicht gerne sofort sehen möchten, deshalb habe ich sie hierauf überspielt.« Er reichte den Computer nach hinten.

Artemis klappte den flachen Farbbildschirm auf und schaltete das Gerät ein. Zuerst dachte er, der Akku sei leer, doch dann begriff er, dass er eine Schneelandschaft vor Augen hatte. Weiß in Weiß, nur hier und da ein Hauch von Schatten, wo sich Hügel oder Senken befanden.

Artemis verspürte ein flaues Gefühl im Magen. Eigenartig, dass ein harmloses Bild wie dieses eine so üble Vorahnung auslösen konnte.

Die Kamera wanderte nach oben und zeigte einen trüben, dämmrigen Himmel. Dann ein schwarzes, zusammengekrümmtes Objekt in der Ferne. Aus den Lautsprechern erklang rhythmisches Knirschen, während der Kameramann offenbar durch den Schnee stapfte. Das Objekt wurde deutlicher sichtbar. Es war ein Mann, der auf einem Stuhl saß, nein, er war darauf festgebunden. In Artemis' Glas klirrten die Eiswürfel. Seine Hände zitterten.

Der Mann trug die zerlumpten Überreste eines einst feinen Anzugs. Narben überzogen wie Blitze das Gesicht des Gefangenen, und er schien nur ein Bein zu haben; genau war es nicht zu erkennen. Artemis atmete jetzt so schnell, als wäre er einen Marathon gelaufen.

Um den Hals des Mannes hing ein Schild. Pappe und Paketschnur. Darauf stand in krakeligen schwarzen Buchstaben: *Sdrawstwui, syn*. Die Kamera zoomte das Schild heran und hielt einen Moment auf die Botschaft, dann wurde es schwarz.

»Ist das alles?«

Butler nickte. »Nur der Mann und das Schild. Mehr nicht.«

»*Sdrawstwui, syn*«, murmelte Artemis mit perfekter Aussprache. Seit dem Verschwinden seines Vaters hatte er sich selbst Russisch beigebracht.

»Soll ich es für Sie übersetzen?«, fragte Butler, der die Sprache ebenfalls beherrschte. Er hatte sie Ende der

Achtziger während eines fünfjährigen Einsatzes bei einer Spionageeinheit gelernt. Seine Aussprache war allerdings nicht ganz so perfekt wie die seines jungen Herrn.

»Nein, ich weiß, was es bedeutet«, erwiderte Artemis. »*Sdrawstwui, syn* – Hallo, Sohn.«

Butler steuerte den Bentley auf die Schnellstraße. Beide schwiegen eine ganze Weile. Schließlich hielt er es nicht mehr aus. »Glauben Sie, er ist es, Artemis? Könnte der Mann Ihr Vater sein?«

Artemis ließ das Video rückwärts laufen und hielt es bei dem Gesicht des geheimnisvollen Mannes an. Er berührte den Bildschirm, was regenbogenfarbene Störungen hervorrief. »Ich glaube schon. Aber die Bildqualität ist sehr schlecht. Ganz sicher bin ich mir nicht.«

Butler wusste, welche Gefühle gerade in seinem jungen Schützling toben mussten. Auch er hatte jemanden an Bord der *Fowl Star* verloren. Sein Onkel, der Major, hatte Artemis' Vater auf jener schicksalhaften Reise begleitet. Unglücklicherweise waren die sterblichen Überreste des Majors in der Leichenhalle von Tscherski aufgetaucht.

Artemis gewann seine Fassung zurück. »Dem muss ich nachgehen, Butler.«

»Ich nehme an, Sie wissen, was als Nächstes folgen wird?«

»Ja. Eine Lösegeldforderung. Das hier ist nur der Köder, um mich neugierig zu machen. Ich werde einen Teil des Feengolds eintauschen müssen. Kontaktieren Sie umgehend Lars in Zürich.«

Butler wechselte auf die Überholspur. »Master Artemis, dies ist eine Entführung, und ich verfüge über einige Erfahrung auf diesem Gebiet.«

Das überraschte Artemis nicht. Butlers Laufbahn war vor der Geburt seines Schützlings, vorsichtig ausgedrückt, recht abwechslungsreich gewesen.

»Die übliche Taktik von Entführern besteht darin, sämtliche Zeugen zu beseitigen. Danach versuchen sie für gewöhnlich, sich gegenseitig zu eliminieren, damit sie das Lösegeld nicht teilen müssen.«

»Was wollen Sie mir damit sagen?«

»Ich will damit sagen, dass die Zahlung von Lösegeld keine Garantie für die Sicherheit Ihres Vaters bedeutet. Wenn der Mann überhaupt Ihr Vater ist. Es kann gut sein, dass die Entführer sich Ihr Geld schnappen und uns dann alle umbringen.«

Artemis betrachtete den Bildschirm. »Sie haben vollkommen Recht. Ich werde mir einen Plan ausdenken müssen.«

Butler schluckte. Er erinnerte sich nur zu gut an den letzten Plan, der sie alle fast das Leben gekostet und den Planeten in einen Krieg der Arten gestürzt hätte. Butler war kein Mann, der sich leicht erschrecken ließ, aber das Funke ln in Artemis Fowls Augen genügte, um ihm einen kalten Schauer über den Rücken zu jagen.

Shuttlehafen E1: Tara, Irland

Captain Holly Short hatte beschlossen, eine doppelte Schicht zu arbeiten und sich direkt zur Oberfläche zu begeben. Sie machte nur kurz Pause, um sich einen Energieriegel und einen Vitaminshake zu genehmigen, dann nahm sie die erste freie Kapsel nach Irland.

Einer der Beamten oben in der Ankunftshalle schien es sich allerdings in den Kopf gesetzt zu haben, ihr das Leben schwer zu machen: Der Chef der Sicherheitsabteilung war sauer, weil Captain Short nicht nur den gesamten Verkehr in Schacht E1 lahm gelegt hatte, um per Expresskapsel nach Tara zu fliegen, sondern obendrein noch verlangte, dass man ihr für den Rückweg ein komplettes Shuttle zur Verfügung stellte.

»Warum prüfen Sie's nicht noch mal in Ihrem Computer nach«, zischte Holly ihn durch die Zähne an. »Ich bin sicher, die Genehmigung vom Polizeipräsidium ist inzwischen eingetroffen.«

Der widerspenstige Gnom blickte auf seinen Palmtop. »Tut mir Leid, Ma'am, aber da ist nichts.«

»Hören Sie, Mister ...«

»Commandant Terryl.«

»Commandant Terryl. Ich habe einen wichtigen Auftrag. Es geht um die nationale Sicherheit. Die Ankunftshalle muss für die nächsten Stunden gesperrt werden, und zwar vollständig.«

Terryl tat so, als würde ihn gleich der Schlag treffen. »Die nächsten paar Stunden?! Sind Sie noch zu retten, junge Frau? Ich erwarte allein drei Shuttles aus Atlantis. Was soll ich denen denn erzählen? Euer Ausflug ist wegen irgend so einer Geheimaktion der ZUP gestrichen? Wir haben Hochsaison. Ich kann den Laden nicht einfach dichtmachen. Auf gar keinen Fall.«

Holly zuckte die Achseln. »Was denken Sie, wie Ihre Touristen sich erst beim Anblick der beiden Menschenwesen freuen werden, die ich nach unten bringen soll. Das gibt einen Aufstand, so viel kann ich Ihnen versprechen.«

»Menschenwesen?«, fragte der Sicherheitschef entgeistert. »Hier im Terminal? Sind Sie wahnsinnig?«

Hollys Geduld war am Ende. Außerdem lief ihr die Zeit davon. »Sehen Sie das hier?«, fragte sie und deutete auf das Abzeichen an ihrem Helm. »Ich bin ein Officer der ZUP. Captain, um genau zu sein. Und ich werde nicht zulassen, dass ein wichtigtuerischer Gnom sich meinen Befehlen widersetzt.«

Terryl richtete sich zu seiner vollen Größe von etwa siebzig Zentimetern auf. »Na, von Ihnen hab ich schon gehört. Das verrückte ZUP-Mädel. Sie haben hier letztes Jahr ganz schön für Wirbel gesorgt, wenn ich mich nicht irre. Mein Steuergold wird noch ’ne ganze Weile dafür herhalten müssen, Ihren kleinen Ausrutscher zu finanzieren.«

»Jetzt fragen Sie schon die Zentrale, Sie bürokratischer Trottel.«

»Mit Beleidigungen kommen Sie bei mir nicht weiter, junge Frau. Wir haben hier unsere Vorschriften, und ohne eine Bestätigung von unten kann ich keine Sondergenehmigung erteilen. Schon gar nicht für ein aufsässiges, schießwütiges Mädel.«

»Nun rufen Sie endlich im Präsidium an!«

Terryl zog ein pikiertes Gesicht. »Die nächste Magmawoge ist gerade im Anmarsch. Da ist es nicht einfach, eine Verbindung herzustellen. Vielleicht versuche ich's später noch mal, wenn ich meine Runde gemacht habe. Sie können sich ja solange hier in die Wartehalle setzen.«

Holly tastete nach ihrem Elektrostock. »Ihnen ist ja wohl klar, was Sie da tun, oder?«

»Was denn?«, krächzte der Gnom.

»Sie behindern einen ZUP-Einsatz.«

»Ich behindere gar nichts …«

»Und in einem solchen Fall habe ich die Befugnis, das Hindernis auf die Weise zu beseitigen, die ich für richtig halte, zur Not auch mit Gewalt.«

»Versuchen Sie bloß nicht, mir zu drohen, junge Frau.«

Holly zog den Elektrostock heraus und ließ ihn geschickt in der Hand tanzen. »Ich drohe Ihnen nicht. Ich informiere Sie nur über die übliche Vorgehensweise der Polizei. Wenn Sie mich weiter behindern, werde ich das Hindernis – in diesem Fall Sie – beseitigen und mich an Ihren Vorgesetzten wenden.«

Terryl war noch nicht überzeugt. »Das würden Sie nicht wagen.«

Holly grinste. »Sie wissen doch, ich bin das verrückte ZUP-Mädel.«

Der Gnom wurde einen Moment nachdenklich. Es war unwahrscheinlich, dass Officer Short ihm einen Schlag versetzte, aber andererseits wusste man das bei Alraunen nie.

»Also gut«, sagte er schließlich und druckte über seinen kleinen Computer eine Seite aus. »Das hier ist ein Vierundzwanzig-Stunden-Visum. Aber wenn Sie nicht innerhalb der Frist wieder hier sind, lasse ich Sie bei Ihrer Rückkehr in Gewahrsam nehmen. Und dann habe ich das Heft in der Hand.«

Holly entriss ihm das Blatt. »Von mir aus. Und vergessen Sie nicht, dafür zu sorgen, dass die Ankunftshalle bei meiner Heimkehr leer ist.«

Irland, auf dem Weg von St. Bartleby's nach Fowl Manor

Artemis warf Butler seine Ideen zu wie Bälle, eine Technik, die er oft anwendete, wenn er einen Plan ausheckte. Denn wenn es einen Experten für Geheimoperationen gab, dann war es sein Leibwächter.

»Können wir das MPG nicht zurückverfolgen?«

»Nein, Artemis, das habe ich schon versucht. Sie haben die Mail mit einem Virus gekoppelt. Ich habe es gerade noch geschafft, eine Kopie von der Datei zu speichern, bevor sich das Original auflöste.«

»Was ist mit dem Video selbst? Können wir die geographische Lage nicht anhand der Sterne feststellen?«

Butler lächelte. Der junge Master Artemis fing langsam an, wie ein Soldat zu denken. »Ebenfalls Fehlanzeige. Ich habe einem Freund bei der NASA ein Standbild geschickt. Er hat es nicht einmal in den Computer eingespeist, weil es zu unscharf war.«

Artemis schwieg eine Weile. »Wie schnell könnten wir in Russland sein?«

Butler trommelte mit den Fingern auf das Lenkrad. »Das kommt darauf an.«

»Worauf?«

»Auf welche Art wir einreisen wollen, legal oder illegal.«

»Was ist schneller?«

Butler lachte, was selten vorkam. »Illegal. Meistens jedenfalls. Aber so oder so wird es ziemlich lange dauern. Fliegen können wir nicht, das ist klar. Die Mafija hat ihre Spitzel mit Sicherheit bei jeder Landebahn postiert.«

»Sind wir sicher, dass wir es mit der Mafija zu tun haben?«

Butler warf einen Blick in den Rückspiegel. »Ich fürchte ja. Alle Entführungen laufen über die Mafija. Selbst wenn es einem gewöhnlichen Verbrecher gelungen wäre, Ihren Vater zu entführen, hätte er ihn der Mafija aushändigen müssen, sobald diese davon Wind bekommen hätte.«

Artemis nickte. »Das habe ich mir gedacht. Also werden wir ein Schiff nehmen müssen, und das dauert mindestens eine Woche. Für den Transport könnten wir wirklich Hilfe gebrauchen. Irgendwas, mit dem die Mafija nicht rechnet. Wie sieht's mit den Papieren aus?«

»Kein Problem. Ich dachte mir, wir geben uns als Einheimische aus. Das ist unauffälliger. Ich habe Pässe und Visa.«

»*Da*. Welche Tarnung nehmen wir?«

»Wie wäre es mit Stefan Baschkir und seinem Onkel Konstantin?«

»Wunderbar. Das Schachgenie und sein Kindermädchen.« Sie hatten diese Tarnung schon bei früheren Suchaktionen verwendet. Einmal hatte ein Grenzbeamter, der selbst Schach-Großmeister war, ihre Geschichte angezweifelt, bis Artemis ihn in sechs Zügen geschlagen hatte. Die Strategie war seither als »Baschkir-Variante« bekannt.

»Wann können wir fahren?«

»Im Prinzip sofort. Madam Fowl und Juliet sind diese Woche in Nizza. Uns bleiben also acht Tage. Der Schule können wir eine Mail schicken. Uns wird schon was einfallen.«

»Die in St. Bartleby's werden froh sein, mich eine Weile los zu sein.«

»Wir können von Fowl Manor direkt zum Flughafen aufbrechen, der Lear-Jet steht schon bereit. Bis Skandinavien ist Fliegen auch kein Problem, und dort nehmen wir dann ein Schiff. Ich brauche nur noch ein paar Sachen aus dem Herrenhaus.«

Artemis konnte sich schon denken, was für »Sachen« das waren. Scharfe und explosive.

»Gut. Je schneller, desto besser. Wir müssen diese Leute finden, bevor sie mitbekommen, dass wir sie suchen. Das mit den E-Mails können wir unterwegs erledigen.«

Butler bog in die Ausfahrt nach Fowl Manor. »Hören Sie, Artemis«, sagte er mit einem erneuten Blick in den Rückspiegel, »wir nehmen es mit der russischen Mafija auf. Ich habe mit diesen Leuten schon zu tun gehabt. Die fackeln nicht lange. Wenn wir uns mit diesen Gangstern anlegen, wird Blut fließen. Wahrscheinlich unseres.«

Artemis nickte geistesabwesend und betrachtete sein Spiegelbild in der Fensterscheibe. Er brauchte einen Plan. Etwas Gewagtes, Geniales. Etwas, das noch niemand zuvor versucht hatte. Doch darüber machte Artemis sich keine allzu großen Sorgen. Bisher hatte sein Gehirn ihn noch nie im Stich gelassen.

Shuttlehafen Tara

Der Shuttlehafen der Unterirdischen in Tara war eine eindrucksvolle Konstruktion. Ein Terminal von zehntausend Kubikmetern, verborgen unter einem zugewucherten Hügel mitten auf dem Bauernhof der McGraneys.

Seit Jahrhunderten respektierten die McGraneys die Grenzen der Feenburg, und ebenso lange schon standen sie unter einem außergewöhnlich guten Stern. Krankheiten heilten auf mysteriöse Weise über Nacht, auf ihrem Grundstück fanden sich mit erstaunlicher Regelmäßigkeit kostbare Kunstgegenstände, und der Rinderwahn schien einen großen Bogen um ihre Herde zu machen.

Nachdem Holly endlich ihr Visum bekommen hatte, verließ sie den Sicherheitsbereich und schlüpfte durch die holographische Tarntür. Sie hatte es geschafft, für diese Reise eine Koboi-DoubleDex-Ausrüstung zu ergattern, die mit einer satellitengesteuerten Solarbatterie ausgerüstet war und ein revolutionäres Design aufwies. Sie bestand aus zwei Flügelpaaren, einem großen für den Gleitflug und einem kleineren zum Manövrieren. Holly war schon seit langem scharf darauf, die DoubleDex auszuprobieren, aber bisher waren nur wenige Exemplare aus dem Labor von Koboi geliefert worden, und Foaly rückte sie nur widerwillig heraus, da er sie nicht selbst entworfen hatte. Purer Neid. Holly hatte seine Abwesenheit in der Technikzentrale ausgenutzt und sich eine Ausrüstung aus dem Regal geschnappt.

Schwungvoll stieg sie auf fünfzehn Meter Flughöhe und sog die ungefilterte Oberflächenluft in ihre Lungen. Obwohl die Luft stark verschmutzt war, schmeckte sie immer noch süßer als die wiederaufbereitete Luft in den Tunneln. Ein paar Minuten gab Holly sich ganz dem Genuss hin, dann konzentrierte sie sich wieder auf ihre Aufgabe: die Entführung von Artemis Fowl.

Sie würde es nicht in Fowl Manor versuchen, so viel stand fest. Rechtlich gesehen bewegte sie sich auf sehr dünnem Eis, wenn sie ohne Einladung ein Haus betrat – auch wenn Fowl sie durch die Entführung letztes Jahr ja sozusagen eingeladen hatte. Aber kaum ein Anwalt würde das als Grundlage für eine Verteidigung akzeptieren. Außerdem war das Herrenhaus eine regelrechte Festung, an der bereits ein komplettes ZUP-Bergungskommando gescheitert war. Warum sollte es ihr da anders ergehen?

Obendrein war es durchaus möglich, dass Artemis sie bereits erwartete, vor allem, wenn er tatsächlich mit der B'wa Kell unter einer Decke steckte. Die Vorstellung, womöglich in eine Falle zu laufen, gefiel Holly überhaupt nicht. Sie hatte schon einmal in Fowl Manor festgesessen. Bestimmt war ihre Zelle unverändert geblieben.

Holly startete das Navigationsprogramm und rief das Herrenhaus in ihrem Helmvisier auf. In dem 3D-Plan begann ein kleiner roter Punkt zu blinken; die ZUP hatte das Haus als Gefahrenzone eingestuft. Holly stöhnte. Jetzt würde sie auch noch eine Videowarnung über sich ergehen lassen müssen – als ob es unter der Erde auch nur einen Aufklärungsofficer gab, der nicht von Artemis Fowl gehört hatte!

Auf dem Bildschirm erschien das Gesicht von Corporal Lili Frond. Natürlich hatten sie Lili für diesen Job ausgesucht, die Vorzeigeblondine der ZUP. Sogar im Polizeipräsidium blühte die sexuelle Diskriminierung. Und Gerüchten zufolge waren Lili Fronds Ergebnisse bei der ZUP-Aufnahmeprüfung ein wenig geschönt worden, weil sie vom Elfenkönig abstammte.

»Sie haben Fowl Manor gewählt«, flötete Frond und flatterte mit ihren Augenlidern. »Dies ist ein Gebäude der höchsten Gefahrenstufe. Unbefugten ist der Zutritt strengstens untersagt. Das Gelände darf auch nicht überflogen werden. Artemis Fowl gilt als größte Bedrohung des Erdvolks.«

Neben Frond erschien ein Bild von Artemis Fowl mit digital verstärkter finsterer Miene.

»Seinem Begleiter, bekannt unter dem Namen Butler, ist unter allen Umständen aus dem Weg zu gehen. Er ist meistens bewaffnet und in jedem Fall gefährlich.«

Butlers massiger Schädel tauchte neben den beiden anderen Gesichtern auf. Bewaffnet und gefährlich war kaum eine ausreichende Beschreibung – er war schließlich das einzige Menschenwesen seit Elfengedenken, das sich mit einem Troll angelegt und ihn besiegt hatte.

Holly leitete die Koordinaten an den Flugcomputer weiter und überließ den Flügeln die Steuerung. Unter ihr sauste die Landschaft vorüber. Seit ihrem letzten Besuch schienen die unersättlichen Menschenwesen ihren Herrschaftsbereich weiter ausgedehnt zu haben. Es gab kaum noch einen Hektar Land, auf dem sich nicht Dutzende Häuser in den Boden krallten, und kaum eine Flussmeile ohne eine ihrer Fabriken, die ihr Gift in das Wasser abließ.

Die Sonne war erst vor kurzem hinter dem Horizont verschwunden. Holly hatte nun die ganze Nacht, um sich einen Plan auszudenken. Sie stellte fest, wie sehr ihr Foalys sarkastische Kommentare über den Helmlautsprecher fehlten. So nervtötend die Bemerkungen des

Zentauren auch waren, meist stellten sie sich als zutreffend heraus, und sie hatten ihr mehr als einmal das Leben gerettet. Sie versuchte, eine Verbindung aufzubauen, doch die Magmawogen waren offenbar noch aktiv, und sie bekam keinen Empfang, nur statisches Rauschen.

In der Ferne ragte düster Fowl Manor auf, das die gesamte Umgebung beherrschte. Holly tastete das Gebäude mit ihrem Thermoscanner ab, fand jedoch außer Insekten und kleinen Nagetieren nichts. Keiner zu Hause. Umso besser. Sie landete auf dem Kopf eines besonders schauerlichen steinernen Wasserspeiers und richtete sich aufs Warten ein.

Fowl Manor

Das ursprüngliche Schloss der Fowls war im fünfzehnten Jahrhundert von Lord Hugh Fowl inmitten einer weiten Ebene erbaut worden – eine Taktik, die er von den Normannen übernommen hatte: Gib deinen Feinden keine Möglichkeit, sich unbemerkt anzuschleichen. Im Laufe der Jahrhunderte war das Schloss immer wieder umgebaut worden, bis ein richtiges Herrenhaus daraus geworden war, doch nach wie vor hatte der Sicherheitsaspekt große Bedeutung. Das Gebäude war von meterdicken Mauern umgeben und mit einem Alarmsystem der Hightech-Klasse ausgestattet.

Butler bog in die Auffahrt und öffnete per Fernbedienung das Tor. Er warf einen Blick in den Rückspiegel, auf das gedankenverlorene Gesicht seines Herrn. Manchmal dachte er bei sich, dass Artemis Fowl trotz all seiner Kontakte, Informanten und Angestellten der einsamste Junge war, dem er je begegnet war.

»Wir könnten ein paar von den Elfengewehren mitnehmen«, schlug er vor.

Bei der Belagerung im vorigen Jahr hatte Butler die Elite-Bergungseinheit der ZUP um ihre gesamte Ausrüstung erleichtert.

Artemis nickte. »Gute Idee, aber nehmen Sie die Nuklearbatterien raus und packen Sie die Waffen in eine Tasche mit ein paar alten Spielen und Büchern. Falls uns jemand kontrolliert, können wir behaupten, es sei Spielzeug.«

»Jawohl, Sir. Kluger Einfall.«

Der Bentley fuhr knirschend über die Auffahrt, und die Sicherheitsbeleuchtung flammte auf. Im Haus brannten einige Lampen, die an zufallsgesteuerte Zeituhren angeschlossen waren.

Butler löste seinen Sicherheitsgurt und stieg geschmeidig aus dem Wagen. »Brauchen Sie sonst noch etwas, Artemis?«

Artemis nickte. »Ja, bringen Sie mir etwas Kaviar aus der Küche mit. Sie glauben ja nicht, was uns in Bartleby's für die Dreißigtausend pro Jahr für ein Fraß vorgesetzt wird.«

Butler schmunzelte. Ein Teenager, der Kaviar mochte. Daran würde er sich nie gewöhnen.

Doch das Lächeln verschwand von seinen Lippen, als er sich dem Eingang näherte. Ein Schauer überlief ihn. Das Gefühl kannte er nur zu gut. Seine Mutter hatte dazu immer gesagt, jemand gehe gerade über sein Grab. Sein sechster Sinn. Sein Instinkt. Gefahr lag in der Luft. Unsichtbar, aber eindeutig vorhanden.

Holly erblickte die Scheinwerfer, die die Dunkelheit durchschnitten, schon aus über einer Meile Entfernung. Doch von ihrem Beobachtungspunkt aus nützte ihr der Optix gar nichts. Außerdem war die Windschutzscheibe des Wagens getönt, und dahinter waren nur schwarze Schatten zu erkennen. Allein beim Anblick von Fowls Wagen begann ihr Herz jedoch schneller zu schlagen.

Das Auto schlängelte sich die Landstraße entlang; die Scheinwerfer flackerten zwischen den Weiden und Kastanienbäumen hindurch. Holly duckte sich instinktiv, obwohl sie dank ihres Sichtschilds für menschliche Augen unsichtbar war. Allerdings konnte man bei dem Riesen nie wissen. Im vergangenen Jahr hatte Artemis einen Elfenhelm auseinander genommen und daraus eine Art Spezialbrille konstruiert, mit deren Hilfe Butler eine komplette ZUP-Bergungseinheit entdeckt und schachmatt gesetzt hatte. Es war zwar höchst unwahrscheinlich, dass er gerade diese Brille trug, aber wie Trouble Kelp und seine Jungs gelernt hatten, war es gefährlich, Artemis oder seinen Diener zu unterschätzen.

Holly schaltete ihre Neutrino ein wenig höher als auf die empfohlene Betäubungsstufe. Selbst wenn ein paar von Butlers Gehirnzellen durchschmorten, sie würde deswegen bestimmt keine schlaflose Nacht verbringen.

Das Auto rollte knirschend auf dem Kies aus. Butler verließ den Wagen. Holly spürte, wie ihr Kiefer sich verkrampfte. Damals hatte sie ihm das Leben gerettet, indem sie nach der eigentlich tödlichen Begegnung mit dem Troll Butlers Wunden geheilt hatte. Aber sie war sich alles andere als sicher, ob sie es noch einmal tun würde.

Mit angehaltenem Atem schaltete ZUP-Captain Holly Short ihre DoubleDex auf langsamen Sinkflug. Geräuschlos glitt sie an den Stockwerken vorbei, die Waffe auf Butlers Brust gerichtet – ein Ziel, das selbst ein sonnengeblendeter Zwerg nicht verfehlen konnte.

Der Menschenmann konnte ihre Gegenwart nicht bemerkt haben. Vollkommen unmöglich. Und doch ließ ihn etwas innehalten. Er blieb stehen und schnüffelte wie ein Hund. Nein, nicht wie ein Hund, eher wie ein Wolf. Ein Wolf mit einer riesigen Pistole.

Holly richtete ihre Helmkamera auf seine Waffe, machte ein Foto davon und schickte es an ihre Computerdatenbank. Sekundenbruchteile später erschien ein hochauflösendes, rotierendes 3D-Bild der Pistole auf dem Seitenbildschirm ihres Helms.

»Sig Sauer«, erklang Foalys Stimme als Tondatei. »Neun Millimeter. Dreizehn Kugeln im Magazin. Große Kugeln. Eine davon reicht aus, um Ihnen den Kopf abzureißen. Da rettet Sie auch keine Magie mehr. Davon abgesehen kann Ihnen eigentlich nichts passieren, sofern Sie daran gedacht haben, den vorgeschriebenen Spezialoverall aus Mikrofaser für oberirdischen Einsatz anzuziehen, den ich vor kurzem entwickelt habe. Aber da Sie einer von der Aufklärung sind, haben Sie es vermutlich vergessen.«

Holly zog eine Grimasse. Foaly war wirklich unerträglich, vor allem wenn er Recht hatte. Sie war natürlich in die erste freie Expresskapsel gesprungen, ohne auch nur daran zu denken, sich einen Spezialanzug anzuziehen.

Hollys Augen waren jetzt auf gleicher Höhe mit Butlers, obwohl sie noch einen Meter vom Boden entfernt war. Sie löste den Visierverschluss, dessen Druckluftsystem zu ihrem Entsetzen leise zischte.

Butler hörte das entweichende Gas und schwenkte seine Sig Sauer in die Richtung, aus der das Geräusch kam. »Elfenwesen«, sagte er. »Ich weiß, dass du da bist. Weg mit dem Sichtschild, oder ich schieße.«

Das war nicht gerade der taktische Vorsprung, den Holly sich vorgestellt hatte. Ihr Visier war offen, und der Finger des Dieners spannte sich um den Abzug seiner Pistole.

Sie atmete tief durch und schaltete den Sichtschild ab. »Hallo, Butler«, sagte sie ruhig.

Butler spannte den Hahn seiner Sig Sauer. »Hallo, Captain. Kommen Sie runter, aber ganz langsam, und versuchen Sie keinen Ihrer …«

»*Legen Sie die Waffe weg*«, unterbrach Holly ihn mit der tiefen, monotonen Stimme des *Blicks*.

Butler kämpfte dagegen an, doch der Lauf seiner Waffe begann zu zittern.

»*Legen Sie sie weg*, Butler. Bringen Sie mich nicht dazu, Ihnen das Licht auszublasen.«

Auf Butlers Lid pulsierte eine Ader.

Wie ungewöhnlich, dachte Holly. Das habe ich noch nie gesehen.

»Kämpfen Sie nicht dagegen an, Menschenwesen. Lassen Sie es geschehen.«

Butler öffnete den Mund, um etwas zu sagen. Um Artemis zu warnen. Sie verstärkte ihre Energie, bis die Magie den Kopf des Mannes umflirrte.

»Ich sagte, legen Sie sie weg!«

Ein Schweißtropfen lief über die Wange des Leibwächters.

»LEGEN SIE SIE WEG!«

Schließlich tat Butler es, langsam und widerstrebend.

Holly lächelte. »Gut gemacht, Menschenwesen. Und jetzt gehen Sie zurück zum Auto und tun, als ob nichts wäre.«

Die Beine des Dieners gehorchten, allen Signalen seines Gehirns zum Trotz.

Holly schaltete ihren Sichtschild wieder ein. Die Sache begann ihr Spaß zu machen.

Artemis war dabei, auf seinem Laptop eine E-Mail zu verfassen.

Sehr geehrter Doktor Guiney, schrieb er, *da Ihr Hauspsychologe meinen kleinen Arty so taktlos ausgefragt hat, habe ich den Jungen aus der Schule genommen und ihn für eine Therapie in die Mont-Gaspard-Klinik in der Schweiz geschickt, zu Leuten, die etwas von ihrem Beruf verstehen. Ich erwäge ernsthaft, Sie zu verklagen. Versuchen Sie nicht, mit mir Kontakt aufzunehmen, da mich das nur noch mehr verärgern würde. Und wenn ich verärgert bin, rufe ich für gewöhnlich meine Anwälte an.*

Hochachtungsvoll,

Angeline Fowl

Artemis schickte die Nachricht ab und gestattete sich den Luxus eines verhaltenen Lächelns. Wie gerne würde er das Gesicht von Direktor Guiney sehen, wenn dieser die Mail las. Doch leider waren die Bilder von der Minikamera, die er im Büro des Schulleiters angebracht hatte, nur im Umkreis von einem Kilometer abrufbar.

Butler öffnete die Fahrertür, verharrte einen kurzen Moment und stieg dann ein.

Artemis klappte den Laptop zu und verstaute ihn. »Captain Short, nehme ich an. Ich würde vorschlagen, Sie sparen sich das Vibrieren und kehren ins sichtbare Spektrum zurück.«

Langsam zeichnete sich Hollys Umriss ab. In ihrer Hand hielt sie eine schimmernde Waffe. Keine Frage, auf wen diese gerichtet war.

»Also wirklich, Captain Short, ist das nötig?«

Holly schnaubte. »Nun, fassen wir mal zusammen: Entführung, Körperverletzung, Erpressung und Verabredung zum Mord – ja, ich denke, es ist nötig.«

»Ich bitte Sie, Captain Short«, sagte Artemis mit einem Lächeln, »ich war jung und selbstsüchtig. Ob Sie es glauben oder nicht, ich finde diese Unternehmung mittlerweile auch ein wenig bedenklich.«

»Aber nicht bedenklich genug, das Gold zurückzuerstatten?«

»Nein«, gab Artemis zu. »Das allerdings nicht.«

»Woher wusstest du überhaupt, dass ich hier bin?«

Artemis verschränkte die Finger. »Dafür gab es mehrere Anzeichen. Erstens: Butler hat nicht wie sonst die Unterseite des Wagens auf Bomben überprüft. Zweitens: Er ist ohne die Sachen zurückgekommen, die er holen wollte. Drittens: Die Wagentür stand ein paar Sekunden offen, was ein guter Leibwächter nie zulassen würde. Und viertens: Es lag ein leichtes Flimmern in der Luft, als Sie eingestiegen sind. Kein großes Kunststück also.«

Holly zog ein verdrossenes Gesicht. »Ganz schön aufmerksam für einen kleinen Menschenjungen.«

»Ich tue mein Bestes. Aber vielleicht möchten Sie mir jetzt erklären, warum Sie hier sind, Captain Short.«

»Als ob du das nicht wüsstest.«

Artemis überlegte einen Moment. »Interessant. Ich nehme an, es ist etwas passiert. Und offensichtlich macht man mich dafür verantwortlich.« Er hob die Augenbrauen um einen Millimeter – eine für Artemis Fowl bereits überschwängliche Mimik. »Lassen Sie mich raten: Es gibt Menschen, die mit dem Erdvolk Handel treiben.«

»Sehr beeindruckend«, spottete Holly. »Wenn wir nicht beide wüssten, dass du dahintersteckst. Aber wenn du nicht von selbst mit der Wahrheit rausrückst, werden eben deine Computerdateien Aufschluss geben.«

Artemis tätschelte den zugeklappten Laptop. »Captain, ich weiß, dass wir beide nicht die engsten Freunde sind, aber ich habe jetzt wirklich keine Zeit für so etwas. Ich brauche unbedingt ein paar Tage, um meine eigenen Angelegenheiten zu klären.«

»Keine Chance, Fowl. Es gibt da bei uns unten ein paar Leute, die sich gerne mit dir unterhalten wollen.«

Artemis zuckte die Achseln. »Tja, nach dem, was ich getan habe, kann ich vermutlich nicht auf Rücksicht hoffen.«

»Ganz recht, das kannst du nicht.«

»Na gut«, seufzte Artemis. »Ich nehme an, mir bleibt keine andere Wahl.«

Holly grinste. »Stimmt, Fowl. Gut erkannt.«

»Dann sollten wir jetzt wohl besser fahren.« Artemis' Stimme klang lammfromm, doch sein Gehirn sprühte bereits vor Ideen. Vielleicht war es gar nicht so schlecht, mit den Elfen zusammenzuarbeiten. Immerhin hatten sie ganz nützliche Fähigkeiten.

»Einverstanden.« Holly wandte sich zu Butler. »Fahren Sie Richtung Süden. Über Nebenstraßen.«

»Nach Tara, nehme ich an. Ich habe mich schon oft gefragt, wo der Eingang zu E1 eigentlich liegt.«

»Frag dich ruhig weiter, Menschenjunge«, grummelte Holly. »Und jetzt schlaf. Deine ewigen Schlussfolgerungen machen mich fertig.«

Kapitel 4

Der Pakt

Vernehmungsraum 4, Polizeipräsidium, Haven City, Erdland

Artemis wachte im Vernehmungsraum der ZUP auf. Er hätte sich ebenso gut in jedem beliebigen Polizei-Vernehmungsraum der Menschenwelt befinden können – dieselben unbequemen Stühle, dieselbe alte Nummer.

Root legte sofort los. »Okay, Fowl, raus mit der Sprache.«

Artemis nahm sich die Zeit, sich zu orientieren. Captain Holly Short und Commander Root saßen ihm an einem niedrigen Tisch mit Kunststoffoberfläche gegenüber. Eine grelle Lampe schien ihm direkt ins Gesicht.

»Also wirklich, Commander. Ist das alles? Ich hatte eigentlich mehr erwartet.«

»Keine Sorge, es gibt noch mehr. Aber nicht für Verbrecher wie Sie.«

Artemis bemerkte, dass er mit Handschellen an den Stuhl gefesselt war.

»Sie sind mir doch wohl nicht etwa noch böse wegen der Sache letztes Jahr, oder? Schließlich habe ich gewonnen. Damit ist die Geschichte erledigt, so steht es immerhin in Ihrem Buch.«

Root beugte sich vor, bis die Spitze seiner Zigarre fast Artemis' Nase berührte. »Hier geht es um etwas ganz anderes, Fowl. Also spielen Sie nicht den Unschuldigen.«

Artemis ließ sich davon nicht einschüchtern. »Welchen Part spielen Sie hier? Den guten oder den bösen Cop?«

Root lachte so dröhnend, dass seine Zigarrenspitze in der Luft zu tanzen schien. »Den Guten oder den Bösen! Ich sag's dir ja nicht gern, Dorothy, aber du bist nicht mehr in Kansas.« Der Commander nutzte jede Gelegenheit, ein Zitat aus *Der Zauberer von Oz* anzubringen. Drei seiner Cousins spielten in dem Film mit.

Aus der dunklen Zimmerecke tauchte eine Gestalt auf. Sie hatte einen Schweif, vier Beine und zwei Arme und hielt etwas in der Hand, das aussah wie zwei ganz gewöhnliche Abflusssauger.

»Okay, Oberirdischer«, sagte die Gestalt. »Bleiben Sie ganz locker, dann tut's auch nicht so weh.«

Foaly drückte die beiden Saugnäpfe auf Artemis' Augen, und der Junge verlor sofort das Bewusstsein.

»Das Betäubungsmittel steckt in den Gummirändern«, erklärte der Zentaur. »Dringt durch die Poren ein, so schnell, dass keiner mehr piep sagen kann. Geben Sie ruhig zu, dass ich das größte Genie des Universums bin.«

»Ach, ich weiß nicht«, sagte Root mit Unschuldsmiene. »Diese Wichtelin Koboi ist auch nicht auf den Kopf gefallen.«

Foaly stampfte wütend mit dem Huf auf. »Was, die Koboi? Diese Flügel, die sie gebastelt hat, sind doch lächerlich. Überhaupt verwenden wir in letzter Zeit viel zu viel Koboi-Technik. Es ist nicht gut, die ganzen ZUP-Aufträge einer einzigen Firma zuzuschustern.«

»Es sei denn, es ist Ihre, nicht?«

»Ich meine es ernst, Julius. Ich kenne Opal Koboi noch aus meiner Zeit an der Universität. Sie ist nicht zuverlässig. In sämtlichen Neutrinos stecken Koboi-Chips. Wenn ihr Laden pleite geht, haben wir nur noch die DNS-Kanonen hier im Präsidium und ein paar Kisten elektrische Betäubungsgewehre.«

Root schnaubte. »Koboi hat gerade erst sämtliche Waffen und Fahrzeuge der ZUP generalüberholt – dreifache Leistung und nur halb so viel Wärmeemission. Besser als die letzten Ergebnisse aus Ihrem Labor, Foaly.«

Foaly schloss ein paar Glasfaserkabel an den Computer an. »Tja, wenn der Rat mir ein vernünftiges Budget einräumen würde …«

»Hören Sie auf zu jammern, Foaly. Ich habe das Budget für diesen Apparat gesehen, und ich hoffe nur, dass er mehr kann als Abflüsse freizupumpen.«

Beleidigt schlug Foaly mit dem Schweif. »Das ist ein Retimager. Ich überlege ernsthaft, mich mit dem Schätzchen selbstständig zu machen.«

»Und was kann das Ding?«

Foaly schaltete einen Plasmabildschirm an der Wand des Vernehmungsraums ein.

»Sehen Sie die beiden dunklen Ringe dort? Das sind die Netzhäute des Menschenjungen. Jedes Bild, das er sieht, hinterlässt darauf eine winzige Prägung, wie das Negativ eines Fotos. Wir können jedes beliebige Bild in den Computer eingeben und die Netzhaut auf Übereinstimmungen absuchen lassen.«

Root erstarrte nicht gerade vor Ehrfurcht. »Wie praktisch.«

»Ja, in der Tat. Sehen Sie her.« Foaly rief das Bild eines Kobolds auf und speiste es in die Datenbank des Retimager ein. »Für jede Übereinstimmung gibt es einen Punkt. Um die zweihundert ist normal, allgemeine Kopfform, Gesichtsaufbau, biometrische Merkmale und so weiter. Wenn die Zahl deutlich höher ist, hat er den Kobold schon mal gesehen.«

Auf dem Bildschirm erschien die Zahl 186.

»Kobold negativ. Versuchen wir es mit einem Softnose-Gewehr.«

Auch hier blieb die Summe unter zweihundert.

»Wieder negativ. Tut mir Leid, Holly, aber Master Fowl ist unschuldig. Er hat noch nie einen Kobold gesehen und schon gar nicht mit der B'wa Kell gehandelt.«

»Vielleicht haben sie eine Erinnerungslöschung vorgenommen.«

Foaly nahm die Saugköpfe von Artemis' Augen. »Das ist ja gerade das Schöne an diesem Schätzchen: Erinnerungslöschungen nützen da nichts. Der Retimager arbeitet ausschließlich mit körperlichem Beweismaterial. Um das zu entfernen, müsste man die Netzhäute abschleifen.«

»Hast du irgendwas auf dem Computer des Jungen gefunden?«

»Jede Menge«, erwiderte Foaly. »Aber nichts Verdächtiges. Nicht ein Wort von Kobolden oder Batterien.«

Root kratzte sich an seinem kantigen Kinn. »Was ist mit dem Großen? Vielleicht ist er ja der Mittelsmann.«

»Habe ihn schon mit dem Retimager geprüft – nichts. Die ZUP hat sich schlicht und einfach die falschen Oberirdischen geschnappt. Erinnerungslöschung und ab nach Hause mit ihnen.«

Holly nickte.

Der Commander sagte jedoch: »Nicht so hastig. Ich denke gerade nach.«

»Worüber?«, fragte Holly. »Je eher wir diesen Fowl wieder aus unseren Angelegenheiten heraushalten können, desto besser.«

»Vielleicht auch nicht. Da die beiden schon mal hier sind ...«

Holly dachte, sie hätte sich verhört. »Commander, Sie kennen Artemis Fowl nicht so gut wie ich. Wenn Sie ihm auch nur die geringste Gelegenheit dazu geben, wird er zu einem größeren Problem als die Kobolde.«

»Vielleicht könnte er uns bei unserem Problem mit den Oberirdischen helfen.«

»Das halte ich für keine gute Idee, Commander. Man kann keinem dieser Menschenwesen trauen.«

Roots Gesicht begann gefährlich zu glühen. »Glauben Sie vielleicht, mir gefällt das, Captain? Glauben Sie, mir macht das Spaß, vor diesem Menschenjungen auf den Knien rumzurutschen? Ganz bestimmt nicht. Lieber würde ich einen lebenden Stinkwurm verspeisen als diesen Artemis Fowl um Hilfe zu bitten. Aber irgendjemand versorgt die Waffen der B'wa Kell mit Batterien, und ich muss rauskriegen, wer. Also schieben Sie Ihre Animositäten beiseite, Holly. Hier geht es um Wichtigeres als Ihre kleine Vendetta.«

Holly biss sich auf die Zunge. Sie konnte sich dem Commander nicht widersetzen, nicht nach allem, was er für sie getan hatte, aber Artemis Fowl um Hilfe zu bitten, war falsch, egal, aus welchem Grund man es tat. Sie zweifelte keine Sekunde daran, dass der Menschenjunge eine Lösung für ihr Problem finden würde, aber um welchen Preis?

Root holte tief Luft. »Okay, Foaly, wecken Sie ihn auf. Und verpassen Sie ihm ein Übersetzungsgerät. Von der Sprache der Oberirdischen kriege ich Migräne.«

Artemis rieb sich die geschwollene Haut um die Augen.

»Betäubungsmittel in den Saugnäpfen, über Mikronadeln injiziert?«, fragte er, an Foaly gewandt.

Der Zentaur war beeindruckt. »Ganz schön clever für einen Menschenjungen.«

Artemis berührte den kleinen halbmondförmigen Knopf, der über seinem Ohr befestigt war. »Und das ist vermutlich ein Übersetzungsgerät.«

Foaly deutete mit dem Kopf auf den Commander. »Manche Leute kriegen von Oberirdisch Kopfschmerzen.«

Artemis rückte die Krawatte seiner Schuluniform zurecht. »Aha. Nun, was kann ich für Sie tun?«

»Wie kommen Sie darauf, dass wir Ihre Hilfe brauchen, Menschenwesen?«, knurrte Root, den Zigarrenstummel im Mundwinkel.

Der Junge lächelte spöttisch. »Wenn Sie nicht irgendwas von mir wollten, Commander, würde ich doch sicher in meinem eigenen Bett aufwachen, ohne die geringste Erinnerung an unsere Begegnung.«

Foaly grinste verstohlen in sich hinein.

»Du kannst froh sein, dass du nicht in einer Gefängniszelle aufwachst«, sagte Holly.

»Immer noch wütend auf mich, Captain Short? Können wir die Sache nicht zu den Akten legen?«

Hollys Blick war Antwort genug.

Artemis seufzte. »Nun gut. Dann versuche ich es eben mit Raten. Einige Menschen treiben Handel mit dem Erdvolk, und Sie brauchen Butler, um die Leute aufzuspüren. Stimmt's?«

Die Unterirdischen schwiegen einen Moment. Das Ganze aus Fowls Mund zu hören, machte ihnen plötzlich klar, wie ernst die Lage wirklich war.

»Stimmt«, gab Root zu. »Okay, Foaly, bringen Sie den Menschenjungen auf den aktuellen Stand.«

Der Techniker rief eine Datei vom Zentralserver der ZUP auf. Auf dem Plasmabildschirm erschien eine Reihe von Kurzberichten der Network News. Der Reporter war ein Elf mittleren Alters mit einer Haartolle von der Größe einer Flutwelle.

»Stadtzentrum Haven City«, sagte der Reporter mit schmalziger Stimme. »Die Zentrale Untergrund-Polizei hat erneut Schmuggelware sichergestellt. Es handelt sich dabei um Laserdisks aus Hollywood mit einem geschätzten Verkaufswert von fünfhundert Gramm Gold. Des Handels verdächtigt wird die B'wa-Kell-Kobold-Bande.«

»Es kommt noch schlimmer«, warf Root mit grimmiger Miene ein.

Artemis schmunzelte. »Was, noch schlimmer?«

Wieder erschien der Reporter. Diesmal loderten aus einem Lagerhaus hinter ihm Flammen empor. Seine Tolle sah ein wenig ramponiert aus.

»Heute Nacht hat die B'wa Kell ihren Terrorbereich auf das Ostufer ausgedehnt und ein Lagerhaus der Firma

Koboi Laboratorien niedergebrannt. Offenbar hatte die Wichtelin mit dem goldenen Händchen sich geweigert, Schutzgeld zu bezahlen.«

Die Flammen wurden von einem weiteren Nachrichtenausschnitt abgelöst; diesmal sah man aufgebrachte Massen.

»Später kam es vor dem Polizeipräsidium zu öffentlichen Protesten, weil es der ZUP bisher nicht gelungen ist, das Kobold-Problem in den Griff zu kriegen. Viele alteingesessene Unternehmen sind durch die Erpressungen der B'wa-Kell-Organisation an den Rand des Konkurses getrieben worden. Am stärksten hatte bisher die Firma Koboi Laboratorien zu leiden, die allein im vergangenen Monat sechs Fälle von Sabotage hinnehmen musste.«

Foaly schaltete auf Standbild. Die Gesichter der Protestierenden sahen alles andere als zufrieden aus.

»Eins müssen Sie dazu wissen, Fowl: Kobolde sind dumm. Das ist kein Vorurteil, mit dem ich sie beleidigen will, sondern eine wissenschaftlich erwiesene Tatsache. Ihr Gehirn ist nicht größer als das einer Ratte.«

Artemis nickte. »Wer organisiert dann das Ganze?«

Root drückte seine Zigarre aus. »Das wissen wir nicht. Aber es wird immer schlimmer. Anfangs hat sich die B'wa Kell mit Bagatellverbrechen begnügt, jetzt führen sie regelrecht Krieg gegen die Polizei. Letzte Nacht haben wir eine Lieferung Batterien von der Erdoberfläche abgefangen, die dazu bestimmt waren, verbotene Softnose-Lasergewehre zu betreiben.«

»Und Captain Short dachte, ich wäre der Oberirdische, der die Ware liefert.«

»So abwegig ist der Gedanke ja wohl auch nicht«, grummelte Holly.

Artemis ignorierte ihre Bemerkung. »Könnte es nicht sein, dass die Kobolde einfach nur Großhändler berauben? Batterien werden ja schließlich nicht besonders bewacht.«

Foaly lachte spöttisch. »Ich glaube, Sie haben noch nicht begriffen, wie dämlich Kobolde sind. Ein Beispiel: Einer von den B'wa-Kell-Generälen, also einer ihrer Anführer, ist dabei erwischt worden, wie er versuchte, mit einer gestohlenen Kreditkarte zu bezahlen, weil er mit seinem eigenen Namen unterschrieben hat. Nein, wer auch immer dahinter steckt, braucht einen Kontaktmann bei den Menschen, um sicherzustellen, dass auch wirklich die richtige Ware ankommt.«

»Und Sie möchten jetzt, dass ich herausfinde, wer dieser Kontaktmann ist«, sagte Artemis. »Und vor allem, wie viel er weiß.« Noch während er sprach, schossen ihm die ersten Ideen durch den Kopf. Er könnte die Situation zu seinem Vorteil nutzen. Die technischen Möglichkeiten des Erdvolks wären wertvolle Trümpfe bei den Verhandlungen mit der russischen Mafija. In seinem Hirn sprossen bereits die ersten Keime eines Plans.

Root nickte widerstrebend. »Genau. Ich kann es nicht riskieren, Leute von der ZUP-Aufklärung nach oben zu schicken. Wer weiß, welche Technik die Kobolde den Oberirdischen verkauft haben. Womöglich laufen meine Männer direkt in eine Falle. Sie als Menschen hingegen könnten sich unauffällig umsehen.«

»Butler, unauffällig?« Artemis lächelte amüsiert. »Das bezweifle ich.«

»Zumindest hat er nicht vier Beine und einen Schweif«, bemerkte Foaly.

»Gut, der Punkt geht an Sie. Und wenn es jemanden gibt, der Ihre Schmuggler dingfest machen kann, dann ist es zweifellos Butler. Aber …«

Na bitte, dachte Holly. Artemis Fowl macht nichts umsonst.

»Aber?«, hakte Root nach.

»Wenn Sie wollen, dass ich Ihnen helfe, verlange ich etwas im Gegenzug.«

»Und das wäre?«, fragte Root argwöhnisch.

»Ich brauche eine Transportmöglichkeit nach Russland«, sagte Artemis. »An den Polarkreis, um genau zu sein. Und ich brauche Hilfe bei einem Rettungsversuch.«

Root runzelte die Stirn. »Nordrussland ist keine gute Gegend für uns. Der Sichtschild funktioniert dort nicht, wegen der Strahlung.«

»Nun, das sind meine Bedingungen«, sagte Artemis. »Der Mann, den ich retten will, ist mein Vater. Nach allem, was ich weiß, ist es vielleicht sogar schon zu spät. Ich habe also keine Zeit für lange Verhandlungen.«

Der Menschenjunge klang, als ob er es ernst meinte. Selbst Holly empfand für einen Moment so etwas wie Mitgefühl. Aber bei Artemis Fowl konnte man nie wissen, vielleicht war das Ganze nur Teil eines neuen hinterhältigen Plans.

Root traf schließlich die Entscheidung. »Einverstanden«, sagte er und streckte die Hand aus.

Artemis schlug ein. Elf und Mensch – ein historischer Augenblick.

»Gut«, sagte Root. »Foaly, wecken Sie den Großen auf und machen Sie einen kurzen Systemcheck bei dem Kobold-Shuttle.«

»Was ist mit mir?«, fragte Holly. »Zurück auf den Beobachtungsposten?«

Wäre Root nicht Commander gewesen, er hätte vermutlich laut gelacht. »Oh nein, Captain. Sie sind unsere beste Shuttlepilotin. Sie fliegen mit nach Paris.«

Kapitel 5

Papas Liebling

Koboi Laboratorien, Ostviertel, Haven City

Die Anlagen der Firma Koboi Laboratorien waren direkt in den Felsen von Havens Ostviertel gebaut. Das Gebäude war acht Stockwerke hoch und auf fünf Seiten von kilometerdickem Granit umgeben, so dass der Zugang nur von der Vorderseite möglich war. Die Geschäftsleitung hatte die Sicherheitsmaßnahmen verschärft, und wer wollte es ihr verübeln? Schließlich hatte es die B'wa Kell mit ihren Bandenanschlägen offenbar speziell auf Koboi abgesehen. Der Rat war sogar so weit gegangen, der Firma eine Genehmigung für den Einsatz von Spezialwaffen auszustellen, denn wenn Koboi stürzte, würde sie die gesamte Verteidigungsstruktur von Haven City mit sich reißen.

Ein B'wa-Kell-Kobold, der versuchte, den Hauptsitz der Firma Koboi Laboratorien zu stürmen, würde sofort von DNS-kodierten Betäubungskanonen attackiert, die jeden Eindringling durchleuchteten, bevor sie schossen. Im gesamten Gebäude gab es keinen toten Winkel, keine

Möglichkeit, sich zu verstecken. Das System war absolut sicher.

Allerdings brauchten die Kobolde sich deswegen keine Sorgen zu machen. In Wirklichkeit war das Verteidigungssystem nämlich dazu gedacht, ZUP-Officer abzuwehren, die möglicherweise im falschen Augenblick herumschnüffelten. Denn Opal Koboi selbst finanzierte die Kobold-Bande und die Angriffe auf Koboi waren nichts als ein Ablenkungsmanöver, damit sich niemand allzu genau mit ihren Geschäften befasste. Die zierliche Wichtelin war das Superhirn, das hinter dem Batterieschmuggel und den gesteigerten kriminellen Aktivitäten der B'wa Kell steckte. Nun, zumindest eines der Superhirne. Aber warum tat sich ein Wesen von nahezu grenzenlosem Reichtum mit einer Bande verbrecherischer Kobolde zusammen?

Vom Tag ihrer Geburt an hatte niemand viel von Opal Koboi erwartet. Als Tochter einer Familie alteingesessener, reicher Wichtel am Principality Hill hätte sie, wenn es nach ihren Eltern ging, lediglich eine Privatschule besuchen, etwas Dekoratives im Kunstbereich studieren und einen passenden zukünftigen Geschäftsführer heiraten sollen.

Aus der Sicht ihres Vaters, Ferall Koboi, war die ideale Tochter mittelmäßig intelligent, einigermaßen vorzeigbar und natürlich gehorsam. Nicht wirklich Eigenschaften, die Opal auszeichneten. In Menschenjahren gerechnet, lief sie bereits im Alter von zehn Monaten ohne Stütze, und mit anderthalb Jahren verfügte sie über ein

Vokabular von mehr als fünfhundert Wörtern. Noch vor ihrem zweiten Geburtstag hatte sie ihre erste Festplatte auseinander gebaut.

Wie sich bald zeigte, war Opal frühreif, eigensinnig und eine Schönheit. Eine gefährliche Kombination. Ferall hatte längst den Überblick verloren, wie oft er seine Tochter zurechtgewiesen und ihr gesagt hatte, sie solle das Geschäft den männlichen Wichteln überlassen. Irgendwann brach sie dann den Kontakt zu ihm ganz ab. Ihre offenkundige Feindseligkeit war besorgniserregend.

Und Ferall hatte Recht, sich Gedanken zu machen. Sie war gerade auf dem College, da hatte sie nichts Dringenderes zu tun, als ihr Studium der Kunstgeschichte fallen zu lassen und sich für den fast ausschließlich von männlichen Unterirdischen besuchten Studiengang Maschinenbau einzuschreiben. Kaum hatte sie ihr Diplom in der Hand, gründete Opal ihre eigene Firma, in direkter Konkurrenz zu der ihres Vaters. Bald hatte sie ihre ersten Erfindungen patentieren lassen: einen Schalldämpfer, der zugleich als Energieverstärker funktionierte, ein 3D-Unterhaltungssystem und natürlich ihr Meisterwerk, die DoubleDex-Flügelserie.

Sobald Opal das Unternehmen ihres Vaters in den Konkurs getrieben hatte, kaufte sie die Aktien zum Spottpreis auf und führte die beiden Firmen unter dem Namen Koboi Laboratorien zusammen. Nach nur fünf Jahren verfügte Koboi über mehr Aufträge seitens der Sicherheitsbehörden als jede andere Firma. Und nach zehn Jahren hatte sie bereits mehr Patente auf ihren Namen angemeldet als irgendein anderes unterirdisches Wesen – von Foaly, dem Zentauren, einmal abgesehen.

Doch das genügte ihr nicht. Opal Koboi gierte nach der Art Macht, die seit den Tagen der Monarchie kein einzelner Unterirdischer mehr besessen hatte. Zum Glück wusste sie jemanden, der ihr helfen konnte, dieses besondere Ziel zu erreichen. Ein desillusionierter Officer der ZUP, den sie noch aus College-Zeiten kannte. Ein gewisser Briar Cudgeon …

Briar hatte gute Gründe, die ZUP zu hassen; schließlich hatte man es zugelassen, dass Julius Root ihn in aller Öffentlichkeit ungestraft demütigte. Und obendrein hatte man ihm nach seinem misslungenen Einsatz in der Artemis-Fowl-Affäre seinen Rang als Commander aberkannt.

Für Opal war es eine Kleinigkeit gewesen, Cudgeon bei einem Essen in einem von Haven Citys feineren Restaurants eine Wahrheitspille in den Drink zu schmuggeln. Zu ihrer Freude erfuhr sie, dass der herrlich verdrehte Cudgeon bereits einen Plan entwickelt hatte, um die ZUP stürzen. Einen ziemlich genialen Plan sogar. Das Einzige, was er brauchte, war ein Partner mit reichlich Gold und einer sicheren Basis. Opal war nur zu gern bereit, ihm beides zur Verfügung zu stellen.

Zusammengerollt wie eine Katze saß Opal auf ihrem Schwebesessel und verfolgte die Geschehnisse im Polizeipräsidium. Bei der Modernisierung des ZUP-Sicherheitssystems hatte sie von ihren Technikern überall versteckte Kameras einbauen lassen. Sie sendeten auf der gleichen Frequenz wie die Überwachungskameras des Polizeipräsidiums und bezogen ihren Strom aus der Wärmestrahlung der dort verlegten Glasfaserkabel – perfekt getarnt.

Da ging die Tür auf, und eine Stimme fragte ohne Einleitung: »Nun?«

Opal drehte sich nicht einmal um. Es konnte niemand anders sein als Briar Cudgeon. Nur er besaß den nötigen Zugangschip für ihr Allerheiligstes, implantiert im Fingerknochen.

»Die letzte Batterielieferung ist geplatzt. Ein Zufallstreffer der ZUP. Pech für uns.«

»*D'Arvit!*«, fluchte Cudgeon. »Aber was soll's. Wir haben genug auf Lager. Und die von der ZUP haben ja keine Ahnung, wofür wir sie brauchen.«

Opal seufzte. »Die Kobolde waren bewaffnet.«

»Sag bloß nicht …«

»Doch. Mit Softnose-Gewehren.«

Cudgeon schlug mit der Faust auf die Arbeitsfläche. »Diese Idioten! Dabei habe ich ihnen extra gesagt, sie sollen die Dinger nicht benutzen. Jetzt wird Julius natürlich ahnen, dass da was im Busch ist.«

»Und wenn schon«, sagte Opal beschwichtigend. »Er kann uns nicht mehr aufhalten. Bis er kapiert hat, was wir vorhaben, ist es längst zu spät.«

Doch Cudgeons ohnehin grimmige Miene verfinsterte sich noch mehr. »Nun gut. Die Zeit ist sowieso reif … Vielleicht hätten wir die Batterien einfach selbst herstellen sollen.«

»Nein. Allein der Bau einer Fabrik hätte uns um Jahre zurückgeworfen, und Foaly wäre uns garantiert auf die Schliche gekommen. Wir hatten keine andere Wahl.« Koboi schwang zu ihrem Partner herum. »Du siehst furchtbar aus. Hast du die Salbe nicht benutzt, die ich dir gegeben habe?«

Cudgeon strich sich vorsichtig über den Kopf, der mit

schauerlichen Beulen übersät war. »Die vertrage ich nicht. Da ist Kortison drin, und dagegen bin ich allergisch.«

Cudgeons Zustand war höchst ungewöhnlich, vielleicht sogar einzigartig. Bei der Belagerung von Fowl Manor im Jahr zuvor hatte Commander Root ihn mit einem Betäubungspfeil außer Gefecht gesetzt, und unglücklicherweise hatte sich das Mittel nicht mit einer verbotenen Substanz zur Intelligenzförderung vertragen, mit der Cudgeon, damals für kurze Zeit Commander, herumexperimentierte. Als Folge sah seine Stirn nun aus wie geschmolzener Teer, und ein Augenlid hing schlaff herunter. Hässlich und dazu noch degradiert – nicht gerade eine tolle Kombination.

»Du solltest dir diese Beulen aufstechen lassen. Dein Anblick ist kaum zu ertragen.«

Bisweilen vergaß Opal Koboi, wen sie vor sich hatte. Briar Cudgeon war schließlich nicht einfach einer ihrer Firmenlakaien. In aller Ruhe zog er seinen spezialgefertigten Redboy-Blaster heraus und feuerte zweimal auf die Armlehne des Schwebesessels. Der Sitz wirbelte über die genoppten Gummifliesen und schleuderte Opal bäuchlings auf einen Stapel Festplatten.

Der in Ungnade gefallene ZUP-Elf packte Opal an ihrem spitzen Kinn. »Du solltest dich besser daran gewöhnen, meine liebe Opal, denn bald wird dieses Gesicht auf sämtlichen Bildschirmen zu sehen sein – unter und über der Erde!«

Die kleine Wichtelin ballte die Fäuste. An Ungehorsam war sie gewöhnt, und auch körperliche Gewalt war ihr nicht fremd, aber in Augenblicken wie diesen blitzte Wahnsinn in Cudgeons Augen auf. Die Drogen hatten ihn nicht nur um seine Magie und sein gutes Aussehen gebracht, sondern auch um den Verstand.

Doch mit einem Mal war er wieder so galant wie immer und half ihr auf, als sei nichts geschehen. »Und was gibt's sonst Neues, meine Liebe? Die B'wa Kell kann es kaum erwarten, Blut zu sehen.«

Opal strich ihr hautenges Catsuit glatt. »Captain Short ist mit dem Menschenjungen, diesem Artemis Fowl, auf dem Weg zu E37.«

»Fowl ist hier?«, rief Cudgeon aus. »Ach ja, warum habe ich nicht früher daran gedacht, ihn verdächtigen sie natürlich als Erstes! Wunderbar! Nun, Luc Carrère, unser oberirdischer Sklave, wird sich schon um ihn kümmern. Zum Glück habe ich noch genug Magie, ihn mit dem *Blick* unter Kontrolle zu halten.«

Die Wichtelin trug eine neue Schicht blutroten Lippenstift auf. »Wenn Carrère geschnappt wird, könnte es Schwierigkeiten geben.«

»Keine Sorge«, beruhigte Cudgeon sie. »Ich habe Monsieur Carrère so oft die Erinnerung gelöscht, dass sein Gehirn leerer ist als eine frisch formatierte Festplatte. Selbst wenn er wollte, der könnte keine Geschichten mehr erzählen. Und sobald er die Drecksarbeit für uns erledigt hat, wird die französische Polizei ihn in eine hübsche kleine Gummizelle stecken.«

Opal kicherte. Für jemanden, der nie lächelte, hatte Cudgeon einen wunderbaren Sinn für Humor.

Kapitel 6

Bitte lächeln

Schacht E37, Haven City

Die ungewöhnlichen Alliierten nahmen das Kobold-Shuttle in Schacht E37 für den Transport nach Paris. Holly war alles andere als begeistert. Nicht genug, dass sie mit Artemis Fowl, dem größten Feind des Erdvolks, zusammenarbeiten musste, nun sollte sie auch noch ein Shuttle fliegen, das schon beim Hinsehen auseinander zu fallen drohte.

Holly befestigte den drahtlosen Funksprecher an ihrem spitzen Ohr. »He, Foaly, kannst du mich hören?«

»Klar und deutlich, Süße.«

»Dann erklär mir doch bitte noch mal, warum ich diesen alten Knaller fliegen soll.«

Knaller war der Insider-Ausdruck der ZUP-Piloten für ramponierte Shuttles, die einen fatalen Hang dazu hatten, gegen die Schachtwände zu knallen.

»Du darfst diesen alten Knaller deshalb fliegen, weil die Kobolde das Ding direkt in der Abflughalle zusammengebaut haben. Die drei ursprünglichen Zuleitungstunnel sind schon vor Jahren stillgelegt worden, und es würde Tage dauern, ein neues Shuttle an die Startrampe zu bringen. Also musst du wohl oder übel mit der alten Klapperkiste vorlieb nehmen.«

Holly schnallte sich im schalenförmigen Pilotensitz an. Die automatischen Gurte surrten ihr wie von selbst in die Hände. Für den Bruchteil einer Sekunde kehrte Captain Shorts gute Laune zurück. Sie war eine erstklassige Pilotin, die Beste ihres Jahrgangs. Auf ihrem Abschlusszeugnis hatte Commander Vinyáya vermerkt, Cadet Short könne eine Expresskapsel sogar durch eine Zahnlücke hindurch steuern. Das war allerdings nicht nur als Kompliment gemeint. Bei ihrem ersten Flugversuch hatte Holly nämlich die Kontrolle über die Kapsel verloren und direkt vor Vinyáyas Nase eine Bruchlandung hingelegt.

Doch Hollys gute Laune verpuffte sofort wieder, als sie daran erinnert wurde, wer ihre Passagiere waren.

»Ach, Captain Short«, riss Artemis sie aus ihren Gedanken und ließ sich auf dem Sitz des Copiloten nieder, »wissen Sie zufällig, wie weit das russische Terminal von Murmansk entfernt ist?«

»Zivilisten hinter die gelbe Linie«, knurrte Holly, ohne auf seine Frage einzugehen.

Doch Artemis ließ nicht locker. »Es ist sehr wichtig für mich. Ich plane schließlich einen Rettungsversuch.«

Holly lächelte grimmig. »Das nenne ich Ironie – mein eigener Entführer bittet mich um Hilfe wegen einer Entführung.«

Artemis rieb sich die Schläfen. »Holly, ich bin ein Verbrecher. Das ist nun mal das, was ich am besten kann. Und als ich Sie entführt habe, ging es mir nur um das

Lösegeld. Ich hatte nie die Absicht, Sie in Gefahr zu bringen.«

»Ach, tatsächlich?«, sagte Holly. »Und was war mit dem Troll und der Biobombe?«

»Stimmt«, lenkte Artemis ein. »Manchmal lassen sich Pläne nicht so glatt vom Papier auf das Leben übertragen.« Er hielt inne und säuberte seine ohnehin perfekt manikürten Nägel. »Ich bin erwachsener geworden, Captain. Hier geht es um meinen Vater. Ich brauche so viele Informationen wie nur möglich, bevor ich der Mafija gegenübertrete.«

Holly gab nach. Sie wusste, wie schwer es war, ohne Vater aufzuwachsen. Ihr eigener war gestorben, als sie gerade erst sechzig gewesen war. Vor mehr als zwanzig Jahren also. »Na gut, Menschenjunge, dann sperr mal die Ohren auf. Ich sage das nur einmal.«

Artemis setzte sich auf. Butler reckte den Kopf ins Cockpit; er witterte eine Soldatengeschichte.

»Im Verlauf der letzten zweihundert Jahre musste die ZUP wegen der technischen Fortschritte der Menschen über sechzig Terminals schließen. In den sechziger Jahren haben wir uns aus dem nordwestlichen Russland zurückgezogen, nachdem die ganze Kola-Halbinsel radioaktiv verseucht war. Wir Unterirdischen vertragen die Strahlung nicht, weil wir nie Abwehrkräfte dagegen entwickelt haben. Genau genommen war da gar nicht viel zu schließen, nur ein C-Klasse-Terminal und ein paar Tarnprojektoren. Das Erdvolk war ohnehin nicht besonders scharf auf die Arktis, so kalt, wie es da ist. Alle waren froh, dass sie von dort verschwinden konnten. Um also deine Frage zu beantworten: Es gibt ein verlassenes Terminal mit minimaler Oberflächenausstattung, nur etwa zwanzig Kilometer von Murmansk entfernt –«

In dem Moment tönte Foalys Stimme aus der Funkanlage und unterbrach die ungewöhnlich friedliche Unterhaltung. »Okay, Holly, der Schacht ist jetzt freigegeben für den Start. Die Luft ist allerdings noch ziemlich heiß von der letzten Magmawoge, also lass es locker angehen.«

Holly zog ihr Mikro zu sich heran. »Verstanden, Foaly. Halte die Strahlenschutzanzüge bei unserer Rückkehr bereit. Wir stehen ganz schön unter Zeitdruck.«

»Dann drück nicht zu sehr auf die Tube, Holly«, gluckste Foaly. »Schließlich ist das Artemis' erster Schachtflug, da er und Butler auf dem Hinweg ja durch den *Blick* betäubt waren. Wir wollen ihm doch keine Angst machen.«

Holly gab ein wenig mehr Gas als unbedingt notwendig. »Nein«, sagte sie boshaft, »das wollen wir nicht.«

Artemis beschloss, die Sicherheitsgurte anzulegen. Eine gute Idee, wie sich bald zeigen sollte.

Captain Holly Short jagte das klapprige Shuttle mit Vollgas über das Schwebegleis, das zur Startrampe führte. Die Steuerflossen bebten, und ein Funkenregen sprühte an den seitlichen Sichtluken vorbei. Holly schaltete die Kreiselstabilisatoren ein, damit die beiden Oberirdischen ihr nicht das Cockpit vollkotzten.

Ihre Daumen legten sich auf die Turboschalter. »Na, dann wollen wir mal sehen, was die Kiste draufhat.«

»Versuch nicht, einen Rekord aufzustellen, Holly«, warnte Foaly über die Lautsprecher. »Das Shuttle ist nicht für hohe Geschwindigkeiten gedacht. Ich habe schon Zwerge gesehen, die aerodynamischer gebaut waren.«

Holly grunzte missmutig. Was machte es für einen Sinn, langsam zu fliegen? Und wenn man mit seinen Flugkünsten zufällig auch noch ein paar Oberirdischen Angst einjagen konnte, war das gleich doppelt so lustig.

Der Zuleitungstunnel öffnete sich zum Hauptschacht. Artemis schnappte nach Luft. Der Anblick war Schwindel erregend. Man hätte den Mount Everest in diesen Schacht werfen können, und er hätte nicht einmal die Seitenwände berührt. Vom Erdinnern flackerte ein tiefrotes Glühen herauf, wie die Feuer der Hölle, und das unablässige Krachen der Felswände, die sich in der Hitze dehnten, ließ den Rumpf des Shuttles erbeben.

Holly warf alle vier Triebwerke an und jagte das Shuttle hinunter in den Abgrund. Ihre Sorgen lösten sich auf wie die Dunstschwaden vor den Scheiben des Cockpits. Es war ein altes Pilotenspiel – je tiefer man sich fallen ließ, ohne den Bug wieder hochzuziehen, desto mutiger war man. Selbst der dramatische Tod von Bergungs-Officer Bom Arbels konnte die ZUP-Piloten nicht vom so genannten Erdkerntauchen abbringen. Holly hielt den aktuellen Rekord: Erst fünfhundert Meter oberhalb des Erdkerns hatte sie die Klappen ausgefahren – was ihr zwei Wochen Suspendierung und eine happige Geldstrafe eingebracht hatte.

Aber heute nicht. Keine Rekordversuche mit einem Knaller. Als die Erdanziehungskraft bereits die Haut an ihren Wangen nach hinten drückte, zog Holly das Steuer zu sich heran, so dass die Nase des Shuttles sich aus der Vertikalen hob. Sie grinste in sich hinein, als sie die beiden Menschenwesen an ihrer Seite Seufzer der Erleichterung ausstoßen hörte.

»Okay, Foaly, wir sind auf dem Weg. Wie ist die Lage oben?«

Sie hörte, wie der Zentaur auf seiner Tastatur herumhämmerte. »Tut mir Leid, Holly, aber ich bekomme keine Verbindung zu unserer Anlage an der Oberfläche. Zu viel Strahlung von der letzten Magmawoge. Du musst da allein durch.«

Holly warf einen Blick auf die beiden blassen Oberirdischen neben sich.

Allein?, dachte sie. Schön wär's.

Paris

Wenn es also nicht Artemis war, der Cudgeon half, die B'wa Kell zu bewaffnen, welcher Oberirdische war es dann? Irgendein tyrannischer Diktator? Oder ein rachsüchtiger General, der Zugang zu einem unbegrenzten Batterievorrat hatte? Nein, nicht ganz.

Der Verkauf der Batterien an die B'wa Kell ging auf das Konto von Luc Carrère. Obwohl er gar nicht wie ein Verbrecher aussah. Tatsächlich wusste er selbst auch gar nichts davon. Luc war ein erfolgloser französischer Privatdetektiv, berüchtigt für seine Unfähigkeit. Im Kollegenkreis hieß es, er sei sogar zu dämlich, einen Golfball in einem Fass Mozzarella wiederzufinden.

Cudgeon hatte Luc aus drei Gründen ausgewählt. Erstens galt Carrère laut Foalys Datenbank als gewiefter Geschäftemacher. Denn obwohl er sich als Privatdetektiv dumm anstellte, hatte Luc ein Talent dafür, genau das zu beschaffen, was sein Kunde gerade suchte. Zweitens war der Mann geldgierig und konnte keiner Gelegenheit widerstehen, sich ein paar Extrascheine zu verdienen. Drittens war Luc stockdumm. Und wie jedes unterirdische Kind weiß, lassen sich dumme Menschenwesen vom *Blick* leichter beeinflussen.

Die Tatsache, dass er in Foalys Datenbank auf Carrère gestoßen war, hätte Cudgeon sogar fast zum Lächeln gebracht. Natürlich wäre es ihm lieber gewesen, kein Menschenwesen in der Kette zu haben, aber eine Kette, die nur aus Kobolden besteht, ist dann doch eine zu dumme Kette.

Mit einem Oberirdischen in Verbindung zu treten, war nichts, was Cudgeon auf die leichte Schulter genommen hätte. So größenwahnsinnig er auch war, wusste er doch sehr genau, was passieren würde, wenn die Menschen erst Wind von dem neuen Markt bekamen, der sich unter der Erdoberfläche auftat. Wie ein Schwarm gefräßiger roter Ameisen würden sie über Erdland herfallen. Und Cudgeon war noch nicht bereit, den Kampf gegen die Menschen aufzunehmen. Noch nicht. Erst wenn er die geballte Macht der ZUP hinter sich hatte.

Also schickte er Luc Carrère zunächst ein kleines Päckchen. Express, mit sichtgeschützter Kobold-Post.

So fand Carrère eines Abends im Juli, als er in sein Büro geschlurft kam, einen Karton auf dem Schreibtisch vor, der aussah wie eine Lieferung von FedEx. Jedenfalls auf den ersten Blick.

Luc schlitzte das Klebeband auf. In der Verpackung befand sich, gut gepolstert von Hundert-Euro-Scheinen, ein kleines, flaches Gerät, wie ein tragbarer CD-Player, aber aus einem sonderbaren schwarzen Metall, das das Licht aufzusaugen schien. Luc hätte jetzt zum Empfang durchgeschaltet und seine Sekretärin angewiesen, keine Anrufe durchzustellen – wenn er einen Empfang und eine Sekretärin gehabt hätte. So jedoch stopfte er hastig einen Geldschein nach dem anderen in sein speckiges Hemd, als hätte er Angst, sie könnten sich in Luft auflösen.

Plötzlich klappte das Gerät auf wie eine Muschel, und ein winziger Bildschirm mit Lautsprechern kam zum Vorschein. Auf dem Display erschien ein Gesicht, in den Schatten verborgen. Außer einem Paar rot geränderter Augen konnte Luc nichts erkennen, aber das genügte bereits, um ihm eine Gänsehaut über den Rücken zu jagen.

Als das Gesicht jedoch zu sprechen begann, schwand Lucs Furcht wie von Zauberhand. Wovor hatte er nur Angst gehabt? Dieses Wesen war doch eindeutig ein Freund. Was für eine schöne Stimme, fast wie von einem Engelschor, allerdings aus nur einem Mund.

»*Luc Carrère?*«

Luc hätte fast geweint. Welche Poesie!

»*Oui*. Der bin ich.«

»Bonsoir. *Siehst du das Geld, Luc? Das gehört alles dir.*« Cudgeon, der hundert Kilometer unter der Erdoberfläche saß, hätte fast die Mundwinkel zu einem Lächeln verzogen. Das war ja einfacher, als er gedacht hatte. Er war sich nicht sicher gewesen, ob die paar Funken Magie, die noch in seinem Hirn waren, ausreichen würden, um den Oberirdischen unter den Einfluss des *Blicks* zu bringen. Aber dieser Menschenmann schien ungefähr so viel Willenskraft zu haben wie ein hungriger Troll angesichts einer Pfütze voller Fluchkröten.

Luc hatte beide Hände voller Scheine. »Das ganze Geld? Für mich? Was muss ich denn dafür tun?«

»*Nichts. Nimm es einfach und mach damit, was du willst.*«

Luc Carrère wusste natürlich, dass man im Leben nichts umsonst bekam, aber diese Stimme … Sie klang so überirdisch, dass sie nur die Wahrheit sagen konnte.

»*Und wo dies herkommt, gibt es noch mehr. Viel mehr.*«

Luc, der gerade einen Hundert-D-Mark-Schein küssen wollte, hielt inne. »Noch mehr? Wie viel?«

Die roten Augen schienen zu glühen. »*So viel du willst, Luc. Aber bevor ich es dir gebe, musst du mir einen Gefallen tun.*«

Luc packte die Gier. »Kein Problem. Was denn für einen Gefallen?«

Die Stimme perlte so klar wie Quellwasser aus dem Lautsprecher. »*Es ist ganz einfach und noch nicht mal illegal. Ich brauche Batterien, Luc. Tausende von Babybatterien, vielleicht sogar Millionen. Meinst du, du kannst sie mir besorgen?*«

Luc überlegte kurz. Die Geldscheine kitzelten ihn am Kinn. Zufällig kannte er jemanden, der über die Seine regelmäßig ganze Schiffsladungen elektronischer Geräte in den Nahen Osten lieferte, darunter auch einen Haufen Batterien. Ein paar Schiffsladungen ließen sich bestimmt abzweigen.

»Batterien. *Oui, certainement*, die kann ich beschaffen.«

Und so ging es monatelang. Luc kontaktierte seinen Auftraggeber, sobald er die Ware hatte. Die Übergabe lief wie von selbst: Er stellte die Kisten mit den Batterien in seine Wohnung, und am nächsten Morgen waren sie verschwunden. An ihrer Stelle lag ein Bündel neuer Geldscheine. Natürlich waren es Blüten, hergestellt mit einem alten Koboi-Drucker, doch Luc bemerkte es nicht. Niemand außerhalb des Finanzministeriums würde es bemerken.

Ab und zu äußerte die Stimme aus dem Lautsprecher einen speziellen Wunsch, zum Beispiel ein paar Feuerwehranzüge. Aber Luc war jetzt schließlich ein Profi. Es gab nichts, was sich nicht mit einem Anruf erledigen ließ. Innerhalb von sechs Monaten war er aus seinem Ein-Zimmer-Apartment in einen luxuriösen Loft in Saint Germain umgezogen, was natürlich die Sûreté und Interpol misstrauisch gemacht hatte, aber davon wusste Luc nichts. Er wusste nur, dass er zum ersten Mal in seinem korrupten Leben richtig Kohle scheffelte.

Eines Morgens lag wieder ein Päckchen auf der Marmorplatte seines neuen Schreibtischs. Diesmal war es größer, unförmiger. Luc machte sich jedoch keine Gedanken. Wahrscheinlich winkte noch mehr Geld.

Als er den Karton aufriss, fand er darin einen Kasten aus Aluminium und eine Sprechbox wie beim ersten Mal.

Die Augen warteten schon auf ihn. »*Bonjour, Luc. Ça va?*«

»*Oui, merci*«, antwortete Luc, von der ersten Silbe an im Bann des *Blicks*.

»*Heute habe ich einen Spezialauftrag für dich. Wenn du den erledigst, musst du dir nie wieder Gedanken um Geld machen. Alles, was du dazu brauchst, ist in dem Kasten.*«

»Was ist das?«, fragte der Detektiv nervös, als er den Deckel öffnete. Das Ding darin sah aus wie eine Waffe, und obwohl Luc unter dem Einfluss des *Blicks* stand, verfügte Cudgeon nicht mehr über genug Magie, um das innere Wesen des Detektivs zu unterdrücken. Carrère machte zwar krumme Geschäfte, aber ein Mörder war er nicht.

»*Das ist nur eine Spezialkamera, Luc. Wenn du auf den Hebel drückst, der wie ein Abzug aussieht, macht sie ein Bild*«, erklärte Cudgeon.

»Oh«, sagte Luc benommen.

»*Ein paar Freunde von mir werden dich besuchen kommen, und ich möchte, dass du sie fotografierst. Es ist eine Art Spiel.*«

»Woran soll ich Ihre Freunde denn erkennen?«, fragte Luc. »Ich kriege eine Menge Besuch.«

»*Sie werden nach den Batterien fragen. Sobald sie das tun, machst du ein Foto von ihnen.*«

»Na klar, kein Problem.« Und das war es auch nicht, denn die Stimme würde ihm nie etwas auftragen, das er nicht tun durfte. Die Stimme war sein Freund.

Shuttlehafen E37: Paris

Holly lenkte den Knaller durch den letzten Schachtabschnitt. Ein Entfernungssensor in der Nase des Shuttles schaltete die Landebeleuchtung ein.

»Hmm«, brummte Holly.

Artemis spähte durch die Windschutzscheibe aus Quartz. »Gibt es ein Problem?«

»Nein. Aber die Scheinwerfer da drüben dürften eigentlich nicht funktionieren. In diesem Terminal ist die Stromversorgung schon im letzten Jahrhundert abgebaut worden.«

»Unsere Koboldfreunde, nehme ich an.«

Holly runzelte die Stirn. »Das bezweifle ich. Ein Kobold kann nicht einmal Glühwürfel zum Leuchten bringen. Und um einen Shuttlehafen zu verkabeln, braucht man das richtige Know-how. Elfen-Know-how.«

»Kombiniere, da ist was faul«, sagte Artemis. Hätte er einen Bart gehabt, er hätte sich darüber gestrichen. »Das riecht nach Verrat. Wer hat Zugang zu dieser Spezialtechnik und ein Motiv, sie zu verkaufen?«

Holly steuerte das Shuttle auf die Andockstation zu. »Das werden wir bald herausfinden. Besorgt ihr mir nur den oberirdischen Händler, dann werde ich mit dem *Blick* schon dafür sorgen, dass er singt.«

Mit einem Zischen schloss sich der Gummiring der Landerampe luftdicht um die Tür des Shuttles.

Butler stand bereits voller Tatendrang neben seinem Sitz, bevor das Kontrolllämpchen für die Sicherheitsgurte erloschen war.

»Bringen Sie bloß niemanden um«, warnte Holly ihn. »Das hat die ZUP nicht so gerne. Außerdem verpfeifen tote Menschenwesen selten ihre Partner.«

Sie schaltete den Wandmonitor ein und rief einen Plan des Pariser Stadtkerns auf. »Wir sind hier«, erklärte sie und zeigte auf eine Brücke, die über die Seine führte. »Direkt unter der Brücke, zweihundert Meter von Notre-Dame, der Kirche mit dem Glöckner, entfernt. Der Terminalausgang ist als Brückenträger getarnt. Bleibt vor der Tür stehen, bis ich euch grünes Licht gebe. Wir müssen vorsichtig sein. Das Letzte, was wir gebrauchen können, ist, dass euch ein Franzose aus der Steinmauer kommen sieht.«

»Begleiten Sie uns nicht?«, fragte Artemis.

»Nein. Befehl ist Befehl«, sagte Holly missmutig. »Das Ganze könnte eine Falle sein. Wer weiß, was für Waffen auf den Ausgang des Terminals gerichtet sind. Ihr habt Glück, ihr seid entbehrlich. Und als irische Touristen fallt ihr gar nicht weiter auf.«

»Na, prima. Und welche Spuren haben wir bis jetzt?«

Holly schob eine CD-Rom in das Steuerpult. »Foaly hat seinen Retimager an dem Kobold ausprobiert, den wir verhaftet haben. Anscheinend hat er diesen Menschenmann schon einmal gesehen.« Sie rief ein Verbrecherfoto auf den Bildschirm. »Das Bild hat Foaly im Computer von Interpol gefunden. Luc Carrère. Ein Anwalt, dem die Zulassung entzogen wurde. Arbeitet jetzt als Privatdetektiv.«

Sie druckte eine Karte aus. »Hier ist seine Adresse. Er ist gerade in eine protzige neue Wohnung gezogen. Vielleicht führt die Spur ins Leere, aber zumindest ist es ein Anfang. Ihr müsst ihn festhalten und ihm das hier zeigen.« Holly reichte Butler etwas, das wie eine Taucheruhr aussah.

»Was ist das?«, fragte der Leibwächter.

»Nur ein Sprechbildschirm. Sie halten ihn Carrère vor die Nase, und dann kann ich ihn von hier unten mit Hilfe des *Blicks* ausquetschen. Außerdem verfügt das Ding noch über eins von Foalys Extras: das Safetynet, eine Art persönlicher Schutzschild. Sie freuen sich bestimmt über die Ehre, den Prototyp hier testen zu dürfen. Sobald Sie das Display berühren, erzeugt der Mikroreaktor im Umfeld von einem Meter eine Schutzhülle aus dreiphasigem Licht. Nutzlos bei Projektilen, aber Lasergeschosse und Schlagwellen hält sie ab.«

»Hmm«, sagte Butler zweifelnd. »Lasergeschosse haben wir oben auf der Erde eher selten.«

»Dann benutzen Sie's halt nicht. Ist mir doch egal.«

Butler betrachtete das winzige Gerät eingehend. »Nur einen Meter Radius? Und was ist, wenn etwas herausragt?«

Holly versetzte dem Diener einen spielerischen Schlag in den Bauch. »Dann, großer Mann, rate ich Ihnen, sich zu einer Kugel zusammenzurollen.«

»Ich werde versuchen, daran zu denken«, sagte Butler und schnallte sich das Instrument um das Handgelenk. »Und Sie beide versuchen, sich nicht gegenseitig umzubringen, während ich weg bin.«

Artemis war überrascht, was nicht oft vorkam. »Während Sie weg sind? Sie erwarten doch wohl nicht im Ernst, dass ich hierbleibe!«

»Keine Sorge«, erwiderte Butler und deutete auf sein Auge. »Sie können alles über die Iriskamera verfolgen.«

Artemis schmollte nur kurz, dann setzte er sich wieder auf den Platz des Copiloten. »Ich verstehe schon. Ich würde Sie nur aufhalten, und das würde wiederum die Suche nach meinem Vater verzögern.«

»Wenn Sie darauf bestehen, können wir natürlich ...«

»Nein. Jetzt ist nicht der passende Moment für kindisches Benehmen.«

Butler lächelte leise. Kindisches Benehmen war etwas, das man Master Artemis nun wirklich nicht vorwerfen konnte. »Wie viel Zeit habe ich?«, fragte er.

Holly zuckte die Achseln. »So lange, wie Sie brauchen. Aber je schneller Sie zurück sind, umso besser für alle Beteiligten.« Sie warf Artemis einen Blick zu. »Vor allem für seinen Vater.«

Trotz der schwierigen Situation war Butler in seinem Element. Das hier war das wahre Leben. Die Jagd. Mit seiner Halbautomatik unterm Arm nicht gerade wie in der Steinzeit, aber das Prinzip war dasselbe: Der Stärkere kommt durch. Und für Butler gab es keinen Zweifel daran, wer der Stärkere war.

Er folgte Hollys Wegbeschreibung, bis er zu einer Monteurleiter gelangte, und kletterte sie behände hinauf. Oben angelangt, stand er vor einer Metalltür, dem Ausgang des Terminals. Er wartete, bis das Licht darüber von Rot auf Grün wechselte und die Tarntür lautlos zur Seite glitt. Vorsichtig trat er nach draußen. Es war unwahrscheinlich, dass sich jemand unter der Brücke aufhielt, aber falls doch, würde es ihm angesichts seines dunklen Designeranzugs wohl schwer fallen, sich als Obdachloser auszugeben.

Eine leichte Brise strich ihm über den kahl geschorenen Schädel. Die Morgenluft war eine Wohltat, vor allem nach den Stunden unter der Erde. Butler konnte gut nachvollziehen, wie sich die Unterirdischen fühlen mussten, nachdem die Menschen sie aus ihrer natürlichen Umgebung verdrängt hatten. Falls das Erdvolk je beschließen sollte, sein Reich zurückzuerobern, würde der Kampf nach allem, was er gesehen hatte, nicht lange dauern. Doch zum Glück für die Menschheit waren die Unterirdischen ein friedliebendes Volk, das keinen Krieg um Landbesitzrechte anzetteln würde.

Die Luft war rein. Butler betrat unauffällig den Uferweg und machte sich flussabwärts auf nach Saint Germain.

Zu seiner Rechten glitt ein Aussichtsboot vorbei, das eine Schar Touristen durch die Stadt schipperte. Butler schirmte automatisch sein Gesicht mit der Hand ab, für den Fall, dass einige der Touristen in seine Richtung fotografierten.

Der Leibwächter erklomm eine Steintreppe, die zur Straße hinaufführte. Hinter ihm ragten die beiden Türme von Notre-Dame in den Himmel, und zu seiner Linken kitzelte die berühmte Silhouette des Eiffelturms die Wolken. Zielstrebig ging Butler die breite Straße entlang und nickte unterwegs ein paar Französinnen zu, die stehen blieben und ihm nachblickten. In diesem Teil von Paris kannte Butler sich aus, da er hier einmal einen einmonatigen Urlaub verbracht hatte, um sich von einem besonders gefährlichen Einsatz für den französischen Geheimdienst zu erholen.

Er schlenderte die Rue Jacob entlang. Selbst zu dieser frühen Stunde war die schmale Straße bereits voll gestopft mit Autos und Lieferwagen. Fahrer drückten auf die Hupe, lehnten sich aus dem Fenster und ließen ihrem gallischen Temperament freien Lauf. Zwischen den Stoßstangen kurvten Mopeds hindurch, und hübsche Mädchen eilten vorbei. Butler lächelte. Paris. Er hatte ganz vergessen, wie es hier war.

Carrères Wohnung lag an der Rue Bonaparte, gegenüber der Kirche. Wohnungen in Saint Germain kosteten im Monat mehr, als die meisten Pariser in einem ganzen Jahr verdienten. Butler betrat das Café Bonaparte, bestellte einen Kaffee und ein Croissant und setzte sich an einen Tisch auf dem Gehweg. Nach seinen Berechnungen hatte er von dort einen perfekten Blick auf den Balkon von Monsieur Carrère.

Er brauchte nicht lange zu warten. Es war noch keine Stunde vergangen, als der stämmige Franzose auf dem Balkon erschien, sich auf das Gitter stützte und eine

Weile das Treiben unter sich betrachtete. Zuvorkommenderweise präsentierte er sich dabei sowohl von vorne als auch im Profil.

In Butlers Ohr ertönte Hollys Stimme. »Das ist unser Mann. Ist er allein?«

»Kann ich nicht sehen«, murmelte der Leibwächter hinter vorgehaltener Hand. Das hautfarbene Mikrofon, das an seinem Hals klebte, übertrug die Stimmvibrationen und übersetzte sie für Holly.

»Moment.«

Butler hörte das Klappern einer Tastatur, dann sprühte plötzlich die Iriskamera in seinem Auge Funken. Die Sicht auf dem Auge wechselte in ein völlig anderes Spektrum.

»Wärmestrahlung«, erklärte Holly ihm. »Rot ist warm, blau ist kalt. Kein sehr weit reichendes System, die Linse müsste jedoch stark genug sein, um die Außenwand zu durchdringen.«

Butler ließ den Blick über die Wohnung wandern. In dem Raum gab es drei rote Objekte: Carrères Herz, das dunkelrot in seinem blassrosa Körper pochte, dann einen Wasserkessel oder eine Kaffeekanne, und das dritte entpuppte sich als ein Fernseher.

»Alles in Ordnung. Ich gehe jetzt rein.«

»Bestätige: Alles in Ordnung. Aber seien Sie vorsichtig. Das Ganze läuft mir ein bisschen zu glatt.«

»Verstanden.«

Butler überquerte das Kopfsteinpflaster und ging auf das vierstöckige Wohnhaus zu. Die Tür war mit einem Codesystem gesichert, doch sie stammte noch aus dem neunzehnten Jahrhundert, und eine kräftige Schulter, an der richtigen Stelle gegen das Holz gedrückt, ließ den Riegel aus der Halterung springen.

»Ich bin drin.«

Im Treppenhaus über ihm waren Schritte zu hören. Jemand kam ihm entgegen. Für Butler kein Grund zur Sorge, dennoch legte er sicherheitshalber die Hand auf den Griff seiner Waffe, die er im Jackett verborgen hatte. Unwahrscheinlich, dass er sie brauchen würde. Selbst die aufmüpfigsten jungen Kerle machten stets einen großen Bogen um Butler, was wohl mit dem erbarmungslosen Ausdruck in seinen Augen zusammenhing. Die knapp zwei Meter Körpergröße taten ihr Übriges.

Eine Gruppe Teenager bog um die Ecke.

»*Excusez-moi*«, sagte Butler und trat höflich zur Seite.

Die Mädchen kicherten, die Jungen starrten ihn an. Einer von ihnen, ein kräftiger Typ mit buschigen Augenbrauen, überlegte offenbar, ob er einen Spruch ablassen sollte, als Butler ihm zuzwinkerte. Es war ein seltsames Zwinkern, zugleich freundlich und bedrohlich. Da verkniff sich der Junge seinen Spruch.

Butler gelangte ohne weitere Zwischenfälle hinauf in den vierten Stock. Luc Carrères Wohnung lag auf der Giebelseite. Zwei komplett verglaste Wände. Sehr teuer.

Der Leibwächter war gerade bei der Frage angelangt, wie er in die Wohnung gelangen sollte – mit Gewalt oder einfach klingeln –, als er sah, dass die Tür offen stand. Eine offene Tür konnte für gewöhnlich zweierlei bedeuten: Entweder war niemand mehr am Leben, der sie hätte schließen können, oder man erwartete ihn. Keine der beiden Möglichkeiten erschien ihm besonders verlockend.

Vorsichtig betrat Butler die Wohnung. Entlang den Wänden standen reihenweise offene Kisten. Aus den Styroporchips lugten Batteriepackungen und Feuerwehranzüge hervor, der Fußboden war übersät mit dicken Geldscheinbündeln.

»Sind Sie ein Freund?« Die Frage kam von Carrère, der zusammengesunken in einem riesigen Sessel saß, eine undefinierbare Waffe auf dem Schoß.

Butler bewegte sich langsam auf ihn zu. Eine wichtige Kampfregel besagte, dass man jeden Gegner ernst nehmen sollte. »Ganz ruhig.«

Der Franzose hob die Waffe. Der Griff war für kleinere Hände gemacht. Für die eines Kindes oder eines Unterirdischen. »Ich habe gefragt, ob Sie ein Freund sind.«

Butler zog ebenfalls die Pistole. »Kein Grund zu schießen.«

»Bleiben Sie stehen«, befahl Luc Carrère. »Ich habe nicht vor zu schießen. Ich soll Sie nur fotografieren, wenn Sie der Richtige sind. Das hat die Stimme mir befohlen.«

Butler vernahm Hollys Anweisung dicht an seinem Ohr. »Gehen Sie näher ran. Ich muss einen Blick in seine Augen werfen können.«

Butler schob die eigene Waffe wieder in sein Jackett und trat einen Schritt vor. »Schauen Sie, hier muss niemand verletzt werden.«

»Ich werde jetzt das Bild ranzoomen«, sagte Holly. »Das kann ein bisschen wehtun.«

Die winzige Kamera in seinem Auge summte leise, und plötzlich hatte Butler alles in vierfacher Vergrößerung vor sich, was ihn nicht weiter gestört hätte, wäre das Zoomen nicht mit einem stechenden Schmerz verbunden gewesen. Butler blinzelte sich die Tränen aus dem Auge.

Am Bildschirm des Kobold-Shuttles betrachtete Holly Lucs Pupillen. »Er ist mit dem *Blick* gebannt worden«, erklärte sie. »Mehrmals sogar. Siehst du, wie zerklüftet seine Iris ist? Wenn man das zu oft macht, kann ein Mensch davon erblinden.«

Artemis starrte ebenfalls auf das Bild. »Ist es dann nicht gefährlich, den *Blick* noch mal bei ihm anzuwenden?«

Holly zuckte die Achseln. »Das macht jetzt auch nichts mehr. Er steht schon unter dem Bann. Dieser Menschenmann funktioniert wie ein Roboter. Sein Gehirn hat keine Ahnung von dem, was er tut.«

Artemis schnappte sich das Mikro. »Butler! Verschwinden Sie! Sofort!«

Doch Butler blieb, wo er war. Eine falsche Bewegung, und es wäre vielleicht seine letzte.

»Butler«, meldete sich Holly zu Wort. »Hören Sie gut zu. Die Waffe, die Carrère in der Hand hält, ist ein Lasergewehr mit einer hohen Reichweite und niedrigen Frequenz, ein so genannter Bouncer. Er wurde für Tunnelgefechte entwickelt. Wenn Carrère abdrückt, wird ein gekrümmter Laserstrahl abgefeuert, der so lange zwischen den Wänden hin und her springt, bis er ein Ziel findet.«

»Verstanden«, murmelte Butler.

»Was haben Sie gesagt?«, fragte Carrère.

»Nichts. Ich lasse mich nur nicht gerne fotografieren.«

»Ihre Uhr gefällt mir. Sieht teuer aus. Ist das eine Rolex?« Luc Carrères Augen blitzten gierig.

»Ach, die ist bestimmt nichts für Sie«, sagte Butler, der den Sprechbildschirm natürlich nicht hergeben wollte. »Ein ganz billiges Ding. Vom Wühltisch.«

»Zeigen Sie mal her.«

Butler löste das Armband und entfernte das Gerät von seinem Handgelenk. »Wenn ich Ihnen die Uhr gebe, verraten Sie mir dann, was es mit den ganzen Batterien hier auf sich hat?«

»Sie sind es! Bitte lächeln«, quiekte Luc Carrère, legte seinen pummeligen Finger um den Miniaturabzug und feuerte drauflos wie ein Wilder.

Für Butler schien die Zeit plötzlich fast stillzustehen. Es war fast, als sei er von einem Zeitstopp betroffen. Sein Soldatenhirn registrierte sämtliche Fakten und analysierte die verbleibenden Möglichkeiten. Im nächsten Moment würde ein Lasergeschoss auf ihn zuschießen und so lange durch den Raum jagen, bis sie beide tot waren. Eine Situation, in der ihm seine Waffe nichts nützte. Ihm blieb nur das Safetynet, aber eine Kugel von nur einem Meter Radius würde nicht ausreichen. Jedenfalls nicht für zwei ausgewachsene Männer.

In dem Sekundenbruchteil, der ihm noch blieb, entwarf Butler eine andere Strategie. Wenn die Kugel gefährliche Schlagwellen abhalten konnte, die auf ihn zuschossen, konnte sie sie vielleicht auch festhalten, sobald sie sich aus der Waffe lösten. Butler berührte den Minibildschirm, um die Safetynet-Funktion auszulösen, und schleuderte das Gerät in Carrères Richtung.

Im selben Augenblick entfaltete sich ein kugelförmiger Schutzschild und hüllte den Laserstrahl aus Carrères Waffe ein – der perfekte Rundumschutz. Es war ein beeindruckender Anblick: wie ein Feuerwerk in einer Seifenblase. Der Schutzschild schwebte in der Luft, kreuz und quer durchzuckt von gleißenden Strah-

len, die von der gewölbten Innenseite der Kugel abprallten.

Carrère starrte sie wie hypnotisiert an, und Butler nutzte die Gelegenheit, um ihm die Waffe abzunehmen.

»Starten Sie die Maschine«, knurrte der Leibwächter in sein Halsmikro. »In ein paar Minuten haben wir die Sûreté am Hals. Foalys Safetynet hat zwar die Strahlen abgehalten, aber nicht den Lärm.«

»Verstanden. Was ist mit Carrère?«

Butler warf den noch immer benommenen Franzosen zu Boden. »Luc und ich werden uns ein bisschen unterhalten.«

Carrère sah sich um, als nähme er seine Umgebung zum ersten Mal wahr. »Wer sind Sie?«, murmelte er. »Was ist passiert?«

Butler riss das Hemd des Privatdetektivs auf und legte ihm die flache Hand auf die Brust. Zeit für einen kleinen Trick, den er von Madame Ko gelernt hatte, seiner japanischen *sensei.* »Keine Sorge, Monsieur Carrère. Ich bin Arzt. Sie hatten einen Unfall, aber Ihnen ist nichts passiert.«

»Einen Unfall? Ich kann mich an nichts erinnern.«

»Sie stehen unter Schock, das ist vollkommen normal. Ich prüfe nur, ob bei Ihnen alles in Ordnung ist.«

Butler legte Carrère zwei Finger an den Hals und tastete nach der Schlagader. »Ich werde Ihnen ein paar Fragen stellen, um sicherzugehen, dass Sie keine Gehirnerschütterung haben.«

Carrère wehrte sich nicht. Wer wagte es schon, sich mit einem knapp zwei Meter großen Eurasier anzulegen, der Muskeln hatte wie eine Statue von Michelangelo?

»Ihr Name ist Luc Carrère?«

»Ja.«

Butler fühlte den Puls, die eine Hand am Herz und die andere an der Halsschlagader. Gleichmäßig, trotz des ›Unfalls‹. »Sie sind Privatdetektiv?«

»Ja. Obwohl ich die Bezeichnung Ermittler vorziehe.«

Pulsschlag unverändert. Der Mann sagte die Wahrheit.

»Haben Sie je Batterien an einen geheimnisvollen Kunden verkauft?«

»Nein, natürlich nicht«, protestierte Carrère. »Was für ein Arzt sind Sie eigentlich?«

Jetzt raste sein Puls. Er log.

»Sie beantworten hier meine Fragen, Monsieur Carrère«, sagte Butler streng. »Nur noch eins: Haben Sie je Geschäfte mit Kobolden gemacht?«

Carrère verspürte Erleichterung. Polizisten stellten keine Fragen über Märchenfiguren. »Kobolde? Sind Sie verrückt? Wovon sprechen Sie überhaupt?«

Butler schloss die Augen und konzentrierte sich ganz auf das Pochen unter seinen Händen. Lucs Puls hatte sich wieder beruhigt. Er sagte die Wahrheit. Er hatte nie direkt mit den Kobolden zu tun gehabt. So dumm war die B'wa Kell offenbar nicht.

Butler stand auf und steckte den Bouncer ein. Unten auf der Straße jaulten bereits erste Sirenen.

»He, Doktor«, rief Luc Carrère entsetzt, »Sie können mich doch nicht einfach hier liegen lassen.«

Butler warf ihm einen kalten Blick zu. »Ich würde Sie ja mitnehmen, aber die Polizei wird sicher wissen wollen, warum hier überall Geldscheine rumliegen, die vermutlich gefälscht sind.«

Mit offenem Mund starrte Luc Carrère der riesigen Gestalt nach, die im Hausflur verschwand. Ihm war klar, dass er eigentlich fliehen sollte, aber er war seit dem Sportunterricht in der Schule nie mehr als fünfzig Meter gelaufen, und außerdem fühlten sich seine Beine plötzlich an wie Wackelpudding. Nicht verwunderlich bei der Aussicht, die nächsten Jahre im Gefängnis verbringen zu müssen.

Kapitel 7

Spurensicherung

Polizeipräsidium, Haven City

Root empfing Holly mit vorwurfsvoller Miene. »Glückwunsch, Captain. Sie haben es mal wieder geschafft, hochwertige ZUP-Ausrüstung zu verlieren.«

Doch darauf war Holly vorbereitet. »Das war nicht meine Schuld, Sir. Der Oberirdische stand unter dem Einfluss des *Blicks*, und Sie hatten mir befohlen, das Shuttle auf keinen Fall zu verlassen. Ich hatte keine Möglichkeit einzugreifen.«

»Volle Punktzahl für die Antwort«, mischte sich Foaly ein. »Außerdem hat das Safetynet eine Selbstzerstörungsfunktion, wie alles, was ich für den oberirdischen Einsatz freigebe.«

»Sie halten die Klappe, Zivilist«, bellte der Commander.

Doch der Rüffel des ZUP-Officers klang eher friedlich. Er schien erleichtert, wie alle anderen. Die Bedrohung durch die Menschen war abgewendet, und das ohne jegliche Verluste.

Sie hatten sich in einem Besprechungszimmer versammelt, das für zivile Ausschusssitzungen bestimmt war. Normalerweise wäre eine derart wichtige Lagebesprechung in der Kommandozentrale abgehalten worden, doch die ZUP war noch nicht bereit, Artemis Fowl das Zentrum ihres Verteidigungssystems zu zeigen.

Root drückte auf den Knopf der Sprechanlage. »Trouble, können Sie mich hören?«

»Jawohl, Sir.«

»Gut. Folgendes: Heben Sie die Alarmbereitschaft auf und schicken Sie Ihre Männer in die abgelegenen Tunnel. Vielleicht schaffen wir es ja, noch ein paar Kobold-Nester auszuheben. Es sind noch eine Menge Fragen zu beantworten, zum Beispiel, wer die B'wa Kell organisiert und welches Ziel sie verfolgt.«

Artemis wusste, er sollte lieber den Mund halten. Je eher sein Teil des Pakts erfüllt war, desto schneller kam er in die Arktis. Doch an dem Szenario in Paris war etwas faul. »Finden Sie nicht auch, dass alles zu glatt gelaufen ist? Es war genau so, wie Sie es sich vorgestellt hatten. Ganz abgesehen davon, dass es dort oben vielleicht noch mehr Menschen gibt, die unter dem Einfluss des *Blicks* stehen.«

Root passte es überhaupt nicht, dass ihm ein Menschenjunge einen Vortrag hielt. Und schon gar nicht dieses spezielle Exemplar. »Hören Sie, Fowl, Sie haben Ihren Teil der Vereinbarung eingehalten. Die Pariser Verbindung ist gekappt. Durch den Schacht werden keine illegalen Lieferungen mehr kommen, das versichere ich Ihnen. Außerdem haben wir in sämtlichen Schächten die Sicherheitsmaßnahmen verschärft, ob sie in Betrieb sind oder nicht. Das Wichtigste ist, dass der Verräter, der mit den Menschenwesen Handel getrieben hat, den Oberirdischen nichts vom Erdvolk erzählt hat. Selbstverständlich wird es eine umfassende Untersuchung geben, aber das ist eine interne Angelegenheit. Also zerbrechen Sie sich nicht Ihren jungen Kopf, sondern konzentrieren sich lieber darauf, Ihre ersten Bartstoppeln zu produzieren.«

Bevor Artemis antworten konnte, meldete sich Foaly zu Wort. »Apropos Russland: Ich habe übrigens eine Spur.«

»Haben Sie rausgekriegt, woher die E-Mail kam?«, fragte Artemis und wandte seine Aufmerksamkeit sofort dem Zentauren zu.

»Ja, genau«, bestätigte Foaly mit selbstzufriedenem Lächeln.

»Aber die war doch mit einem Zerfallvirus gekoppelt. Die lässt sich nicht zurückverfolgen.«

Foaly kicherte unverhohlen. »Zerfallvirus? Dass ich nicht lache. Ihr Oberirdischen mit euren Kommunikationssystemen. Ihr benutzt doch immer noch Drähte, Himmel noch mal. Wenn etwas geschickt worden ist, kann ich auch herausfinden, von wo.«

»Und, woher kam sie?«

»Jeder Computer hat eine Art Signatur, so einzigartig wie ein Fingerabdruck«, erklärte Foaly. »Netzwerke ebenso. Sie hinterlassen winzige Spuren, abhängig vom Alter der Drähte. Alles besteht aus Molekülen, und wenn man Gigabytes von Daten durch ein kleines Kabel jagt, nutzt sich ein Teil des Kabels ab.«

Butler wurde allmählich ungeduldig. »Hören Sie, Foaly, die Zeit drängt, das Leben von Mister Fowl senior steht auf dem Spiel. Also kommen Sie zur Sache, bevor ich anfange, Ihr Mobiliar zu zertrümmern.«

Im ersten Moment hätte der Zentaur beinahe gelacht. Das war doch sicher ein Scherz, oder? Dann jedoch erinnerte er sich, was Butler mit Trouble Kelps Bergungseinheit gemacht hatte, und beschloss, es lieber nicht drauf ankommen zu lassen. »Schon gut, Menschenmann. Lassen Sie sich meinetwegen keine grauen Haare wachsen.« Für einen guten Spruch war immer Zeit. »Ich habe die MPG-Datei durch mein Filterprogramm geschickt. Die Uranrückstände deuten auf den Herkunftsort Nordrussland hin.«

»Sensationelle Neuigkeit.«

»Ich bin noch nicht fertig«, sagte Foaly. »Sehen Sie her.« Der Zentaur rief ein Satellitenfoto von der Arktis auf den Wandbildschirm. Mit jedem Klicken wurde der Maßstab des markierten Ausschnitts kleiner.

»Uran bedeutet Severomorsk. Oder alles im Umkreis von hundert Kilometern. Die Kupferdrähte stammen aus einem System alter Leitungen, Anfang zwanzigstes Jahrhundert, immer wieder repariert. Der einzige Ort, auf den das zutrifft, ist Murmansk. Bitte sehr – so einfach wie das kleine Einmaleins.«

Artemis beugte sich neugierig vor.

»Das Leitungsnetzwerk besteht aus zweihundertvierundachtzigtausend Überlandverbindungen.« Foaly gönnte sich ein Lachen. »Überlandverbindungen! Barbaren.«

Butler ließ hörbar seine Finger krachen.

»Äh, ja, also zweihundertvierundachtzigtausend davon. Ich habe ein Programm geschrieben, um sie auf Übereinstimmungen mit unserer MPG-Datei zu prüfen, und es gab zwei Treffer. Erstens: das Gerichtsgebäude.«

»Unwahrscheinlich. Und zweitens?«

»Der andere Anschluss gehört einem gewissen Michail Wassikin am Lenin Prospekt.«

Artemis spürte, wie sich sein Magen zusammenzog. »Was wissen wir über diesen Michail Wassikin?«

Foaly ließ seine Finger über die Tastatur tanzen wie ein Konzertpianist. »Ich habe meine Geheimarchive durchforstet. Ich bleibe nämlich gern auf dem Laufenden, was die so genannten Geheimdienste der Oberirdischen betrifft. Ihr Name taucht dort übrigens auch des Öfteren auf, Butler.«

Der Diener bemühte sich, unschuldig dreinzublicken, was ihm jedoch nicht recht gelang.

»Michail Wassikin ist ein ehemaliger KGB-Agent, der jetzt für die Mafija arbeitet – die russische Mafia. Er ist ein so genannter *chuligany*, ein Auftragskiller. Kein hohes Tier, aber auch kein einfacher Laufbursche. Wassikins Chef ist ein Mann aus Murmansk namens Britwa. Die Bande verdient ihr Geld hauptsächlich mit der Entführung europäischer Geschäftsleute. In den letzten fünf Jahren hatten sie sechs Deutsche und einen Schweden in ihrer Gewalt.«

»Und wie viele davon sind lebend zurückgekommen?«, fragte Artemis mit kaum hörbarer Stimme.

Foaly prüfte seine Statistiken. »Nicht ein einziger. Und in zwei Fällen verschwanden auch die Unterhändler. Acht Millionen Dollar Lösegeld sind futsch.«

Butler wand sich aus dem winzigen Elfensessel. »Genug geredet. Es wird Zeit, dass Mister Wassikin Bekanntschaft mit meinem Freund Mister Faust macht.«

Wie melodramatisch, dachte Artemis. Aber besser hätte ich es auch nicht formulieren können. »Ja, Butler, bald. Aber ich möchte nicht, dass auch Sie noch auf der Liste der verschwundenen Unterhändler landen. Diese Männer sind clever, also müssen wir noch cleverer sein. Wir haben Vorteile, die keiner unserer Vorgänger hatte: Wir wissen, wer der Entführer ist und wo er wohnt, und vor allem haben wir die Unterstützung der Elfen und ihrer Magie.« Artemis wandte sich an Root. »Die haben wir doch, oder?«

»Meine auf jeden Fall«, sagte der Commander. »Ich werde aber keinen meiner Leute zwingen, nach Russland zu gehen. Allerdings könnte ich etwas Verstärkung gebrauchen.« Er sah Holly fragend an. »Was meinen Sie?«

»Natürlich komme ich mit«, sagte Holly. »Ich bin schließlich Ihre beste Shuttlepilotin.«

Koboi Laboratorien

Im Keller der Firma Koboi Laboratorien gab es eine Schießanlage, die Opal speziell nach ihren Wünschen hatte einrichten lassen. Die Anlage arbeitete mit dem von ihr entwickelten 3D-Projektionssystem, war absolut schalldicht und schwebte auf Kreiselstabilisatoren. Dort drin konnte man einen Elefanten aus zehn Meter Höhe fallen lassen, ohne dass irgendein Seismograph unter der Erde auch nur das geringste Beben wahrgenommen hätte.

Eigentlich war die Schießanlage für die Männer der B'wa Kell bestimmt, um ihnen die Möglichkeit zu geben, mit ihren Softnose-Lasergewehren zu üben, bevor es ernst wurde. Doch die meisten Stunden am Simulator gingen auf Briar Cudgeons Konto. Er schien jede freie Minute dort unten zu verbringen und virtuelle Schlachten gegen seinen Erzfeind Commander Julius Root zu schlagen.

Als Opal hereinkam, feuerte er gerade mit seinem geliebten Softnose Redboy wie ein Besessener auf den 3D-Holographieschirm, über den einer von Roots alten Ausbildungsfilmen lief. Wie lächerlich sie das fand, behielt Opal jedoch für sich.

Cudgeon zog die Ohrstöpsel heraus. »Na, was gibt's Neues?«

Opal reichte ihm ein Videopad. »Das hier ist gerade über die Überwachungskameras reingekommen. Dieser Luc Carrère hat versagt. Keiner ist auch nur verletzt, aber wie du vorausgesagt hast, hat Root immerhin die Alarmbereitschaft aufgehoben. Und jetzt will der Commander die beiden Oberirdischen persönlich nach Murmansk begleiten – das ist in Russland, nördlich des Polarkreises.«

»Ich weiß, wo Murmansk ist«, erwiderte Cudgeon bissig. Nachdenklich strich er sich über die beulenübersäte Stirn. »Vielleicht gar nicht schlecht für uns. Das liefert uns eine perfekte Gelegenheit, den Commander auszuschalten. Und ohne Julius ist die ZUP hilflos wie ein geköpfter Stinkwurm. Vor allem, da sie keine Verbindungen mehr zur Oberfläche haben. Das stimmt doch, oder?«

»Natürlich«, sagte Opal. »An alle Schachtsensoren sind Störsender angeschlossen, und die Störungen beim Empfang der Oberflächensender werden auf die Magmawogen zurückgeführt.«

»Perfekt.« Cudgeons Lippen verzogen sich zu etwas, das man fast als schadenfrohes Grinsen bezeichnen konnte. »Dann ist jetzt der Moment, die ZUP-Waffen unschädlich zu machen. Wir wollen Julius ja nicht unnötig Vorteile verschaffen.«

Als die Koboi Laboratorien die Waffen und Transportmittel der ZUP überarbeitet hatte, war jedes Gerät mit einem winzigen Tropfen Lötmetall versehen worden. Genau genommen bestand dieses Lötmetall aus einer Quecksilber-Glyzerin-Mischung, die auf ein bestimmtes Signal der Funkanlage der Firma Koboi hin explodieren würde. Und mit einem Schlag wären die ZUP-Blaster unbrauchbar, während die B'wa Kell bis an die Zähne mit Softnose-Gewehren bewaffnet sein würde.

»Geht in Ordnung«, sagte Opal. »Und bist du sicher, dass Root nicht zurückkehrt? Er könnte unseren ganzen Plan durcheinander bringen.«

Cudgeon polierte den Redboy am Hosenbein seiner Uniform. »Nur keine Panik, meine Liebe. Julius wird nicht zurückkommen. Da ich jetzt weiß, wo er hinwill, werde ich eine kleine Begrüßungsparty für ihn organisieren. Und unsere schuppigen Freunde werden sicher mit Freuden zusagen.«

Das Beste an der ganzen Sache war, dass Briar Cudgeon Kobolde nicht einmal mochte. Im Gegenteil, er verabscheute sie sogar. Ihr reptilienhaftes Äußeres jagte ihm eine Gänsehaut über den Rücken – dieser Atem, der nach Gasbrenner stank, die lidlosen Augen und die ständig zuckende, gespaltene Zunge.

Aber sie hatten etwas, das Cudgeon brauchte: jede Menge Muskeln.

Jahrhundertelang hatten die Kobolde von der B'wa Kell die Außenbezirke von Haven City unsicher gemacht, alles zerstört, was sie nicht stehlen konnten, und jeden Touristen ausgenommen, der dumm genug war, sich in ihr Gebiet zu verirren. Doch sie waren nie eine ernsthafte Bedrohung für die Gesellschaft gewesen. Wurden sie zu dreist, schickte Commander Root einen Trupp in die Tunnel und schnappte sich die Verantwortlichen.

Eines Abends jedoch war Cudgeon verkleidet ins Second Skin gegangen, eine berüchtigte Spelunke der B'wa Kell, hatte einen Aktenkoffer mit Goldbarren auf die Theke geknallt und gesagt: »Ich will mit den Generälen sprechen.«

Ein paar von den Rausschmeißern durchsuchten ihn und verbanden ihm die Augen. Als sie ihm die Binde wieder abnahmen, fand Cudgeon sich in einem modrigen Lagerraum wieder, dessen Wände mit Moos überwuchert waren. Ihm gegenüber am Tisch saßen drei ältere Kobolde, die er nur zu gut von Verbrecherfotos kannte: Scalene, Sputa und Phlebum, das alte Dreigestirn. Das Goldgeschenk und die Aussicht auf mehr hatten genügt, ihre Neugier zu wecken.

Cudgeon hatte sich seinen Begrüßungssatz sorgfältig zurechtgelegt. »Guten Abend, meine Herren Generäle. Ich fühle mich geehrt, dass Sie mich persönlich empfangen.«

Die Kobolde warfen sich eitel in die faltige Brust. Das klang ja schon mal nicht schlecht. Endlich die ihnen gebührende Anrede.

Cudgeons weiteres Geplauder war nicht weniger glattzüngig. Er könne ihnen »helfen«, die B'wa Kell zu organisieren, auf Vordermann zu bringen und vor allem zu bewaffnen. Und, wenn die Zeit reif war, würden sie sich erheben und den Rat mitsamt seinen ZUP-Lakaien stürzen. Cudgeon versprach ihnen, sämtliche in Howler's Peak einsitzenden Kobolde freizulassen, sobald er Gouverneur sei. Um noch überzeugender zu wirken, begleitete er seine Rede unauffällig mit einem Funken des hypnotischen *Blicks*.

Es war ein Angebot, das die Kobolde nicht ablehnen konnten: Gold, Waffen, Freiheit für ihre Brüder und vor allem die Chance, die verhasste ZUP auszuschalten. Niemandem von der B'wa Kell kam es in den Sinn, dass ihr Besucher sie ebenso leicht hintergehen konnte, wie er die ZUP hintergangen hatte. Sie waren so dumm wie Stinkwürmer und doppelt so kurzsichtig.

Gleich nach seinem Gespräch mit Opal Koboi machte Cudgeon sich auf den Weg zu einer Geheimkammer unterhalb des Labors, um General Scalene zu treffen. Die Nachricht, dass Luc Carrère zu dumm gewesen war, ihren Feinden auch nur einen Kratzer zu verpassen, hatte ihm die Laune verdorben. Aber es gab ja noch Plan B … Die von der B'wa Kell waren immer scharf darauf, jemanden umzubringen – egal wen.

General Scalene war aufgeregt und gierte nach Blut. Der Kobold stieß bläuliche Flammen aus wie ein kaputter Heizofen. »Wann ziehen wir in den Krieg, Cudgeon? Wann?«

Der Elf blieb auf Distanz. Wie sehnte er sich nach dem Tag, an dem er diese dämlichen Kreaturen nicht mehr brauchen würde! »Bald, General Scalene. Sehr bald. Aber vorher bitte ich Sie um einen Gefallen. Es geht um Commander Root.«

Die gelben Augen des Kobolds verengten sich zu Schlitzen. »Root? Der Gehasste? Dürfen wir ihn umbringen? Dürfen wir ihm den Schädel zermalmen und sein Gehirn auslöffeln?«

Cudgeon lächelte großmütig. »Aber natürlich, General. Alles, was Sie wollen. Wenn Root erst tot ist, fällt die Stadt im Handumdrehen.«

Der Kobold hüpfte und zappelte vor Aufregung. »Wo ist er? Wo ist Root?«

»Das weiß ich nicht«, gab Cudgeon zu. »Aber ich weiß, wo er in sechs Stunden sein wird.«

»Wo? Sagen Sie's mir, Elf.«

Cudgeon hievte einen schweren Karton auf den Tisch, in dem sich vier Paar DoubleDex-Flügel befanden. »Schacht E93. Nehmen Sie die hier und schicken Sie Ihr bestes Killerkommando los. Und sagen Sie Ihren Kobolden, sie sollen sich warm anziehen.«

E93

Julius Root war es gewohnt, stilvoll zu reisen. Daher hatte er für den bevorstehenden Einsatz das Shuttle des Atlantischen Botschafters requiriert: überall Leder und Gold, die Sitze weicher als ein Gnomenhintern und dazu Luftwirbeldämpfer, die alles außer den heftigsten Böen abfederten. Natürlich war der Botschafter alles andere als begeistert gewesen, als er Root den Startchip aushändigen sollte, aber man schlug Commander Root nur ungern eine Bitte ab, wenn dessen Finger dabei unübersehbar auf den dreiläufigen Feuerwerfer an seiner Hüfte trommelten. Und so stiegen die Menschenwesen und ihre beiden Elfenbegleiter auf höchst komfortable Weise durch Schacht E93 auf.

Artemis nahm sich eine Flasche Quellwasser aus dem Kühlfach. »Eigenartiger Geschmack«, bemerkte er. »Nicht unangenehm, aber ungewohnt.«

»Ja, weil es sauber ist«, sagte Holly. »Du glaubst ja nicht, wie oft wir es filtern müssen, bis wir die Spuren von euch Oberirdischen raushaben.«

»Keine Kabbeleien, Captain Short«, ermahnte Root sie. »Wir sind diesmal schließlich alle auf derselben Seite. Machen Sie mir bei diesem Einsatz keine Schwierigkeiten. Und jetzt alle Mann in die Anzüge. Da oben überleben wir keine fünf Minuten ohne Schutz.«

Holly öffnete ein Kabinenfach. »Fowl, vortreten.«

Artemis gehorchte. Um seine Mundwinkel spielte ein amüsiertes Lächeln.

Holly nahm mehrere würfelförmige Päckchen aus dem Fach. »Was hast du für eine Größe? Sechs?«

Artemis zuckte die Achseln. Mit dem Größensystem der Unterirdischen kannte er sich nicht aus.

»Was, das weiß der große Artemis Fowl nicht? Ich dachte, du wärst der weltgrößte Erdvolk-Experte. Schließlich hast du uns doch letztes Jahr das Buch gestohlen, oder nicht?«

Artemis öffnete das Päckchen. Es enthielt einen Overall aus einem hauchdünnen Gummigewebe.

»Strahlenresistent«, erklärte Holly. »Deine Zellen werden es mir in fünfzig Jahren danken – wenn du dann noch lebst.«

Artemis streifte den Anzug über seine Kleider. Er schloss sich sofort wie eine zweite Haut um seinen Körper. »Raffiniertes Material.«

»Chamäleonlatex. Passt sich allen Größen an – innerhalb gewisser Grenzen. Leider nur einmal verwendbar, dann muss er wieder aufbereitet werden.«

Butler kam rasselnd herbei. Er trug so viele Elfenwaffen mit sich herum, dass Foaly ihm einen Moonbelt gegeben hatte, der bei seiner derzeitigen Einstellung das tatsächliche Gewicht der Dinge auf ein Fünftel der Erdnorm reduzierte, die an ihm befestigt waren.

»Und was ist mit mir?«, fragte er mit einer Kopfbewegung in Richtung der Overalls.

Holly runzelte die Stirn. »In Ihrer Größe haben wir nichts. Die Dehnbarkeit von Latex ist begrenzt.«

»Nicht so schlimm. Ich bin schon öfter in Russland gewesen, und es hat mich nicht umgebracht.«

»Bis jetzt. Warten Sie's ab.«

Butler zuckte die Achseln. »Nun, mir bleibt nichts anderes übrig.«

In Hollys Augen blitzte ein boshaftes Funkeln auf. »Oh, keine Sorge, ich habe da noch was.«

Sie griff in das Fach und holte eine große Flasche Pumpspray heraus. Aus irgendeinem Grund jagte Butler diese Flasche mehr Angst ein als ein Bunker voller Raketen.

»Schön stillhalten«, sagte Holly und richtete den riesigen Sprühtrichter auf den Leibwächter. »Das Zeug stinkt übler als ein Einsiedlerzwerg, aber zumindest werden Sie hinterher nicht im Dunkeln leuchten.«

Kapitel 8

Eisige Begegnung

Lenin Prospekt, Murmansk

Michail Wassikin wurde allmählich ungeduldig. Seit über zwei Jahren spielte er jetzt den Babysitter. Auf Britwas Wunsch hin. Obwohl Wunsch eigentlich nicht das passende Wort war, denn das würde bedeuten, dass man auch nein sagen konnte. Aber Britwas Wünsche lehnte man nicht ab. Man murrte nicht einmal leise. Der *menidzher*, oder besser Manager der Mafija, gehörte noch zur alten Schule. Sein Wort war Gesetz.

Britwas Anweisungen waren einfach gewesen: Gib ihm zu essen, wasch ihn, und wenn er nicht innerhalb eines Jahres aus dem Koma erwacht, bring ihn um und wirf seine Leiche in die Kola-Bucht.

Zwei Wochen vor Ablauf der Frist war der Ire plötzlich im Bett hochgefahren und hatte einen Namen geschrien: Angeline. Kamar hatte sich so erschreckt, dass ihm die Weinflasche, die er gerade öffnen wollte, aus der Hand geglitten war. Die Flasche zerbrach, riss ein Loch in seinen Ferrucci-Slipper und zerquetschte ihm den

Nagel des großen Zehs. Zehennägel wuchsen nach, aber Ferrucci-Slipper waren in der Arktis schwer zu kriegen. Michail hatte sich mit ganzem Gewicht auf seinen Partner setzen müssen, um ihn daran zu hindern, ihre Geisel umzubringen.

Und jetzt warteten sie. Entführungen waren mittlerweile ein etablierter Berufszweig, und da gab es Regeln. Nach einer angemessenen Frist schickte man als Erstes einen Lockbrief. Oder, wie in diesem Fall, eine E-Mail. Dann ließ man ihn ein Weilchen schmoren, damit der Erpresste schön nervös wurde, und schließlich servierte man ihm die Lösegeldforderung.

Michail und Kamar hockten in Michails Wohnung am Lenin Prospekt und warteten auf Britwas Anruf. Sie trauten sich nicht einmal, zum Luftschnappen nach draußen zu gehen. Aber viel zu sehen gab es ohnehin nicht. Murmansk war eine dieser russischen Städte, die komplett aus Beton zu bestehen schienen. Und der Lenin Prospekt war nur schön anzusehen, wenn er tief verschneit war.

Kamar kam aus dem Schlafzimmer herüber. Auf seinem Gesicht lag fassungsloses Staunen. »Er will Kaviar! Das ist ja wohl nicht zu glauben! Ich gebe ihm einen schönen Teller *stroganina*, und dieser undankbare *irlandez* will Kaviar.«

Michail verdrehte die Augen. »Im Koma war er mir sympathischer.«

Kamar nickte und spuckte in den Kamin. »Außerdem beschwert er sich, dass das Bettzeug kratzt. Der Kerl kann froh sein, dass ich ihn nicht in einen Sack stecke und in die Bucht werfe ...«

Das Klingeln des Telefons unterbrach seine leeren Drohungen.

»Das ist es, mein Freund«, sagte Wassikin und schlug Kamar auf die Schulter. »Jetzt geht's los.«

Er nahm den Hörer ab. »Ja?«

»Ich bin's«, sagte eine Stimme durch das Knistern in der Leitung.

»Ah, Britwa!«

»Schnauze, Sie Idiot! Sie sollten mich doch nie mit Namen anreden!«

Michail schluckte. Der *menidzher* hatte es nicht gern, wenn man ihn mit seinen diversen Geschäften in Verbindung bringen konnte. Das bedeutete: keine schriftlichen Unterlagen und keine Erwähnung seines Namens, solange die Gefahr bestand, abgehört zu werden. Für gewöhnlich telefonierte er nur, während er mit dem Auto in der Stadt herumfuhr, damit sein Standort nicht ermittelt werden konnte.

»Tut mir Leid, Boss.«

»Das hoffe ich«, erwiderte der Mafija-Chef. »Jetzt hören Sie zu, und halten Sie die Klappe, Sie haben ohnehin nichts zu sagen.«

Wassikin legte die Hand über die Muschel. »Alles in Ordnung«, flüsterte er mit erhobenem Daumen. »Er ist sehr zufrieden mit uns.«

»Diese Fowls sind verdammt clever«, sagte Britwa. »Und ich bin sicher, dass sie versuchen, die E-Mail zurückzuverfolgen.«

»Aber ich habe die Mail mit einem Zerfallvirus infiziert –«

»Was habe ich eben gesagt?«

»Sie sagten, ich solle nichts sagen, Brit ... Boss.«

»Ganz recht. Also, schicken Sie die Lösegeldforderung ab und bringen Sie Fowl zum Übergabeort.«

Michail erbleichte. »Zum Übergabeort?«

»Ja, genau. Dort wird niemand nach Ihnen suchen, das garantiere ich Ihnen.«

»Aber –«

»Schluss mit dem Gequassel! Reißen Sie sich zusammen, Mann! Es ist ja nur für ein paar Tage. Selbst wenn Ihre Lebenserwartung um ein Jahr sinkt, es wird Sie schon nicht umbringen.«

Wassikin durchforstete sein Hirn fieberhaft nach einer Antwort. Vergeblich.

»Okay, Boss. Wie Sie meinen.«

»So ist's brav. Hören Sie zu, Mann. Das ist Ihre große Chance. Wenn Sie die Sache gut über die Bühne bringen, steht Ihrem Aufstieg innerhalb der Organisation nichts im Weg.«

Wassikin strahlte. Ein Leben voller Champagner und großer Autos winkte.

»Wenn dieser Mann tatsächlich Fowl senior ist, wird der Junge bezahlen. Sobald Sie das Geld haben, versenken Sie die beiden in der Kola-Bucht. Ich will keine Überlebenden, die womöglich eine Vendetta starten. Rufen Sie mich an, wenn es irgendwelche Probleme gibt.«

»Okay, Boss.«

»Ach, und noch was.«

»Ja?«

»Rufen Sie mich nicht an.«

Am anderen Ende wurde aufgelegt. Wassikin stand da und starrte den Telefonhörer an, als wäre er eine giftige Kröte.

»Und?«, fragte Kamar.

»Wir sollen die zweite Nachricht abschicken.«

Ein breites Grinsen zog sich über Kamars Gesicht. »Wunderbar. Dann ist die Warterei endlich bald vorbei.«

»Und danach sollen wir die Geisel zum Übergabeort bringen.«

Das Grinsen verschwand so schnell wie ein Fuchs im Kaninchenbau. »Was – jetzt?«

»Ja, jetzt.«

Kamar begann, in dem engen Wohnzimmer auf und ab zu tigern. »Das ist doch verrückt! Vollkommen schwachsinnig! Fowl kann frühestens in ein paar Tagen hier sein. Weshalb müssen wir die ganze Zeit da hocken und das Gift einatmen? Was soll das denn bringen?«

Michail hielt ihm den Telefonhörer hin. »Sag's ihm doch. Der *menidzher* wird sich bestimmt freuen, wenn du ihm erklärst, was für einen Unsinn er anordnet.«

Kamar ließ sich auf das abgewetzte Sofa fallen und schlug die Hände vors Gesicht. »Hat das denn nie ein Ende?«

Sein Partner schaltete den alten 386er ein. »Woher soll ich das wissen«, erwiderte er und schickte die vorbereitete E-Mail ab. »Aber eins weiß ich genau, nämlich was passiert, wenn wir nicht tun, was Britwa sagt.«

Kamar seufzte. »Ich glaube, ich gehe mal rüber und brülle eine Weile den Gefangenen an.«

»Was soll das nützen?«

»Nichts«, gab Kamar zu. »Aber ich fühle mich danach einfach besser.«

Shuttlehafen E93: Nordrussland

Die arktische Station war bei den Touristen nie sonderlich beliebt gewesen. Nun gut, Gletscher und Eisbären waren hübsch anzuschauen, aber dafür vergiftete man sich doch nicht die Lungen mit verstrahlter Luft.

Holly landete das Shuttle an der einzigen Rampe, die noch in Betrieb war. Das Terminal selbst sah aus wie ein verlassenes Lagerhaus. Reglose Gepäckbänder schlängelten sich über den Boden, und in den tief hängenden Heizschächten raschelten Insekten.

Holly nahm Menschenmäntel und Handschuhe aus einem alten Schrank und verteilte sie. »Zieht euch warm an, Jungs. Draußen ist es kalt.«

Das brauchte sie Artemis nicht zu sagen. Die Solarbatterien des Terminals waren schon seit langem abgeschaltet, und die Eiseskälte hatte die Wände geknackt wie eine Nussschale.

Holly warf Butler den Mantel aus sicherer Entfernung zu. »Wissen Sie was, Butler? Sie stinken!«, rief sie lachend.

Der Diener knurrte. »Sie mit Ihrem Strahlenschutzschaum! Ich habe das Gefühl, meine Haut hat eine ganz andere Farbe bekommen.«

»Keine Sorge, in spätestens fünfzig Jahren lässt sich das wieder abwaschen.«

Butler knöpfte sich den Kosakenmantel bis zum Kinn zu. »Warum ziehen Sie sich noch Mäntel an, wo Sie doch Ihre tollen Anzüge haben?«

»Zur Tarnung«, erklärte Holly und rieb sich Gesicht und Hals mit Strahlenschutzgel ein. »Wenn wir den Schild benutzen, sind die Anzüge wegen der Vibration nutzlos. Da könnten wir auch gleich im Kühlwasser eines Reaktors baden. Also gehen wir heute Abend als Menschenwesen.«

Artemis runzelte die Stirn. Stimmt, die Elfen hatten ja bereits darüber geredet, dass sie wegen der Strahlung ihren Sichtschild nicht benutzen konnten. Nun, an seinem Plan würde das nicht viel ändern.

»Genug geplaudert«, knurrte Root und zog sich eine Bärenfellmütze über die spitzen Ohren. »Wir gehen in fünf Minuten raus, und dann will ich jeden bewaffnet sehen. Auch Sie, Fowl, wenn Ihre zarten Hände überhaupt eine Waffe halten können.«

Artemis hatte sich eine Elfenpistole aus dem Arsenal des Shuttles mitgenommen und schob nun eine Batterie in den Schlitz. Dann stellte er die Waffe auf Stufe 3. »Keine Sorge, Commander, ich habe geübt. Wir haben ja eine ganz ordentliche Sammlung von ZUP-Waffen im Haus.«

Roots Gesichtsfarbe verdunkelte sich noch um eine Nuance. »Nun, es ist ein ziemlicher Unterschied, ob man auf eine Pappfigur schießt oder auf ein lebendes Wesen.«

Artemis lächelte sein Vampirlächeln. »Wenn alles nach Plan läuft, werden wir die Waffen gar nicht brauchen. Der erste Teil ist kinderleicht: Wir beobachten Wassikins Wohnung. Sobald sich eine Gelegenheit ergibt, schnappt Butler sich unseren russischen Freund, und wir fünf werden uns ein wenig unterhalten. Ich bin sicher, dass er uns unter dem Einfluss des *Blicks* alles verrät, was wir wissen wollen. Dann brauchen wir nur noch eventuelle Wachleute zu betäuben und meinen Vater zu retten.«

Root wickelte sich einen dicken Schal um das Kinn. »Und was ist, wenn es nicht nach Plan läuft?«

Artemis' Blick wurde kalt und entschlossen. »Dann, Commander, werden wir improvisieren müssen.«

Holly spürte, wie ihr ein kalter Schauer über den Rücken lief. Und das hatte nichts mit der Außentemperatur zu tun.

Der Shuttlehafen war unter einer zwanzig Meter dicken Eisschicht verborgen. Sie fuhren mit dem VIP-Aufzug zur Oberfläche und traten durch die Tarnschleuse hinaus in die Arktis. Für jeden zufälligen Beobachter eine kleine unauffällige Gruppe, bestehend aus einem Erwachsenen und drei Kindern. Kindern, die allerdings bis an die Zähne mit allerlei menschenuntypischen Waffen behängt waren.

Holly warf einen Blick auf den GPS-Empfänger an ihrem Handgelenk. Der Satellitenempfang funktionierte. »Wir befinden uns jetzt im Rosta-Bezirk, zwanzig Kilometer nördlich von Murmansk.«

»Was sagt Foaly über das Wetter? Ich habe keine Lust, mitten im Nichts von einem Schneesturm überrascht zu werden.«

»Tut mir Leid, Sir, ich kriege keine Verbindung. Anscheinend sind die Magmawogen noch nicht abgeflaut.«

»*D'Arvit*«, fluchte Root. »Tja, dann werden wir wohl auf gut Glück losmarschieren müssen. Butler, Sie sind hier der Experte, übernehmen Sie die Spitze. Captain Short, Sie bilden die Nachhut. Und treten Sie das menschliche Fußvolk ruhig in den Hintern, falls es trödelt.«

Holly zwinkerte Artemis zu. »Mit dem größten Vergnügen, Sir.«

»Das kann ich mir denken«, grunzte Root mit einem stillen Lächeln.

Im Schein des Mondlichts stapfte der seltsame Trupp Richtung Südosten. Als sie auf Eisenbahnschienen stießen, beschlossen sie, ihnen zu folgen. Dies war die einzige Möglichkeit, Schneeverwehungen und zugeschneiten Senken zu entgehen. Sie kamen nur langsam voran. Der Nordwind drang durch sämtliche Poren ihrer Kleidung, und die Kälte brannte auf jedem Zentimeter ihrer bloßen Haut wie eine Million elektrischer Pfeile.

Sie sprachen nur wenig. Die arktische Kälte förderte nicht gerade ihren Drang zur Konversation, auch wenn drei von ihnen Overalls mit eingebauten Heizdrähten trugen.

Schließlich brach Holly das Schweigen. Etwas beschäftigte sie schon seit geraumer Weile. »Sag mal, Fowl«, fragte sie ihn von hinten, »ist dein Vater eigentlich so wie du?«

Artemis kam für einen Moment aus dem Rhythmus. »Was für eine seltsame Frage. Warum wollen Sie das wissen?«

»Na ja, du bist nicht gerade ein Freund des Erdvolks. Was ist, wenn der Mann, den wir retten wollen, uns am Ende vernichtet?«

Ein langes Schweigen folgte, nur unterbrochen vom Klappern der Zähne. Holly sah, dass Artemis den Kopf senkte.

»Sie brauchen sich keine Sorgen zu machen, Captain. Mein Vater war … ist ein Ehrenmann, auch wenn einige seiner Unternehmungen zweifellos illegal waren. Er käme niemals auf den Gedanken, einem anderen Wesen etwas anzutun.«

Holly zog ihren Stiefel aus dem tiefen Schnee. »Und wie bist du dann darauf gekommen?«

Artemis' Atem wehte in kleinen Eiswolken um seine Schultern nach hinten. »Ich … ich habe einen Fehler gemacht.«

Argwöhnisch blickte Holly auf den Hinterkopf des Menschenjungen. Meinte Artemis Fowl es tatsächlich so, wie er es sagte? Das war schwer zu glauben. Noch mehr überraschte Holly allerdings, dass sie nicht wusste, wie sie darauf reagieren sollte. Ob sie ihm die Hand zur Versöhnung reichen oder ihm einen Tritt der Vergeltung versetzen sollte. Schließlich beschloss sie, sich jedes Urteil zu verkneifen. Jedenfalls vorläufig.

Sie gelangten zu einer Schlucht, ausgehöhlt vom pfeifenden Wind. Butler gefiel die Gegend gar nicht. Der Instinkt des Soldaten in ihm ließ sämtliche Alarmglocken klingeln. Er hob warnend die Hand.

Root beschleunigte, bis er Butler eingeholt hatte, die anderen beiden folgten dichtauf. »Stimmt etwas nicht?«, fragte er.

Butler spähte mit zusammengekniffenen Augen um sich und suchte das Schneefeld nach Fußabdrücken ab. »Bin nicht sicher. Ideales Gelände für einen Hinterhalt.«

»Vielleicht – falls jemand weiß, dass wir kommen.«

»Und, könnte es jemand wissen?«

Root stieß ein Schnauben aus, dass zwei Dampfwolken aus seiner Nase schossen. »Unmöglich. Der Schachtausgang ist vollkommen abgelegen, und das Sicherheitssystem der ZUP ist das beste auf dem ganzen Planeten.«

Genau in diesem Moment tauchte das Killerkommando der Kobolde über dem Kamm der Schlucht auf.

Butler packte Artemis am Kragen und schleuderte ihn ohne Umschweife in eine Schneewehe. Mit der anderen Hand griff er bereits nach der Waffe. »In Deckung, Artemis. Zeit, mein Gehalt zu verdienen.«

Artemis hätte ihn erbost zurechtgewiesen, hätte er nicht kopfüber in einem dicken Schneehaufen gesteckt.

Vier Kobolde zogen in loser Formation über ihnen hinweg, sichtbar als dunkle Schatten vor dem sternenklaren Himmel. Sie stiegen rasch auf dreihundert Meter, ohne jeden Versuch, sich zu verstecken. Sie griffen nicht an, flohen auch nicht, sondern schwebten einfach in der Luft.

»Kobolde«, knurrte Root und legte seine Farshoot Neutrino mit der extragroßen Reichweite an. »Zu blöd, um ein Loch in den Schnee zu pinkeln. Sie hätten uns doch einfach abschießen können.«

Butler stellte sich breitbeinig in Schussposition. »Sollen wir warten, bis wir das Weiße in ihren Augen sehen, Commander?«

»Kobolde haben kein Weiß in den Augen«, entgegnete Root. »Aber stecken Sie Ihre Waffe wieder ein. Captain Short und ich werden die drei da oben betäuben. Ich will nicht, dass es Tote gibt.«

Butler schob die Sig Sauer zurück in sein Schulterhalfter. Auf diese Entfernung war sie ohnehin so gut wie nutzlos. Er war gespannt, Holly und Root in Aktion zu sehen. Schließlich lag Artemis' Leben genau genommen in ihren Händen. Von seinem eigenen mal ganz abgesehen.

Butler warf einen Blick zur Seite. Holly und der Commander drückten hektisch die Abzüge verschiedener Pistolen und Gewehre – ohne jeden Erfolg. Ihre Waffen waren so tot wie Mäuse in einer Schlangengrube.

»Das verstehe ich nicht«, murmelte Root. »Ich habe die Dinger doch selbst überprüft.«

Artemis war natürlich der Erste, der die Lösung fand. Er schüttelte sich den Schnee aus dem Haar. »Sabotage«, verkündete er und warf seine eigene nutzlose Elfenwaffe beiseite. »Eine andere Erklärung gibt es nicht. Das ist der Grund, weshalb die B'wa Kell die Softnose-Gewehre braucht – sie haben es irgendwie geschafft, die Laserwaffen der ZUP auszuschalten.«

Doch weder der Commander noch Butler hörten ihm zu. Dies war nicht der Moment für schlaue Erklärungen; Handeln war angesagt. Hier draußen, vor dem hellen Hintergrund der Schneelandschaft, waren sie in der arktischen Nacht ein leichtes Ziel. Dieser Gedanke wurde umgehend bestätigt, als mehrere Laserstrahlen zischend Löcher in den Schnee vor ihren Füßen bohrten.

Holly schaltete den Optix in ihrem Helm ein und zoomte den Feind heran.

»Sieht aus, als hätte einer von ihnen ein Softnose-Gewehr, Sir. Jedenfalls hat es einen langen Lauf.«

»In Deckung! Schnell!«

Butler nickte. »Da drüben ist ein Eisvorsprung, unterhalb des Kamms.«

Der Diener packte seinen Schützling erneut am Kragen und hob ihn hoch wie eine Katze. Sie kämpften sich durch den Schnee zu dem schützenden Vorsprung.

Sie warfen sich darunter und drückten sich flach gegen die Eiswand. Die blauweiß schimmernde Kuppel über ihnen war ohne weiteres dick genug, um dem Beschuss mit sämtlichen konventionellen Waffen standzuhalten.

Butler schob sich schützend vor Artemis und riskierte einen Blick nach oben. »Zu weit weg. Ich kann sie nicht mehr sehen. Holly?«

Captain Short streckte den Kopf unter dem gefrorenen Überhang hervor und stellte ihren Optix scharf.

»Und, was machen sie?«

Holly wartete einen Moment, bis sie die Gestalten klar erkennen konnte. »Komisch«, sagte sie. »Sie schießen jetzt alle, aber ...«

»Aber was, Captain?«

Holly klopfte gegen ihren Helm, um sicherzugehen, dass die Linsen funktionierten. »Vielleicht verzerrt der Optix das Bild, Sir, aber es sieht so aus, als ob sie absichtlich danebenschießen, weit über uns hinweg.«

Butler rauschte das Blut in den Ohren. »Das ist eine Falle!«, brüllte er und griff nach hinten, um sich Artemis zu schnappen. »Nichts wie raus hier!«

Doch in dem Augenblick löste sich unter dem Beschuss der Kobolde ein gewaltiges Stück von dem Eisüberhang, und Tonnen von Eis und Schnee donnerten zu Boden.

Beinahe hätten sie es geschafft. Aber mit »beinahe« hat schließlich noch keiner einen Algentopf beim Gnomenroulette ergattert. Wäre Butler nicht gewesen, keiner von ihnen hätte überlebt. Eine plötzliche, unerklärliche Kraft überkam ihn in der Gefahr wie die, mit deren Hilfe eine Mutter einen ganzen Baum anzuheben vermag, wenn es gilt, ihre eingequetschten Kinder zu befreien. Der Diener packte Artemis und Holly und schleuderte sie vorwärts wie Kiesel über einen See. Keine besonders würdevolle Art der Fortbewegung, aber auf jeden Fall besser, als von einer Eislawine zerschmettert zu werden.

Zum zweiten Mal innerhalb weniger Minuten landete Artemis mit dem Gesicht voran in einer Schneewehe. Hinter ihm versuchten Butler und Root so schnell wie möglich unter dem Eisüberhang wegzukommen, doch auf der glatten Oberfläche rutschten sie immer wieder aus. Lawinendonner bebte in der Luft. Riesige Brocken aus Eis und Schnee stürzten herab und versperrten Butler und Root den Weg. Sie saßen fest.

Holly rappelte sich auf und rannte zurück. Doch was sollte sie tun? Sich wieder unter den Vorsprung wagen?

»Zurückbleiben, Captain«, drang Roots Stimme bellend aus ihrem Helmlautsprecher. »Das ist ein Befehl!«

»Commander«, japste Holly erleichtert. »Sie leben noch.«

»Sieht so aus«, erklang die Antwort. »Aber Butler scheint bewusstlos zu sein, und wir kommen hier nicht raus. Der Überhang kann jeden Moment vollständig einstürzen; das Einzige, was ihn hält, ist dieser lockere Schneewall. Und wenn wir den zur Seite schieben, um uns zu befreien ...«

Zumindest waren sie noch am Leben. Gefangen, aber am Leben. Was sie jetzt brauchten, war ein Plan.

Captain Holly Short war erstaunlich ruhig, ein Vorzug, der sie als eine hervorragende Polizistin auszeichnete. Selbst bei größter nervlicher Belastung war Holly in der Lage, einen Ausweg zu finden. Oft genug den einzigen Ausweg. Bei der Kampfsimulation anlässlich ihrer Prüfung zum Captain hatte Holly ihre unbesiegbaren virtuellen Gegner ausgeschaltet, indem sie den Projektor in die Luft gejagt hatte. Technisch gesehen hatte sie damit alle Feinde besiegt, und so blieb der Kommission nichts anderes übrig, als sie zu befördern.

Holly erteilte ihre Anweisungen über das Helmmikro. »Commander, schnallen Sie sich mit an Butlers Moonbelt und schalten Sie auf volle Leistung. Ich werde versuchen, Sie da rauszuziehen.«

»Verstanden, Holly. Brauchen Sie einen Enterhaken?«

»Wenn Sie mir einen rausschießen können.«

»Moment.«

Durch eine Lücke zwischen den Eisbrocken kam ein Enterhaken geflogen und landete einen Meter vor Hollys Füßen. An dem Haken war ein hauchdünnes, elastisches Seil befestigt.

Holly befestigte den Haken an der entsprechenden Halterung ihres Gürtels, wobei sie sorgfältig darauf achtete, dass das Seil sich nicht verknotete. In der Zwischenzeit war es Artemis gelungen, sich aus dem tiefen Schnee freizukämpfen.

»Dieser Plan ist vollkommen lächerlich«, sagte er und klopfte sich den Schnee von den Armen. »Sie glauben doch nicht im Ernst, dass Sie die beiden da rausziehen können, obendrein noch schnell genug, um die Eisbrocken beiseite zu schieben und der gleichzeitig einstürzenden Kuppel zu entkommen.«

»*Ich* werde sie ja auch nicht da rausziehen«, entgegnete Holly schnippisch.

»Wer dann?«

Captain Short wies auf die Schienen. In der Ferne sah man einen grünen Zug, der sich stetig auf sie zuschlängelte. »Der da«, sagte sie.

Es waren nur noch drei Kobolde übrig: D'Nall, Aymon und Nyle. Drei Grünschnäbel, die alle scharf auf den soeben frei gewordenen Posten des Lieutenant waren. Lieutenant Poll hatte nämlich das Zeitliche gesegnet. Er war der Lawine zu nahe gekommen und von einer fünfhundert Kilo schweren Eisscholle erschlagen worden.

So schwebten die drei in dreihundert Meter Höhe, außerhalb der Reichweite jeder Schusswaffe. Natürlich galt das nicht für Elfenwaffen, aber die waren ja außer Gefecht gesetzt. Dafür hatten die Techniker von Koboi Laboratorien gesorgt.

»Donnerwetter, Lieutenant Poll hat aber ein ganz schönes Loch abgekriegt«, sagte Aymon mit anerkennendem Pfiff. »Ich konnte besser durch ihn sehen als durch das Eis, das ihn erwischt hat.«

Kobolde hingen für gewöhnlich nicht besonders aneinander. Kein Wunder bei der Betrügerei und den pausenlosen Intrigen in der B'wa Kell. Da lohnte es sich nicht, Freundschaften zu schließen.

»Wie wär's, wenn einer von euch beiden mal runterfliegt und nachguckt«, fragte D'Nall, der – vergleichsweise – Bestaussehende von ihnen.

Aymon schaubte. »Ja, klar. Wir gehen runter und lassen uns von dem Großen abknallen. Für wie blöd hältst du uns eigentlich?«

»Der Große ist ausgeschaltet. Dem habe ich selbst eine Ladung verpasst. Echt sauberer Schuss.«

»Aber mein Schuss hat die Lawine ausgelöst«, maulte Nyle, der jüngste der Bande. »Immer schreibst du dir meine Morde aufs Konto.«

»Was denn für Morde? Das Einzige, was du bisher getötet hast, war ein Stinkwurm. Und das war ein Unfall.«

»Stimmt ja gar nicht«, erwiderte Nyle beleidigt. »Das war Absicht. Er hatte mich geärgert.«

Aymon flog zwischen sie. »Genug jetzt, ihr beiden, nun reißt euch nicht noch gegenseitig die Schuppen aus. Wir können doch von hier oben ein paar Runden auf die Überlebenden feuern.«

»Toller Plan«, spottete D'Nall. »Das wird nur nicht funktionieren, du Genie.«

»Und wieso nicht?«

D'Nall wies mit der manikürten Klaue nach unten. »Weil die gerade in den Zug steigen.«

Vier grüne Waggons, gezogen von einer alten Diesellok, wanden sich von Norden her auf sie zu. Ein Mahlstrom wirbelnder Schneeflocken folgte dem Zug.

Die Rettung, dachte Holly. Oder auch nicht. Aus irgendeinem Grund reichte schon der Anblick der stampfenden

Lokomotive, um ihre Magensäure zum Kochen zu bringen. Aber sie hatte keine Wahl.

»Das ist der Mayak-Chemie-Zug«, sagte Artemis.

Überrascht drehte Holly sich um. Artemis sah noch blasser aus als sonst. »Der was?«

»Umweltschützer auf der ganzen Welt nennen ihn den Grünen Zug – eine ziemliche Ironie. Er transportiert verbrauchte Uranium- und Plutoniumbrennstäbe für die Wiederaufbereitung zum Chemiekonzern Mayak. Ein Fahrer, eingeschlossen in der Lok. Keine Wachen. Voll beladen ist das Ding heißer als ein Atom-U-Boot.«

»Und woher weißt du das alles?«

Artemis zuckte die Achseln. »Ich halte mich gerne auf dem Laufenden. Schließlich ist die Verstrahlung eines der größten Probleme der Welt.«

Jetzt spürte Holly es. Uraniumstrahlen, die sich durch das Schutzgel auf ihrer Haut fraßen. Dieser Zug war das pure Gift. Aber es war ihre einzige Chance, den Commander lebend aus der Schneehölle zu befreien. »Das hat uns gerade noch gefehlt«, grummelte sie.

Der Zug kam näher, rollte mit etwa zehn Stundenkilometern auf sie zu. Kein Problem für Holly allein, aber mit zwei angeschlagenen Männern und einem nahezu nutzlosen Menschenjungen würde es ein ganz schöner Akt werden.

Holly sah kurz hinauf zu den Kobolden. Sie schwebten nach wie vor in dreihundert Metern Höhe. Improvisation war nicht gerade eine Stärke der Kobolde. Der Zug war nicht eingeplant, und so würden sie mindestens eine Minute brauchen, um sich eine neue Strategie zu überlegen. Außerdem durfte das große Loch in ihrem gefallenen Kumpan sie noch eine ganze Weile beschäftigen.

Holly spürte die Strahlung, die von den Waggons ausging, immer deutlicher; eine Strahlung, die sich durch jede winzige Lücke im Schutzgel bohrte und ihr in den Augen brannte. Es war nur eine Frage der Zeit, bis ihre Magie verbraucht sein würde. Und dann waren ihre Stunden gezählt.

Doch sie hatte keine Zeit, darüber nachzudenken. Das Wichtigste war, den Commander lebend aus der Höhle herauszuholen. Wenn die B'wa Kell dreist genug war, einen offenen Angriff gegen die ZUP zu starten, war unten in Erdland mit Sicherheit etwas Oberfaules im Gange. Und was immer es war, sie würden Julius Root brauchen, um die Gegenattacke zu leiten.

»Okay, Menschenjunge«, sagte sie zu Artemis. »Wir haben nur einen Versuch. Halt dich irgendwo fest, egal woran.«

Artemis konnte ein leichtes Zittern nicht verbergen.

»Keine Angst, Fowl. Du schaffst das schon.«

Artemis wurde wütend. »Es ist kalt, Elfe. Wir Menschen zittern nun mal, wenn uns kalt ist.«

»Na, dann ist Bewegung ja gerade richtig«, meinte Holly und begann zu laufen. Das Seil an ihrem Gürtel rollte sich hinter ihr aus wie ein Harpunendraht. Obwohl es nur so dünn war wie eine Angelschnur, konnte es ohne weiteres das Gewicht von zwei zappelnden Elefanten aushalten. Artemis rannte hinter ihr her, so schnell es seine in Slippern steckenden Füße erlaubten.

Dicht neben den Gleisen liefen sie durch den knirschenden Schnee. Hinter ihnen näherte sich stampfend der Zug, eine Welle kalter Luft vor sich herschiebend.

Artemis hatte Mühe, mit Holly mitzuhalten. Das war nicht sein Ding, rennen und schwitzen. Überhaupt,

Kampfeinsatz! Er war doch kein Soldat, verdammt noch mal! Er war ein Denker. Ein Genie. Die Turbulenzen handgreiflicher Auseinandersetzungen überließ er lieber Butler und seinesgleichen. Aber diesmal war sein Diener nicht da, um ihm die körperliche Arbeit abzunehmen. Und er würde es nie wieder sein, wenn es ihnen nicht gelang, auf diesen Zug aufzuspringen.

Sein Atem kam stoßweise, in weißen Wolken, die seine Sicht verschwimmen ließen. Der Zug war jetzt neben ihnen; die Stahlräder schleuderten Eis und Funken in die Luft.

»Zweiter Waggon«, japste Holly. »Pass auf, versuch die untere Leiste zu erwischen.«

Welche Leiste? Artemis warf einen Blick über die Schulter. Der zweite Waggon kam näher. Na, super. Wie zum Teufel sollte er darauf stehen können, auf dieser schmalen Leiste unterhalb der Stahltür? Und woran sollte er sich festhalten?

Holly sprang mit einem Satz auf und drückte sich flach an die Wand des Waggons. Bei ihr sah es völlig mühelos aus. Ein kleiner Hüpfer, und sie war in Sicherheit vor den gnadenlos mahlenden Rädern.

»Komm schon, Fowl«, rief sie. »Spring!«

Artemis gab sich alle Mühe. Aber er blieb mit der Schuhspitze an einer Schwelle hängen und taumelte rudernd vorwärts, verzweifelt bemüht, nicht unter die Räder zu kommen, wo ihm ein schmerzhafter Tod drohte.

»Zwei linke Füße«, grummelte Holly und packte ihren Erzfeind am Kragen. Mit Schwung schleuderte sie Artemis nach vorn, so dass er wie eine Comicfigur vor die Tür prallte.

Auch das Seil peitschte gegen den Waggon. Sobald Holly sich vergewissert hatte, dass Artemis Halt gefunden hatte, machte sie sich auf die Suche nach einem Punkt, an dem sie sich festschnallen konnte. Auch wenn Roots und Butlers Gewicht durch den Moonbelt reduziert war, würde der Ruck in dem Moment, wo das Seil sich spannte, ausreichen, um sie vom Zug zu reißen. Und wenn das passierte, wäre alles vorbei.

Sie schlang einen Arm um eine Sprosse der Leiter, die außen am Waggon befestigt war. Dabei fiel ihr Blick auf die bläulichen Funken ihrer Magie, die um einen Riss in ihrem Overall tanzten. Sie bekämpften erste Strahlungsschäden. Wie lange würde ihre Magie unter diesen Umständen wohl noch ausreichen? Ununterbrochenes Heilen ging ganz schön ans Eingemachte. Sie musste dringend ihre Kräfte mit dem Ritual wieder aufladen, und zwar so bald wie möglich.

Gerade als Holly das Seil von ihrem Gürtel lösen und um eine Sprosse schlingen wollte, straffte es sich mit einem Ruck und riss ihr die Beine von der Leiter. Mit aller Kraft klammerte sie sich an die Sprosse, so dass ihre Fingernägel sich in die Handfläche gruben. Der Plan war offenbar nicht ganz ausgereift. Die Zeit schien sich zu dehnen, genau wie das Seil, und einen Moment lang befürchtete Holly, ihr würde der Arm aus dem Gelenk reißen. Dann gab die Schneewand nach, und Root und Butler wurden aus ihrem eisigen Grab katapultiert wie Pfeile aus einer Armbrust.

Sekunden später prallten sie gegen die Seitenwand des Zugs. Da ihr Gewicht reduziert war, hielten sie sich fürs Erste dort. Doch es war nur eine Frage der Zeit, bis die restliche Schwerkraft sie hinunter ins Räderwerk drücken würde.

Artemis kletterte zu ihr hinüber. »Was kann ich tun?«

Holly wies mit einer Kopfbewegung auf ihre Schultertasche. »Da drin ist eine kleine Flasche. Hol sie raus.«

Er riss den Klettverschluss auf und griff nach der kleinen Sprühflasche. »Okay, habe ich.«

»Gut. Dein Einsatz, Fowl. Hoch und rein.«

Artemis starrte sie mit offenem Mund an. »Hoch und …?«

»Ja, das ist unsere einzige Chance. Wir müssen diese Tür aufkriegen, um Butler und den Commander ins Innere zu ziehen. Da vorne kommt gleich eine Kurve. Wenn der Zug dann nur etwas langsamer wird, wirkt die Schwerkraft stärker und die beiden sind erledigt.«

Artemis nickte. »Was ist in der Flasche?«

»Säure. Für das Schloss. Der Mechanismus ist unter dem Deckel. Schütz dein Gesicht und drück drauf. Nimm die ganze Portion. Und pass auf, dass du nichts abkriegst.«

Unter den gegebenen Umständen war es ein ziemlich langes Gespräch. Schließlich zählte jede Sekunde. Artemis verschwendete daher keine Zeit für irgendwelche Abschiedsfloskeln. Er drückte sich hoch auf die nächste Sprosse der Leiter, wobei er sich mit dem ganzen Körper flach an den Waggon presste. Der Wind, der am Zug entlang fegte, war voller winziger Eissplitter, die wie Nadeln piksten. Mit klappernden Zähnen zog Artemis die Handschuhe aus. Frostbeulen waren immer noch besser, als unter den Rädern zermalmt zu werden.

Aufwärts. Eine Sprosse nach der anderen, bis sein Kopf über den Waggon hinausragte. Nun war auch er vollkommen ungeschützt. Der Wind peitschte ihm ins

Gesicht und nahm ihm den Atem. Mit zusammengekniffenen Augen spähte Artemis durch die wirbelnden Eispartikel über das Dach. Da! Eine Dachluke. Mitten in einer Wüste aus Stahl, von den Elementen glatt poliert wie eine Glasplatte. Und im Umkreis von fünf Metern nichts, woran man sich festhalten konnte. Selbst die Kraft eines Nashorns half hier nichts. Endlich wieder der Moment, seine Gehirnzellen zum Einsatz zu bringen. Alles eine Frage der Kinetik. Kinderleicht, zumindest in der Theorie.

An den vorderen Rand des Waggons geklammert, schob Artemis sich Zentimeter für Zentimeter auf das Dach. Der Wind drückte ihm unter die Beine und hob sie eine Handbreit an, als wolle er ihn vom Zug wehen.

Artemis schlang die Finger um den Rand. Sie waren es nicht gewohnt, fest zuzupacken. Seit Monaten hatten sie nichts Schwereres mehr gehalten als sein Handy. Wenn es galt hundert Seiten in weniger als zwanzig Minuten abzutippen, okay, da war Artemis genau der Richtige. Aber im eisigen Wind auf Zugdächern herumzuturnen, war ganz und gar nicht sein Ding. Was zum Glück wunderbar zu seinem Plan passte.

Kurz bevor seine Fingergelenke nachgaben, ließ er los. Der Fahrtwind drückte ihn direkt auf den Metallrand der Dachluke zu. Ihm blieben nur noch Sekunden, bis der Wind sich unter seinen Körper graben und ihn in die eisige Steppe wehen würde. Kanonenfutter für die Kobolde.

Artemis zerrte die Sprühflasche aus seiner Tasche und riss den Deckel mit den Zähnen ab. Ein Tropfen Säure flog an seinem Auge vorbei. Doch er hatte keine Zeit, sich deswegen Sorgen zu machen.

Die Dachluke war mit einem schweren Vorhängeschloss gesichert. Artemis sprühte zweimal auf das Schlüsselloch; mehr konnte er nicht opfern.

Das Zeug wirkte sofort. Die Säure fraß sich durch das Metall wie Lava durch Eis. Elfentechnik. Unschlagbar.

Mit einem Ruck sprang das Vorhängeschloss auf. Der Wind packte die Luke, riss sie auf, und Artemis stürzte hinunter auf eine Palette voller Fässer. Nicht gerade der klassische Auftritt des galanten Helden.

Schon das nächste Rütteln des Zugs warf ihn weiter zu Boden. Er landete auf dem Rücken und starrte direkt auf das Dreieckssymbol für radioaktive Strahlung, das auf jeden einzelnen Behälter gedruckt war. Zumindest waren die Fässer versiegelt, obwohl einige bereits ziemlich angerostet waren.

Artemis rollte über den Lattenboden und zog sich am Türgriff hoch bis auf die Knie. Hing Captain Short noch da draußen, oder war er inzwischen allein? Zum ersten Mal in seinem Leben mutterseelenallein?

»Fowl! Mach die Tür auf, du nichtsnutziges oberirdisches Bleichgesicht!«

Aha. Also nicht allein.

Den Unterarm schützend vor das Gesicht gelegt, besprühte Artemis das Sicherheitsschloss des Waggons mit der Elfensäure. Innerhalb von Sekunden schmolz der Stahlzylinder und floss wie ein Rinnsal aus Quecksilber zu Boden. Artemis drückte die Schiebetür auf.

Holly klammerte sich noch immer an die Leiter. Ihr Gesicht schien zu dampfen, wo die Strahlung sich durch das Schutzgel gefressen hatte.

Artemis packte sie am Gürtel. »Bei drei?«

Holly nickte. Zum Sprechen reichte ihre Kraft nicht mehr.

Artemis bewegte seine Finger. Lasst mich jetzt nicht im Stich, beschwor er sie im Stillen. Wenn er hier lebend rauskam, würde er sich einen von diesen albernen Hometrainern kaufen, die immer auf den Werbekanälen angeboten wurden.

»Eins.«

Sie näherten sich der Kurve. Er konnte sie bereits aus dem Augenwinkel sehen. Der Zug würde gleich abbremsen.

»Zwei.«

Captain Short war fast am Ende ihrer Kräfte. Ihr Körper flatterte in der Luft wie ein Windsack.

»Drei!«

Artemis zog mit aller Kraft, die seine dünnen Arme hergaben. Holly schloss die Augen und ließ los, fassungslos, dass sie diesem Menschenjungen ihr Leben anvertraute.

Artemis verstand einiges von Physik. Er passte seinen Countdown so ab, dass er den Schwung, die Geschwindigkeit und die Vorwärtsbewegung des Zugs für sich nutzen konnte. Doch die Natur hält immer eine Überraschung bereit. In diesem Fall bestand die Überraschung in einer kleinen Lücke zwischen zwei Schienenstücken. Nicht genug, um den Zug entgleisen zu lassen, aber auf jeden Fall genug, um einen Ruck zu verursachen.

Der Ruck ließ die Waggontür zurück ins Schloss knallen wie eine tonnenschwere Guillotine. Aber es sah so aus, als hätte Holly es geschafft. Genau konnte Artemis das nicht sagen, weil sie auf ihn geschleudert worden war, worauf sie beide gegen die Holzverkleidung geprallt waren. Zumindest saß ihr Kopf noch auf den Schultern, was ja schon mal gut war. Aber sie schien bewusstlos zu sein. Wahrscheinlich der Schreck.

Auch Artemis spürte, dass er ohnmächtig wurde. Dunkelheit breitete sich vom Rand seines Sichtfelds aus wie ein bösartiger Computervirus. Er rutschte zur Seite und landete auf Hollys Brust.

Dies hatte schwerwiegendere Folgen, als Sie vielleicht meinen. Denn da Holly bewusstlos war, schaltete ihre Magie auf Autopilot. Und unkontrollierte Magie fließt wie Strom. Artemis berührte zufällig mit dem Gesicht die linke Hand der Elfe und lenkte den blauen Funkenfluss um. Das war zwar gut für ihn, aber ausgesprochen schlecht für sie. Denn auch wenn Artemis es nicht wusste, brauchte Holly jeden Funken Magie, den sie noch im Körper hatte – nicht alles von ihr hatte es ins Innere des Zugs geschafft.

▲▼▲

Commander Root aktivierte gerade die Seilwinde an seinem Gürtel, als ihn völlig unerwartet etwas ins Auge traf.

▲▼▲

D'Nall zog einen kleinen Spiegel aus seinem Waffenrock und kontrollierte, ob seine Schuppen auch glatt anlagen. »Diese Koboi-Flügel sind klasse. Meinst du, wir dürfen sie hinterher behalten?«

Aymon verzog das Gesicht. Was allerdings kaum auffiel. Die Abstammung der Kobolde von den Echsen sorgte dafür, dass ihre mimischen Fähigkeiten recht begrenzt waren. »Schnauze, du dämliches Heißblut!«

Heißblut – das war eine ziemlich üble Beleidigung für jemanden von der B'wa Kell.

»Pass auf, was du sagst, Freundchen«, fauchte D'Nall, »sonst reiße ich dir deine gespaltene Zunge aus dem Kopf.«

»Wir werden wohl beide keine mehr haben, wenn wir die Elfen entwischen lassen!«, gab Aymon zurück.

Und da hatte er Recht. Die Generäle mochten keine Fehlschläge.

»Was sollen wir denn deiner Meinung nach tun? Da ich hier der Bestaussehende bin, musst du ja wohl der Intelligenteste sein.«

»Ist doch ganz einfach«, meldete sich Nyle zu Wort. »Wir schießen auf den Zug.«

D'Nall zog an der Steuerung der DoubleDex und flog zu dem jüngsten der Truppe hinüber. »Idiot«, zischte er und versetzte Nyle eine Kopfnuss. »Das Ding ist radioaktiv, riechst du das denn nicht? Ein falscher Treffer, und wir sind ein Häufchen Asche.«

»Stimmt auch wieder«, gab Nyle zu. »Du bist gar nicht so dumm, wie du aussiehst.«

»Danke.«

»Gern geschehen.«

Aymon drosselte den Motor und ließ sich auf zweihundertfünfzig Meter Höhe sinken. Es war so verführerisch. Ein gut gezielter Strahlensatz, und die Elfe, die am Waggon hing, wäre ausgeschaltet. Dann ein weiterer Schuss, um den Menschen auf dem Dach loszuwerden. Aber das Risiko war zu groß. Ein Grad Abweichung, und er hatte seine letzten Stinkwurm-Spaghetti geschlürft.

»Okay, Jungs«, sprach er in sein Helmmikro. »Hier ist mein Plan: So verstrahlt, wie die Ladung ist, sind unsere Zielobjekte vermutlich sowieso in ein paar Minuten tot. Wir folgen dem Zug noch eine Weile, um sicher zu sein, dann kehren wir nach Hause zurück und sagen den Generälen, wir hätten die Leichen gesehen.«

D'Nall schwirrte zu ihm herunter. »Und werden wir uns die Leichen ansehen?«

Aymon stöhnte. »Natürlich nicht, du Trottel! Willst du, dass dir die Augen vertrocknen und ausfallen?«

»Igitt, nein.«

»Na also. Alles klar?«

»Und ob«, sagte Nyle, zog seinen Softnose Redboy und erschoss seine beiden Kollegen. Von hinten und aus allernächster Nähe. Sie hatten keine Chance. Er verfolgte ihren Sturz in voller Nahaufnahme. Der Schnee würde sie innerhalb weniger Minuten bedecken.

Nyle schob seine Waffe zurück ins Halfter und gab die Koordinaten des Shuttlehafens in den Flugcomputer ein. Wenn man sein Reptiliengesicht genau betrachtete, konnte man den Hauch eines Grinsens erkennen. Schließlich hatte Erdland einen neuen Lieutenant.

Kapitel 9

Hilflos in Haven

Kommandozentrale, Polizeipräsidium

Foaly saß vor dem Zentralrechner der ZUP und wartete auf die Ergebnisse seines letzten Datenabgleichs. Das sorgfältige Abtasten des Kobold-Shuttles mit einem Laser hatte einen vollständigen und einen halben Fingerabdruck zutage gefördert. Der vollständige hatte sich als Foalys eigener herausgestellt, was nicht weiter verwunderlich war, da er sämtliche ausrangierten Shuttleteile persönlich inspizierte. Der halbe Abdruck jedoch konnte durchaus von dem Verräter stammen. Er war zwar nicht groß genug, um den Unterirdischen zu identifizieren, der der B'wa Kell ZUP-Technologie zugespielt hatte, aber er war ausreichend groß, um Unschuldige auszuschließen. Verglich man die noch verbleibenden Namen mit der Liste derjenigen, die Zugang zu Shuttleteilen hatten, sollten nicht mehr allzu viele übrig bleiben. Foaly zuckte zufrieden mit dem Schweif. Einfach genial. Da gab es keinen Grund zu falscher Bescheidenheit.

Im Augenblick arbeitete sich der Computer mit dem halben Fingerabdruck als Vorlage durch die Personalakten. Foaly konnte nichts anderes tun als Däumchen zu drehen und auf Funkkontakt mit dem Oberflächenteam zu warten. Die Magmawogen waren immer noch aktiv. Höchst ungewöhnlich. Und auffällig. Warum nur gerade zu diesem Zeitpunkt?

Eine vertraute Stimme unterbrach Foalys argwöhnische Gedanken.

»Suche beendet«, verkündete der Computer in Foalys eigenem Tonfall. Noch so eine kleine Eitelkeit. »Es konnten ausgeschlossen werden: dreihundertsechsundvierzig Personen. Verbleibende Personen: vierzig.«

Vierzig. Gar nicht so übel. Die konnte man ohne weiteres befragen. Gute Gelegenheit, den Retimager mal wieder zum Einsatz zu bringen. Aber es gab noch eine Möglichkeit, das Feld zu verkleinern.

»Computer, vergleiche die verbleibenden Personen mit allen, die Zugang zum Sicherheitsbereich Stufe 3 haben.« Diese Gruppe umfasste all jene, die in die Nähe der Recycling-Schmelzöfen kamen.

»Abgleich läuft.«

Natürlich reagierte der Computer nur auf Befehle von Unterirdischen, auf deren Stimme er programmiert war. Und als zusätzliche Sicherheitsmaßnahme hatte Foaly seine persönlichen Unterlagen und alle anderen wichtigen Daten in Zentaurisch codiert, einer Computersprache, die er auf der Grundlage der alten Sprache der Zentauren entwickelt hatte.

Alle Zentauren litten ein wenig unter Verfolgungswahn, und das aus gutem Grund, denn es waren nicht einmal mehr hundert von ihnen übrig. Ihre Verwandten, die Einhörner, waren von den Menschen sogar vollständig ausgerottet worden. In Erdland beherrschten nur ungefähr sechs Zentauren noch die Sprache, und nur einer konnte den Computercode entziffern.

Die Sprache war möglicherweise die älteste Schriftsprache überhaupt; Belege für ihre Existenz reichten über zehntausend Jahre zurück, in jene Zeit, als die Menschen begannen, die Elfen und ihre Gefährten zu jagen. Der erste Absatz der Schriftrollen von Capalla, dem einzigen noch erhaltenen zentaurischen Manuskript, lautete:

Elfenwesen, seht euch vor,
Der Menschen Herrschaft steht bevor.
Die Erde ist kein sicherer Ort,
Drum sucht euch einen verborgenen Hort.

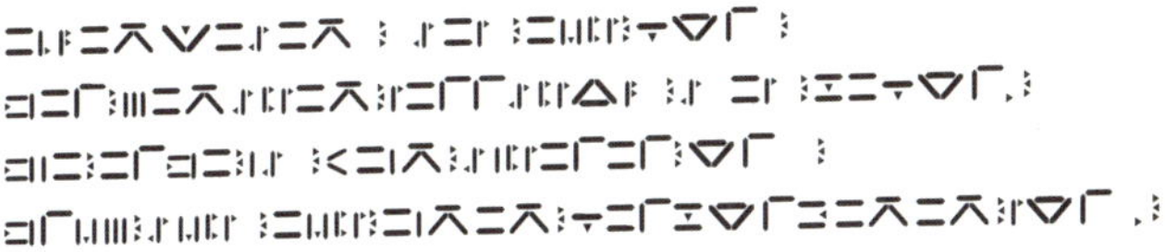

Zentauren waren eher Denker als Dichter, aber dennoch fand Foaly, dass diese Worte heute noch genauso aktuell waren wie in jener grauen Vorzeit.

Cudgeon klopfte von außen an die Sicherheitsscheibe. Eigentlich hatte der Lieutnant in der Kommandozentrale nichts zu suchen, aber Foaly drückte trotzdem auf den Türöffner. Er konnte einfach der Versuchung nicht widerstehen, den Ex-Commander aufzuziehen. Nach seinem katastrophalen Versuch, Root als Chef der Aufklärung abzulösen, war Cudgeon zum Lieutenant degradiert worden. Und wenn seine Familie nicht ihren beträchtlichen politischen Einfluss geltend gemacht hätte,

wäre er sofort aus der ZUP geflogen. Vielleicht wäre er in einem anderen Job sogar besser aufgehoben gewesen. Zumindest hätte er dann nicht ständig Foalys Spötteleien über sich ergehen lassen müssen.

»Ich habe hier ein paar E-Formulare zum Unterschreiben«, sagte der Lieutenant mit gesenktem Blick.

»Aber gerne, Commander«, sagte der Zentaur und fügte kichernd hinzu: »Wie läuft's denn so mit dem Intrigieren? Für heute Nachmittag schon irgendwelche Revolutionen geplant?«

»Bitte unterschreiben Sie mir nur die Formulare«, sagte Cudgeon und hielt Foaly einen Digitalstift hin. Seine Hand zitterte.

Unglaublich, dachte Foaly. Dieser armselige Schatten von einem Elf war mal einer der vielversprechendsten ZUP-Officer gewesen.

»Nein, im Ernst, Cudgeon, Sie machen das mit dem Formulare-Unterschreiben wirklich klasse.«

Cudgeon warf Foaly einen misstrauischen Blick zu. »Danke, Sir.«

Foaly musste sich das Grinsen verkneifen. »Oh, bitte, gern geschehen. Aber kein Grund, sich aufzupusteln.«

Reflexartig zuckte Cudgeons Hand an die entstellte Stirn. Die alte Eitelkeit war noch nicht ganz verschwunden.

»Oh. Wie ungeschickt von mir. Tut mir Leid.«

In Cudgeons Augen funkelte es auf. Ein gefährliches Funkeln, von dem Foaly jedoch nichts bemerkte, weil ihn ein Piepston des Computers ablenkte.

»Abgleich abgeschlossen.«

»Entschuldigen Sie mich einen Moment, Commander. Eine dringende Angelegenheit. Computerkram, würden Sie ohnehin nicht verstehen.«

Foaly wandte sich dem Plasmabildschirm zu. Dann würde der Lieutenant eben mit den Unterlagen auf die Unterschrift warten müssen. Bestimmt handelte es sich sowieso nur um eine Bestellung für irgendwelche Shuttleteile.

Der Groschen fiel. Ein Riesengroschen, und er prallte mit einem lauteren Knall auf als eine Zwergenunterhose, die gegen eine Wand flog. Shuttleteile. Ein Insider. Jemand, der sich rächen wollte. Schweißperlen sammelten sich auf Foalys Stirn. Es war so offensichtlich.

Er blickte nur noch auf den Bildschirm, um dort die Bestätigung für das zu finden, was er ahnte.

Es standen nur zwei Namen dort. Der erste, Bom Arbles, war bereits in Klammern gesetzt. Der Bergungs-Officer war bei einem Tauchflugunfall ums Leben gekommen. Der zweite Name blinkte leicht. Lieutenant Briar Cudgeon. Zur Recycling-Crew versetzt, ungefähr zu dem Zeitpunkt, als Holly das Steuerbordtriebwerk zu Bruch geflogen hatte. Alles passte zusammen.

Wenn er die Meldung nicht innerhalb von zehn Sekunden bestätigte, würde der Computer den Namen laut durchsagen. Foaly drückte unauffällig die Löschtaste. »Wissen Sie, Briar«, krächzte er, »diese ganzen Scherze über Ihr Hautproblem sind wirklich nicht böse gemeint. Das ist eben meine Art, Mitgefühl zu zeigen. Zufällig habe ich sogar eine Salbe …«

Etwas Kaltes, Metallisches wurde ihm gegen den Hinterkopf gepresst. Foaly hatte genügend Actionfilme gesehen, um zu wissen, was es war.

»Spar dir deine Salbe, du alter Esel«, zischte Cudgeon ihm ins Ohr. »Die wirst du noch brauchen, wenn sie dir das Fell über die Ohren ziehen.«

Mayak-Chemie-Zug, Nordrussland

Das Erste, was Artemis spürte, war ein rhythmisches Klopfen und Rütteln entlang seiner Wirbelsäule. Ich bin im Wellnesszentrum Blackrock, dachte er. Irina massiert mir den Rücken. Genau das Richtige, vor allem nach dem Herumgeturne auf dem Zug ... Der Zug!

Natürlich, sie waren noch in dem Mayak-Zug. Das Rütteln kam daher, dass der Waggon über die Gleisfugen holperte. Artemis zwang sich, die Augen zu öffnen, und rechnete damit, vor Erschöpfung und Schmerz keinen einzigen Muskel rühren zu können. Doch zu seiner Überraschung fühlte er sich gut. Sogar mehr als gut. Er fühlte sich fantastisch. Das kam bestimmt von der Magie. Offenbar hatte Holly seine Schnittwunden und Prellungen während seiner Ohnmacht geheilt.

Doch die anderen schienen nicht so fit zu sein. Vor allem Holly selbst nicht, die bewusstlos dalag. Root breitete gerade einen großen Mantel über sie.

»Ah, sind Sie endlich wach?«, sagte er, ohne Artemis auch nur eines Blickes zu würdigen. »Ich begreife nicht, wie Sie nach allem, was Sie getan haben, einfach schlafen konnten.«

»Getan? Ich? Aber ich habe Sie gerettet ... oder zumindest habe ich dabei geholfen.«

»Vor allem haben Sie dabei geholfen, Holly den letzten Rest Magie abzuzapfen, während sie bewusstlos war.«

Artemis stöhnte. Es musste bei dem Sturz passiert sein. Irgendwie war ihre Magie abgeleitet worden. »Ich verstehe, was passiert ist, aber es war purer –«

Root hob warnend den Finger. »Sagen Sie's nicht. Der große Artemis Fowl überlässt nichts dem Zufall.«

Gegen das Schaukeln des Zugs ankämpfend, rappelte Artemis sich auf die Knie. »Es ist hoffentlich nichts Ernstes. Sicher nur die Erschöpfung, oder?«

Plötzlich war Roots Gesicht direkt vor ihm, so rot, dass es förmlich Hitze auszustrahlen schien. »Nichts Ernstes?!«, brüllte der Commander und verschluckte sich fast vor Zorn. »Sie hat ihren Abzugsfinger verloren! Die Tür hat ihn glatt abgetrennt. Ihre Karriere ist im Eimer. Und Ihretwegen hat Holly kaum noch genug Magie, um den Blutverlust zu stoppen. Sie ist am Ende ihrer Kraft!«

»Sie hat einen Finger verloren?«, murmelte Artemis wie betäubt.

»Verloren ist nicht ganz das richtige Wort«, sagte der Commander und hielt ihm den abgetrennten Finger unter die Nase. »Er ist mir direkt ins Auge geflogen.« Die Haut um sein Auge begann sich bereits zu verfärben.

»Wenn wir jetzt gleich nach Erdland zurückkehren, können Ihre Chirurgen ihn doch bestimmt wieder annähen.«

Root schüttelte den Kopf. »Wir können jetzt nicht zurück. Ich habe das ungute Gefühl, dass sich die Lage in Haven seit unserem Abflug verändert hat. Wenn die Kobolde uns ihre Killer auf den Hals jagen können, dann ist da unten irgendwas Großes im Gange, darauf könnte ich wetten.«

Artemis war schockiert. Holly hatte ihnen allen das Leben gerettet, und das war nun sein Dank dafür. Für die Verletzung selbst konnte er zwar nichts, aber es war geschehen, während sie ihm geholfen hatte, seinen Vater zu befreien. Er stand in ihrer Schuld. »Wie lange ist das her?«, fragte er.

»Was?«

»Das mit dem Finger.«

»Keine Ahnung. Eine Minute vielleicht.«

»Dann ist noch Zeit.«

Der Commander sah ihn verständnislos an. »Zeit wofür?«

»Den Finger zu retten.«

Root rieb sich über eine frisch vernarbte Stelle an der Schulter, ein Souvenir von der Schleuderpartie zum Zug. »Wie denn? Ich habe kaum noch genug Magie für den *Blick*.«

Artemis schloss die Augen, um sich zu konzentrieren. »Was ist mit dem Ritual? Es muss doch eine Möglichkeit geben.«

»Wie sollen wir denn hier das Ritual vollziehen?«

Artemis überlegte krampfhaft. Die gesamte Magie der Unterirdischen kam aus der Erde. Um ihre Kräfte aufzuladen, mussten sie in regelmäßigen Abständen das Ritual durchführen. Im vergangenen Jahr hatte er bei der Vorbereitung der Entführung große Teile vom Buch des Erdvolks auswendig gelernt.

Die Erde ist es, die Magie dir schenkt,
Sei dankbar, dass sie sie zu dir lenkt.
Den magischen Samen hol an der Stell,
Wo sich treffen Vollmond, alte Eiche und gewundener Quell.
Dann vergrabe ihn in einem fernen Erdenstück,
So gibst du dem Boden das Geschenk zurück.

Er stürzte zu Holly hinüber und begann, ihren Overall abzutasten.

Root hätte fast der Schlag getroffen. »Was zum Teufel tun Sie da?«

Artemis sah nicht einmal auf. »Letztes Jahr gelang Holly die Flucht aus meinem Keller, weil sie eine Eichel bei sich hatte.«

Wie durch ein Wunder gelang es dem Commander sich zu beherrschen. »Fünf Sekunden, Fowl. Raus mit der Sprache.«

»Ein Officer wie Holly würde so etwas nicht vergessen. Ich gehe jede Wette ein, dass –«

Root seufzte. »Guter Gedanke, Menschenjunge, aber die Eicheln müssen frisch gepflückt sein. Ohne den Zeitstopp hätte der Samen damals wahrscheinlich nicht gewirkt. Die Dinger halten höchstens zwei Tage. Ich weiß, dass Foaly und Holly schon mal einen Antrag auf versiegelte Eichelreserven gestellt haben, aber der Rat hat ihn abgelehnt. Man hielt es wohl für Ketzerei.«

Es war eine lange Rede für den Commander. Er war es nicht gewohnt, etwas erklären zu müssen. Aber ein Teil von ihm hoffte, dass Holly vielleicht… Sie hatte es mit den Regeln ja nicht immer so genau genommen.

Artemis zog den Reißverschluss von Hollys Overall auf. An der Goldkette um ihren Hals hingen zwei kleine Gegenstände. Der eine war ihr Exemplar des Buchs, der Bibel des Erdvolks. Er wusste, dass es sofort in Flammen aufgehen würde, wenn er es ohne Hollys Erlaubnis berührte. Der andere war eine kleine, mit Erde gefüllte Plexiglaskugel.

»Das verstößt gegen die Vorschriften«, sagte Root, klang dabei allerdings nicht allzu aufgebracht.

In dem Moment bewegte Holly sich und tauchte halb aus ihrer Betäubung auf. »He, Commander, was ist denn mit Ihrem Auge passiert?«

Ohne sie zu beachten, drückte Artemis die Kugel auf den Boden, bis sie zerbrach. Etwas Erde und eine kleine Eichel fielen heraus. »Jetzt brauchen wir sie nur noch zu vergraben.«

»Dann sollten wir schnell den Zug verlassen.« Commander Root zog Holly hoch und legte sie sich wie einen Sack Kartoffeln über die Schulter.

Artemis blickte hinaus auf die Schneelandschaft, die vor der Tür vorbeisauste. Den Zug zu verlassen, würde nicht so einfach sein, wie die Worte des Commanders es vermuten ließen.

In diesem Moment ließ sich Butler geschmeidig durch die Dachluke fallen; er war draußen gewesen, um Ausschau nach dem Killertrupp der Kobolde zu halten.

»Schön, Sie so munter zu sehen«, bemerkte Artemis trocken.

Der Diener lächelte. »Ich freue mich auch, Sie zu sehen, Artemis.«

»Und? Was gab es oben Neues?«, unterbrach Root ihre Begrüßung.

Butler legte seinem jungen Herrn die Hand auf die Schulter. Sie konnten später noch reden. »Die Kobolde sind verschwunden. Komische Geschichte. Zwei sind tiefer gegangen, um die Lage zu checken, und dann hat der dritte sie von hinten erschossen.«

Root nickte. »Machtspielchen. Kobolde sind sich selbst die schlimmsten Feinde. Aber jetzt müssen wir erst mal sehen, dass wir den Zug verlassen.«

»In etwa fünfhundert Metern kommt wieder eine Kurve«, sagte Butler. »Das ist unsere beste Chance.«

»Und wie steigen wir aus?«, fragte Artemis.

Butler grinste. »Aussteigen ist ein ziemlich harmloses Wort für das, was ich mir vorstelle.«

Artemis stöhnte. Noch mehr springen und laufen.

Kommandozentrale

In Foalys Hirn brodelte es wie in einer Fritteuse voller Seeschnecken. Er hatte immer noch eine Chance, allerdings nur, wenn Cudgeon nicht wirklich abdrückte. Ein Schuss, und alles war vorbei. Zentauren verfügten über keinerlei Magie. Ihnen blieb nur ihre Intelligenz. Und die Möglichkeit, ihre Feinde mit den Hufen niederzutrampeln. Doch Foaly hatte so eine Ahnung, dass Briar ihn vorläufig noch nicht erschießen würde, denn dazu genoss er seine plötzliche Überlegenheit bestimmt viel zu sehr.

»He, Foaly«, forderte der Lieutenant ihn auf. »Warum drücken Sie nicht auf die Sprechanlage? Mal schauen, was passiert.«

Foaly konnte sich denken, was passieren würde. »Keine Sorge, Briar. Plötzliche Bewegungen verkneife ich mir lieber.«

Cudgeon lachte, und diesmal schien er sich wirklich zu amüsieren. »Briar? Jetzt sind wir also plötzlich beim Vornamen? Sie scheinen kapiert zu haben, wie tief die Scheiße ist, in der Sie stecken.«

Genau so war es. Auf der anderen Seite der verspiegelten Glasscheibe wieselten die ZUP-Techniker herum, vollkommen mit der Suche nach dem Verräter beschäftigt, ohne etwas von dem Drama zu bemerken, das sich keine zwei Meter von ihnen entfernt abspielte. Foaly konnte sie sehen und hören, aber nicht umgekehrt.

Daran war der Zentaur selbst schuld. Er hatte darauf bestanden, dass die Kommandozentrale nach seinen paranoiden Vorstellungen konstruiert wurde. Ein Titanwürfel mit blastergeschützten Scheiben. Der gesamte Raum war kabellos; nicht einmal ein Glasfaserkabel verband die Zentrale mit der Außenwelt.

Die Zentrale war absolut sicher. Es sei denn, man öffnete die Tür, um einem alten Feind ein paar Beleidigungen an den Kopf werfen zu können. Foaly stöhnte. Seine Mutter hatte ihn immer gewarnt, dass seine große Klappe ihn eines Tages in Schwierigkeiten bringen würde. Aber es war nicht alles vorbei. Er hatte noch ein paar Trümpfe im Ärmel. Den Plasmaboden zum Beispiel.

»Worauf haben Sie es abgesehen, Cudgeon?«, fragte der Zentaur und löste unauffällig die Hufe ein paar Millimeter vom Boden. »Und bitte sagen Sie jetzt nicht, auf die Weltherrschaft.«

Cudgeon lächelte noch immer. Dies war sein großer Moment. »Nicht sofort. Erdland reicht mir fürs Erste.«

»Aber warum?«

In Cudgeons Augen flackerte der Wahnsinn auf. »Warum? Sie haben die Stirn mich das zu fragen? Ich war der Liebling des Rates! In fünfzig Jahren wäre ich Präsident gewesen! Und dann diese Artemis-Fowl-Affäre: ein einziger Tag und alle meine Hoffnungen sind zerstört. Ich bin entstellt und degradiert! Und schuld daran sind nur Sie, Foaly. Sie und Root! Mein Leben wird erst wieder in geordneten Bahnen verlaufen, wenn es mir gelungen ist, Sie beide zu ruinieren. Man wird Sie für die Übergriffe der Kobolde verantwortlich machen, und Julius wird tot und entehrt sein. Und als kleines Extrabonbon kriege ich darüber hinaus sogar Artemis Fowl. Besser hätte es gar nicht laufen können.«

Foaly schnaubte verächtlich. »Glauben Sie wirklich, Sie könnten die ZUP mit ein paar lächerlichen Softnose-Gewehren ausschalten?«

»Ausschalten? Warum sollte ich das tun? Ich werde der Held der ZUP sein. Und Sie der Schurke.«

»Das werden wir ja sehen, Beulengesicht«, sagte Foaly und drückte auf einen Schalter, der ein Infrarotsignal an einen Empfänger im Boden sandte. Innerhalb einer halben Sekunde würde sich die dort verborgene Plasmaschicht erwärmen und dann blitzartig eine Neutrinoladung abgeben. Jeder, der in dem Moment den Boden berührte, würde von der Wucht der Ladung in die Luft geschleudert. Theoretisch zumindest.

Cudgeon kicherte übermütig. »Nanu, funktioniert Ihr Plasmaboden etwa nicht?«

Foaly war baff. Zumindest für einen Moment. Dann senkte er die Hufe wieder und drückte auf einen anderen Knopf, der einen stimmgesteuerten Laser aktivierte. Der Nächste, der einen Ton von sich gab, würde einen satten Strahl abkriegen. Der Zentaur hielt den Atem an.

»Kein Plasmaboden«, fuhr Cudgeon fort, »und kein stimmgesteuerter Laser. Mit Ihnen geht's bergab, Foaly. Obwohl mich das nicht überrascht. Ich wusste schon immer, dass Sie eines Tages als der Esel dastehen würden, der Sie sind.«

Der Lieutenant machte es sich in einem Drehsessel bequem und legte die Füße auf das Schaltpult. »Und, dämmert's Ihnen allmählich?«

Foaly überlegte. Wer steckte dahinter? Wer konnte ihn auf seinem eigenen Gebiet schlagen? Jedenfalls nicht Cudgeon, so viel war klar. Der war ein absoluter Trottel, was Technik betraf. Nein, es gab nur eine Person, die imstande war, den zentaurischen Code zu knacken und das Sicherheitssystem der Kommandozentrale auszuschalten.

»Opal Koboi«, stieß er aus.

Cudgeon tätschelte ihm anerkennend den Kopf. »Gut gemacht. Opal hat bei der technischen Überarbeitung der Anlagen ein paar Extras eingebaut. Es war ein Kinderspiel, Ihren Code zu knacken und die Programme ein wenig zu verändern, nachdem Sie so freundlich waren, einige Passagen aus dem Zentaurischen für uns vor laufender Kamera zu übersetzen. Und amüsanterweise hat der Rat den ganzen Spaß bezahlt. Opal hat sogar die Überwachungskameras in Rechnung gestellt. Genau in diesem Augenblick macht sich die B'wa Kell bereit, die Stadt zu übernehmen. Sämtliche Waffen der ZUP sind ausgefallen, und das Beste ist, dass Sie, mein vierbeiniger Freund, als Drahtzieher gelten werden. Schließlich haben Sie sich trotz der Krise in der Kommandozentrale eingeschlossen.«

»Das werden die Leute Ihnen nie im Leben abnehmen!«, protestierte Foaly.

»Oh doch, das werden sie auf jeden Fall, spätestens, wenn Sie das gesamte ZUP-Sicherheitssystem abschalten, einschließlich der DNS-Kanonen.«

»Was ich ganz bestimmt nicht tun werde.«

Cudgeon spielte demonstrativ mit einer mattschwarzen Fernbedienung. »Ich fürchte, das liegt nicht mehr in Ihrer Hand. Opal hat Ihr Meisterwerk auseinander genommen und jeden einzelnen Kontakt an dieses hübsche kleine Spielzeug angeschlossen.«

Foaly schluckte. »Wollen Sie damit sagen …«

»Genau«, bestätigte Cudgeon. »Alles funktioniert nur, wenn ich den Knopf drücke.«

Was er umgehend tat. Und selbst wenn Foaly die Reaktionsfähigkeit eines Feenmanns besessen hätte, wäre es ihm niemals gelungen, rechtzeitig alle vier Hufe vom Boden zu heben, bevor der Neutrinoschlag ihn aus seinem maßgefertigten Drehsessel fegte.

Nordrussland

Butler wies alle an, sich am Moonbelt festzuhaken, jeder an einer Schlaufe. Von den hereinwehenden Windböen hin und her getrieben, schwankte das Grüppchen auf die Waggontür zu wie ein betrunkener Krebs.

Angewandte Physik, sagte sich Artemis. Nur angewandte Physik. Die reduzierte Schwerkraft sorgt dafür, dass wir nicht beim Aufprall auf das Eis zerschmettert werden. Dennoch entfuhr Artemis ein leises Ächzen, als Root den Befehl zum Absprung gab. Eine Schwäche, die er sich später, bei der Erinnerung an die Geschehnisse, nicht mehr eingestehen würde.

Der Fahrtwind wirbelte sie an den Schienen vorbei in eine Schneewehe. Eine Sekunde vor dem Aufprall schaltete Butler den Moonbelt aus, um zu verhindern, dass sie wieder in die Luft katapultiert wurden, wie Männer auf dem Mond.

Root machte sich als Erster los und schaufelte den Schnee beiseite, bis seine Finger auf eine kompakte Eisschicht stießen.

»Es hat keinen Zweck«, sagte er. »Ich komme nicht durch das Eis.« Da hörte er ein Klicken.

»Treten Sie beiseite«, sagte Butler, die Pistole im Anschlag.

Root gehorchte und legte schützend den Arm über die Augen. Eissplitter konnten einen genauso erblinden lassen wie eine Ladung Reißnägel.

Butler feuerte eine volle Salve, so dass sich ein etwa zwanzig Zentimeter großes Loch in das Eis fraß. Von der Abwärme schmolz auch der Schnee auf ihren Anzügen und hinterließ um sie her eine große Pfütze.

Root stürzte sich darauf, bevor der Rauch verflogen war. Ihnen blieben nur noch Sekunden, wollten sie Holly retten. Sie mussten das Ritual vollziehen. Verging zu viel Zeit, würde auch das Ritual nicht mehr seine Wirkung zeigen und jeder Versuch, den Finger wieder anwachsen zu lassen, wäre vergeblich.

Hastig fegte der Commander den Schneematsch beiseite. Darunter war ein brauner Fleck zu erkennen.

»Hurra!«, jubelte er. »Erde!«

Butler legte Hollys reglosen Körper neben das Loch. In seinen kräftigen Händen fühlte sie sich an wie eine Puppe, klein und schlaff.

Root schloss Hollys Finger um die Eichel und wühlte ihre linke Hand tief in das aufgerissene Erdreich. Dann nahm er eine Rolle Klebeband von seinem Gürtel und befestigte den abgetrennten Finger grob an seiner ursprünglichen Stelle.

Der Elf und die beiden Menschen standen da und warteten.

»Vielleicht nimmt der Boden sie nicht an«, murmelte Root nervös. »Das mit der versiegelten Eichel ist neu.

Noch nie getestet. Foaly und seine Ideen! Aber meistens funktionieren sie. Meistens.«

Artemis legte ihm die Hand auf die Schulter. Etwas Besseres fiel ihm nicht ein. Andere zu trösten, war nicht gerade seine Stärke.

Fünf Sekunden. Zehn. Nichts geschah.

Dann …

»Da!«, rief Artemis. »Ein Funke!«

Ein einzelnes blaues Flämmchen stieg träge Hollys Arm hinauf, schlängelte sich entlang der Vene weiter. Tänzelte dann über ihre Brust, erklomm das spitze Kinn und versank direkt zwischen ihren Augen in der Haut.

»Zurücktreten«, befahl Root. »Ich habe eines Nachts in Tulsa mal eine Zwei-Minuten-Heilung miterlebt. Hätte fast den ganzen Shuttlehafen in Schutt und Asche gelegt. Von einer Heilung nach fast vier Minuten habe ich überhaupt noch nie gehört.«

Eilig zogen sie sich ein paar Schritte zurück, und das war auch gut so. Weitere blaue Funken sprangen aus der Erde und flogen zu Hollys Hand, da dies der am stärksten verletzte Körperteil war. Wie Plasmatorpedos schossen sie in ihren Fingeransatz und brachten das Klebeband zum Schmelzen.

Holly bäumte sich auf, ihre Arme schwangen vor wie die einer Puppe. Ihre Beine zuckten, als wehrte sie sich gegen unsichtbare Feinde. Dann entrang sich ihren Stimmbändern ein schriller, klagender Schrei, der die dünneren Eisschichten in der Umgebung zerbersten ließ.

»Ist das normal?«, flüsterte Artemis, als könne Holly ihn hören.

»Ich denke schon«, erwiderte der Commander. »Das Gehirn führt einen kompletten Systemcheck durch. Wissen Sie, das ist nicht dasselbe wie das Heilen einiger Schnitte und Prellungen.«

Aus sämtlichen Poren von Hollys Haut begann es zu dampfen. So wurden die Strahlungsrückstände ausgestoßen. Holly zappelte und wand sich, dann sank sie zurück in den halb geschmolzenen Schnee. Kein besonders hübscher Anblick. Das Wasser verdunstete und hüllte die ZUP-Elfe in eine Dampfwolke. Nur ihre linke Hand war zu sehen, die verzweifelt zuckte.

Plötzlich rührte Holly sich nicht mehr. Ihre Hand erstarrte, dann fiel sie schlaff in den Schnee. Die Stille der arktischen Nacht senkte sich wieder über sie.

Vorsichtig rückten die drei näher und versuchten, durch den Nebel hindurch etwas zu erkennen. Artemis war zwar neugierig, hatte jedoch auch Angst vor dem, was ihn erwartete.

Butler holte tief Luft und wedelte die Dunstschleier beiseite. Darunter war alles still. Holly lag vollkommen reglos da.

Artemis spähte ihr ins Gesicht. »Ich glaube, sie ...«

Weiter kam er nicht. Holly schoss unvermittelt hoch, Wimpern und Haar von kleinen Eiszapfen übersät. Ihre Brust wölbte sich, als sie gierig Atem holte.

Artemis vergaß seine sonst so eiserne Zurückhaltung und packte sie an den Schultern. »Holly! Holly, sagen Sie etwas! Was ist mit Ihrem Finger? Ist er wieder in Ordnung?«

Holly bewegte ihre Finger und ballte die Hand zu einer Faust. »Ich glaube schon«, sagte sie und versetzte Artemis einen kräftigen Schlag zwischen die Augen. Zum wiederholten Mal an diesem Tag landete der überraschte Junge in einer Schneewehe.

Holly zwinkerte dem erstaunten Butler zu. »Jetzt sind wir quitt.«

Commander Root besaß nicht viele Erinnerungen, die ihm teuer waren. Aber in zukünftigen Zeiten, wenn alles finster schien, würde er sich diesen Augenblick ins Gedächtnis rufen und leise in sich hinein lachen.

Kommandozentrale

Als Foaly zu sich kam, tat ihm alles weh. Ein höchst ungewöhnlicher Zustand – er konnte sich nicht einmal mehr erinnern, wann er zuletzt wirkliche Schmerzen empfunden hatte. Gut, Julius hatte mit seinen spitzen Bemerkungen ein paar Mal seine Gefühle verletzt, aber körperliches Unbehagen versuchte er nach Möglichkeit zu vermeiden.

Der Zentaur lag auf dem Boden der Kommandozentrale, in die Überreste seines Bürosessels verheddert. »Cudgeon«, knurrte er, und dann folgte eine zweiminütige Schimpftirade, die hier unmöglich wiedergegeben werden kann.

Als Foaly schließlich seinem Ärger ausreichend Luft gemacht hatte und sich sein Gehirn wieder einschaltete, rappelte er sich von den Plasmafliesen hoch. Sein Rumpf war versengt, am Hinterteil würden ein paar kahle Stellen bleiben. Höchst unattraktiv bei einem Zentauren. Das war das Erste, wonach eine mögliche Partnerin in der Disko üblicherweise schaute. Obwohl Foaly nie ein großer Tänzer gewesen war. Vier linke Hufe.

Die Zentrale war hermetisch verschlossen. Dichter als die sprichwörtliche Goldtruhe eines Schrats. Foaly tippte seinen Ausgangscode ein. »Foaly. Türen.«

Der Computer reagierte nicht.

Er versuchte es verbal. »Foaly. Eins-zwei-eins, Kontrollschaltung aus. Türen.«

Kein Piepser. Er saß fest. Ein Gefangener seiner eigenen Sicherheitsvorkehrungen. Sogar die Scheiben waren auf Abblenden geschaltet, so dass er nicht hindurchsehen konnte. Vollkommen ausgeschlossen und eingeschlossen. Nichts funktionierte.

Nun, das stimmte nicht ganz. Alles funktionierte, aber seine geliebten Computer reagierten nicht mehr auf seine Befehle. Und Foaly wusste nur zu gut, dass er ohne Zugang zum Hauptrechner nicht aus der Zentrale herauskam.

Er rupfte sich die Stanniolkappe vom Kopf und knüllte sie zu einer Kugel zusammen. »Völlig nutzlos, das Mistding!«, fluchte er und warf die Kugel in den Abfallrecycler. Das Gerät würde die chemische Zusammensetzung analysieren und sie dann an den entsprechenden Behälter weiterleiten.

Einer der Plasmabildschirme an der Wand erwachte zum Leben. Opal Kobois Gesicht erschien in Überlebensgröße, mit dem breitesten Grinsen, das Foaly je gesehen hatte. »Hallo, Foaly. Wie geht's denn so?«

Foaly erwiderte das Grinsen, wenn auch nicht ganz so breit. »Opal, wie nett, dich zu sehen. Was macht die Familie?« Jeder wusste, dass Opal ihren Vater in den Ruin getrieben hatte. Ein legendäres Ereignis in der Geschäftswelt von Erdland.

»Danke, bestens. Cumulus House ist eine reizende Irrenanstalt.«

Foaly beschloss, es mit Aufrichtigkeit zu versuchen. Eine Technik, die er nur selten einsetzte, aber außergewöhnliche Situationen erforderten außergewöhnliche Mittel. »Opal, überleg dir, was du da tust. Cudgeon ist wahnsinnig, Himmel noch mal. Sobald er hat, was er will, wird er dich ausschalten!«

Die Wichtelin schwenkte ihren perfekt manikürten Zeigefinger. »Nein, Foaly, da irrst du dich. Briar braucht mich. Ohne mich und mein Gold wäre er nichts.«

Der Zentaur blickte Opal tief in die Augen. Die Wichtelin glaubte tatsächlich, was sie sagte. Wie konnte jemand, der so intelligent war, sich so täuschen lassen? »Ich weiß, worum es hier eigentlich geht, Opal.«

»Ach ja?«

»Ja. Du bist immer noch sauer, weil ich damals an der Uni die Wissenschaftsmedaille gewonnen habe.«

Für eine Sekunde verlor Opal ihre Gelassenheit, und ihre Gesichtszüge entgleisten. »Die Medaille stand mir zu, du dämlicher Zentaur. Mein Flügeldesign war viel besser als deine alberne Iriskamera. Du hast nur gewonnen, weil du ein Mann bist.«

Foaly grinste zufrieden. Selbst in dieser äußerst unangenehmen Situation gelang es ihm, die größte Nervensäge unter der Welt zu sein! Wie beabsichtigt. »Also, was willst du, Opal? Oder hast du dich nur gemeldet, um über alte Zeiten zu plaudern?«

Opal trank genüsslich aus einem Kristallglas. »Ich habe mich gemeldet, damit du weißt, dass ich dich beobachte, also versuch keine krummen Touren. Außerdem wollte ich dir einen kleinen Film von den Überwachungskameras der Stadt vorführen. Ist übrigens eine Live-Übertragung. Briar ist gerade beim Rat, um bekannt zu geben, dass du an allem schuld bist. Viel Spaß beim Gucken.«

Opals Gesicht verschwand, und an seiner Stelle erschien eine Weitwinkelaufnahme von Havens Stadtzentrum. Der Marktplatz, direkt vor dem Magic Burger. Normalerweise wimmelte es hier von atlantischen Touristen, die sich vor dem Brunnen gegenseitig fotografierten. In diesem Moment jedoch nicht, denn der Platz war ein einziges Schlachtfeld. Die B'wa Kell führte offen Krieg gegen die ZUP, und wie es aussah, war es ein sehr einseitiger Kampf. Die Kobolde feuerten mit ihren Softnose-Gewehren, ohne dass die Polizeielfen das Feuer erwiderten. Stattdessen verkrochen sie sich, offensichtlich vollkommen hilflos, hinter allem, was Schutz bot.

Foaly traute seinen Augen nicht. Das war eine Katastrophe. Man würde ihm die Schuld für dies alles anhängen. Und darüber hinaus war ihm nur zu bewusst, dass man einen Sündenbock wie ihn nie am Leben lassen würde. Die Gefahr war schließlich zu groß, dass er versuchen würde, seine Unschuld zu beteuern. Foaly wusste, ihm bliebe nur ein Ausweg: Er musste dringend eine Nachricht an Holly schicken, und zwar schnell, bevor sie alle tot waren.

Kapitel 10

Trouble in Bedrängnis

Stadtzentrum Haven

Selbst an seinen besten Tagen war der Magic Burger ein mieser Schuppen. Die Fritten waren fettig, das Fleisch von zweifelhafter Herkunft und die Milchshakes voller unappetitlicher Klumpen. Dennoch lief der Laden wie geschmiert, vor allem zur Zeit der Sonnenwende.

In diesem konkreten Augenblick hätte Captain Trouble Kelp es beinahe vorgezogen, in der Fastfoodbude zu sitzen und einen zähen Burger hinunterzuwürgen, als davor zu hocken und Laserstrahlen auszuweichen. Beinahe.

Da Root im Oberflächeneinsatz war, ging der Oberbefehl automatisch an Captain Kelp über. Eine Verantwortung, die er normalerweise in vollen Zügen genossen hätte. Aber normalerweise hatte er ja auch funktionierende Transportmittel und Waffen zur Verfügung. Zum Glück klappte wenigstens die Verständigung noch.

Trouble und seine Männer waren gerade dabei gewesen, eine Spelunke der B'wa Kell hochzunehmen, als sie von etwa hundert Mitgliedern der Reptilienbande unter

Beschuss genommen wurden. Die Kobolde hatten sich auf den Dächern verteilt und attackierten die ZUP-Einheit mit einem tödlichen Kreuzfeuer aus Laserstrahlen und Feuerbällen. Eine ziemlich komplexe Taktik für die B'wa Kell. Normalerweise musste ein Kobold sich schon mächtig konzentrieren, um gleichzeitig zu spucken und sich am Hintern zu kratzen. Es musste einen geheimen Anführer geben.

Trouble und einer seiner untergebenen Corporals saßen hinter einem Fotoautomaten fest, während es den übrigen Männern gelungen war, sich in den Magic Burger zu flüchten.

Fürs Erste konnten sie die Kobolde noch mit Tasern und Elektrostöcken in Schach halten. Die Taser hatten mit ihren Betäubungspfeilen eine Reichweite von nicht mehr als zehn Metern, und die Elektrostöcke waren nur im Nahkampf zu gebrauchen. Beide wurden mit Akkus betrieben, die irgendwann leer sein würden. Danach blieben ihnen nichts als Steine und die bloßen Fäuste. Nicht einmal ihren Sichtschutz konnten sie einsetzen, da die B'wa Kell mit ZUP-Helmen ausgerüstet war. Die Modelle waren zwar ziemlich veraltet, aber Sichtschutzfilter besaßen sie schon.

Ein Feuerball kam über den Fotoautomaten geflogen und fraß sich durch den Asphalt zu ihren Füßen. Die Kobolde waren lernfähig. Zumindest geringfügig. Anstatt zu versuchen, durch den Automaten hindurchzuschießen, lenkten sie die Geschosse nun oben drüber. Langsam wurde die Situation brenzlig.

Trouble klopfte gegen sein Mikro. »Kelp an Basis. Wie sieht's aus mit Waffen?«

»Übel, Captain«, kam die Antwort. »Jede Menge Officer, aber nichts zum Schießen. Wir laden die alten Elektroknarren auf, aber das dauert mindestens acht Stunden. Drüben bei der Aufklärung liegen noch 'n paar Schutzanzüge. Ich schick sie Ihnen im Eiltempo rüber. Fünf Minuten, maximal.«

»*D'Arvit*«, fluchte der Captain. Sie mussten sich eine andere Deckung suchen. Der Automat konnte jeden Moment auseinander fallen, und dann säßen sie quasi auf dem Präsentierteller. Der Corporal neben ihm zitterte vor Angst.

»Verdammt noch mal«, knurrte Trouble. »Reiß dich zusammen!«

»Halt bloß die Klappe«, gab sein Bruder Grub mit zitternder Unterlippe zurück. »Du sollst auf mich aufpassen. Hat Mama gesagt.«

Warnend hob Trouble den Zeigefinger. »Solange wir im Dienst sind, bin ich immer noch Captain Kelp für dich, Corporal. Und zu deiner Information: Ich passe auf dich auf.«

»Aha, das verstehst du also unter aufpassen«, nörgelte Grub schmollend.

Trouble wusste nicht mehr, wer ihm mehr auf die Nerven ging, sein kleiner Bruder oder die Kobolde. »Pass auf, Grub. Der Fotoautomat macht's nicht mehr lange. Wir müssen versuchen, in den Magic Burger zu gelangen. Ist das klar?«

Grubs Unterlippe hörte schlagartig auf zu zittern. »Kommt nicht in Frage. Ich rühr mich nicht von der Stelle. Du kannst mich nicht dazu zwingen. Wenn's sein muss, bleib ich hier für den Rest meines Lebens sitzen.«

Trouble klappte sein Visier auf. »Hör zu, Bruderherz, der Rest deines Lebens, das sind noch etwa dreißig Sekunden, wenn wir nicht von hier verschwinden.«

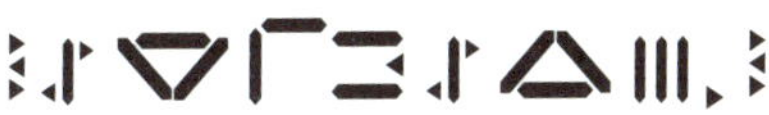

»Aber die Kobolde, Troub…«

Captain Kelp packte seinen Bruder bei den Schultern. »Vergiss die Kobolde. Das Einzige, worum du dir Sorgen machen solltest, ist der Tritt in den Hintern, den ich dir verpasse, wenn du nicht schnell genug bist.«

Grub zog eine Grimasse. Diese Erfahrung hatte er schon gemacht. »Uns wird doch nichts passieren, oder?«

Trouble zwinkerte ihm zu. »Natürlich nicht. Schließlich bin ich Captain.«

Sein Bruder nickte, wenn auch nicht sehr überzeugt.

»Gut. Und jetzt richtest du deine Nase auf die Tür und rennst los, sobald ich den Befehl gebe, verstanden?«

Erneutes Nicken. Grubs Kinn hüpfte schneller auf und ab als der Schnabel eines Spechts.

»Okay, Corporal. Achtung. Auf mein Kommando …«

Wieder ein Feuerball, näher diesmal. Von Troubles Gummisohlen stieg schwarzer Rauch auf. Vorsichtig streckte der Captain den Kopf hinter dem Automaten hervor. Ein Laserstrahl hätte ihm fast ein drittes Nasenloch verpasst. Plötzlich kam ein tragbares Reklameschild aus Metall um die Ecke gefegt, wirbelte durch die Luft, getragen vom Feuer der Lasergewehre. »Fotomat« lautete die Aufschrift. »Fot mat«, um genau zu sein; das zweite »o« war herausgeschossen. Also war es nicht laserfest. Aber es würde reichen müssen.

Trouble schnappte sich das tanzende Schild und hielt es sich vor die Schultern wie eine Ritterrüstung. Die ZUP-Schutzanzüge waren zwar mit Mikrofasern ausgestattet, die Neutrinoladungen und sogar Schallschüsse abwehrten, aber da Softnose-Gewehre in Erdland schon seit Jahrzehnten nicht mehr verwendet wurden, waren die Anzüge auch nicht laserstrahlresistent. Ein einziger Schuss würde seine Uniform zerfetzen wie Reispapier.

Trouble stupste seinen Bruder in den Rücken. »Bist du bereit?«

Grub nickte, oder vielleicht zitterte er auch nur am ganzen Körper.

Trouble ging in Startposition und zog das Reklameschild vor Brust und Schulter zurecht. Ein paar Laserstößen würde es standhalten. Danach musste sein Körper ausreichen, um Grub zu schützen.

Der nächste Feuerball. Direkt zwischen ihnen und dem Magic Burger. In ein paar Sekunden würden die Flammen ein Loch in den Teer fressen. Sie mussten los, und zwar sofort. Durch das Feuer.

»Schließ deinen Helm!«

»Warum?«

»Ich sagte, Helm schließen, Corporal!«

Grub gehorchte. Mit seinem Bruder konnte man sich streiten, aber nicht mit einem Vorgesetzten.

Trouble legte eine Hand auf Grubs Rücken und versetzte ihm einen kräftigen Schubs. »Lauf!«

Sie rannten los, mitten durch das weiß glühende Zentrum der Flammen. Trouble hörte, wie die Fasern seines Anzugs unter dem Ansturm der Hitze rissen. Kochender Teer zerrte an seinen Stiefeln und brachte die Sohlen zum Schmelzen.

Dann waren sie hindurch und taumelten auf die Flügeltür zu. Trouble wischte sich den Ruß vom Visier. Dort vorne warteten seine Männer, zusammengekauert hinter ihren Acrylschilden. Zwei Sanitätsmagier hatten sich die Handschuhe ausgezogen, bereit, ihre Hände aufzulegen.

Noch zehn Meter.

Sie liefen weiter.

Die Kobolde hatten sich eingeschossen. Ein Laserregen pfiff ihnen um die Ohren und zerlegte, was von der Eingangsfront des Magic Burger noch übrig war. Trouble sackte der Kopf nach vorn, als eine vereinzelte Kugel gegen seinen Helm knallte. Dann wieder Laserfeuer, diesmal tiefer gezielt. Eine Salve landete zwischen seinen Schulterblättern. Das Reklameschild hielt, aber die Wucht des Aufpralls hob den Captain wie einen Drachen in die Luft, schleuderte ihn gegen seinen Bruder und beförderte sie beide durch die zerstörte Flügeltür. Sofort wurden sie von helfenden Händen hinter die Mauer aus Acrylschilden gezogen.

»Grub«, keuchte Captain Kelp durch den Schmerz und den Lärm und den Ruß. »Ist alles in Ordnung?«

»Dem geht's prima«, antwortete der leitende Sanitätsmagier und rollte Trouble auf den Bauch. »Aber Ihr Rücken wird morgen Früh ganz schön bunt aussehen.«

Captain Kelp winkte ab. »Hat der Commander sich gemeldet?«

Der Magier schüttelte den Kopf. »Nein. Root gilt als verschollen, und Cudgeon ist wieder als Commander eingesetzt worden. Und das Schlimmste ist, dass angeblich Foaly hinter der ganzen Sache stecken soll.«

Trouble erbleichte, und gewiss nicht vor Rückenschmerzen. »Foaly? Das glaube ich nicht!« Frustriert biss er die Zähne zusammen. Foaly und der Commander. Er hatte keine Wahl, er musste es tun. Das Einzige, vor dem er sich immer gefürchtet hatte.

Mühsam stützte sich Captain Kelp auf den Ellbogen. Die Luft über ihren Köpfen sirrte von Softnose-Salven.

Es war nur noch eine Frage der Zeit, bis sie völlig überwältigt waren. Es musste sein.

Trouble holte tief Luft. »Okay, Jungs. Alle mal herhören: Rückzug ins Polizeipräsidium.«

Die Einheit erstarrte. Sogar Grub hielt mitten im Schluchzen inne. Rückzug?

»Seid ihr taub?«, bellte Trouble. »Rückzug, hab ich gesagt. Ohne Waffen können wir die Straßen nicht verteidigen. Und jetzt nichts wie weg!«

Verdutzt schlurften die ZUP-Elfen zum Personaleingang an der Rückseite des Gebäudes. Sie waren es nicht gewohnt, klein beizugeben. Rückzug hin, taktisches Manöver her – für sie war es Weglaufen. Und wer hätte gedacht, dass dieser Befehl ausgerechnet aus dem Mund von Trouble Kelp kommen würde?

Shuttlehafen E93

Artemis und seine Gefährten kehrten in den Schutz des Shuttlehafens zurück, Holly auf Butlers Schultern. Sie protestierte ein paar Minuten lauthals, bis der Commander ihr befahl, den Mund zu halten.

»Sie haben gerade eine schwere Operation hinter sich, und wir haben einen weiten Weg zurückzulegen«, knurrte er. »Also seien Sie still und machen Sie Ihre Übungen.« Es war sehr wichtig, dass Holly während der nächsten Stunde ihren Zeigefinger ständig in Bewegung hielt, damit die Sehnen sich wieder richtig miteinander verbanden. Vor allem sollte sie ihn so bewegen, wie sie ihn später am meisten einsetzen würde, am Abzug einer Waffe.

Nun kauerten sie sich in der verlassenen Abflughalle um einen Glühwürfel.

»Hat irgendwer Wasser dabei?«, fragte Holly. »Nach der Heilung fühle ich mich immer ziemlich ausgetrocknet.«

Root zwinkerte, was nicht oft vorkam. »Hier ist ein kleiner Trick, den ich im Einsatz gelernt habe.« Er zog eine vorne abgeflachte Patrone aus seinem Gürtel, die offenbar aus Acryl bestand und mit einer klaren Flüssigkeit gefüllt war.

»Weit kommen Sie mit dem Schluck aber nicht«, bemerkte Butler.

»Weiter als Sie meinen. Das ist eine so genannte Hydrosionspatrone, ein Mini-Feuerlöscher. Das Wasser wird von diesem kleinen Behälter komprimiert. Wenn man diese Patrone dann auf einen Brandherd abfeuert, kehrt sich durch den Aufprall die Kompressorwirkung um, und ein halber Liter Wasser wird unter Hochdruck auf die Flammen gejagt – wirkungsvoller als hundert Liter ohne Druck. Wir nennen sie Spritzer.«

»Sehr praktisch«, sagte Artemis trocken. »Wenn Ihre Waffen funktionieren würden.«

»Die brauche ich in diesem Fall nicht.« Root nahm ein großes Messer heraus. »Manuell geht's genauso gut.«

Er richtete die flache Spitze der Patrone auf den Hals seiner Feldflasche und löste den Verschluss. Zischend spritzte der Strahl in die Flasche.

»Bitte sehr, Captain. Es soll doch keiner sagen, ich sorgte nicht für meine Officer.«

»Clever«, gab Artemis zu.

»Und das Beste ist«, sagte der Commander und steckte den leeren Spritzer wieder ein, »die Dinger sind komplett wiederverwendbar. Ich brauche die Patrone nur in einen Schneehaufen zu stecken, und der Kompressor macht den Rest. So sitzt mir Foaly hinterher nicht im Nacken, weil ich kostbare Ausrüstung verschwende.«

Holly nahm einen ausgiebigen Schluck, und bald kehrte die Farbe in ihr Gesicht zurück.

»Die B'wa Kell hat also einen Killertrupp auf uns angesetzt«, überlegte sie laut. »Was bedeutet das?«

»Das bedeutet, dass Sie eine undichte Stelle haben«, sagte Artemis und hielt seine Hände in die Wärme des Glühwürfels. »Soweit ich verstanden habe, war unser Auftrag top secret. Nicht einmal der Rat war informiert. Dieser Zentaur ist der Einzige, der Bescheid weiß und nicht anwesend ist.«

Holly sprang auf. »Foaly? Nie im Leben!«

Abwehrend hob Artemis die Hände. »Das war die logischste Erklärung.«

»Schön und gut«, warf der Commander ein, »aber es ist reine Vermutung. Wir müssen die Lage analysieren. Was haben wir, und was wissen wir mit Sicherheit?«

Butler nickte. Der Commander war jemand nach seinem Geschmack. Ein Soldat.

Root beantwortete seine eigene Frage. »Wir haben das Shuttle, sofern es nicht abgehört wird. Der Vorratsschrank ist gut gefüllt. Hauptsächlich atlantisches Essen, also stellt euch auf Fisch und anderes Meeresgetier ein.«

»Und was wissen wir?«

Nun übernahm Artemis. »Wir wissen, dass die Kobolde einen Informanten in der ZUP haben. Außerdem wissen wir, dass sie versucht haben, den Chef der ZUP, Commander Root, auszuschalten, also sind sie vermutlich hinter dem Rest der ZUP her. Die größte Chance auf Erfolg dürften sie haben, wenn sie beide Operationen gleichzeitig ausführen.«

Holly kaute auf ihrer Lippe herum. »Das bedeutet ...«

»Das bedeutet, dass unten in Erdland vermutlich gerade eine Art Revolution abläuft.«

»Die B'wa Kell gegen die ZUP?«, spottete Holly. »Lächerlich.«

»Unter normalen Umständen vielleicht«, sagte Artemis. »Aber wenn Ihre Waffen hier oben nicht funktionieren ...«

»Dann funktionieren die unten auch nicht«, beendete Root seinen Satz. »Jedenfalls ist das anzunehmen.«

Artemis rückte näher an den Glühwürfel. »Im schlimmsten Fall heißt das, Haven ist in der Hand der B'wa Kell, und die Mitglieder des Rates sind entweder tot oder im Gefängnis. Wenn Sie mich fragen, eine ziemlich üble Situation.«

Beide Elfen schwiegen. Ziemlich übel war kaum die passende Beschreibung. Katastrophal traf es eher.

Selbst Artemis verlor allmählich den Mut. Die Rettung seines Vaters wurde dadurch schließlich auch nicht einfacher. »Ich schlage vor, wir ruhen uns hier noch eine Weile aus, packen etwas Proviant zusammen und machen uns dann auf nach Murmansk, sobald ein paar Wolken Deckung bieten. Butler kann die Wohnung von diesem Wassikin durchsuchen. Vielleicht haben wir Glück und mein Vater ist dort. Mir ist klar, dass wir ohne Waffen etwas im Nachteil sind, aber immerhin ist da noch der Überraschungseffekt.«

Eine Weile sagte niemand etwas. Es war ein drückendes Schweigen. Alle wussten, was im Raum stand, aber keiner wollte es aussprechen.

»Artemis«, sagte Butler schließlich und legte seine Hand auf die Schulter des Jungen. »So, wie es im Moment aussieht, können wir es unmöglich mit der Mafija aufnehmen. Wir haben nur unsere eigenen Waffen, und unsere Kollegen müssen zurück nach unten, also haben wir auch keine Magie. Wenn wir jetzt da reingehen, kommen wir nicht wieder raus. Keiner von uns.«

Artemis starrte in das Herz des Glühwürfels. »Aber mein Vater ist so nah, Butler. Ich kann jetzt nicht einfach aufgeben.«

Gegen ihren Willen war Holly gerührt von seiner Beharrlichkeit, den Kampf trotz aller Schwierigkeiten weiterzuführen. Sie spürte, dass Artemis diesmal nicht versuchte zu manipulieren. Er war nur ein Junge, der seinen Vater vermisste. Vielleicht war sie noch etwas angeschlagen, aber er tat ihr Leid.

»Wir geben nicht auf, Artemis«, sagte sie sanft. »Wir formieren uns nur neu. Das ist etwas anderes. Wir kommen zurück. Denk dran, am dunkelsten ist es immer vor der Dämmerung.«

Artemis sah zu ihr auf. »Was für eine Dämmerung? Wir sind mitten in der Arktis.«

Kommandozentrale

Foaly war stocksauer. Nach all den Sicherheitsmaßnahmen, die er in seine Systeme eingebaut hatte, war Opal Koboi einfach bei ihm hereinspaziert und hatte das gesamte Netzwerk unter ihre Kontrolle gebracht. Und obendrein hatte die ZUP sie auch noch dafür bezahlt.

Trotzdem konnte er nicht umhin, ihre Dreistigkeit zu bewundern. Der Plan war ebenso brillant wie simpel: Sie hatte die ZUP dazu gebracht, ihr einen Zugangschip für alle Bereiche zu geben, und hatte dann sämtliche Systeme mit versteckten Überwachungskameras ausgestattet, die sie der ZUP sogar noch in Rechnung gestellt hatte.

Versuchsweise drückte Foaly auf verschiedene Knöpfe. Keine Reaktion. Aber er hatte auch nicht wirklich damit gerechnet. Zweifellos hatte Opal Koboi alles bis zum letzten Glasfaserkabel angezapft. Vielleicht beobachtete sie ihn sogar in diesem Moment. Er sah förmlich vor sich, wie sie gemütlich in ihrem Hoverboy-Schwebesessel saß und kichernd den Plasmabildschirm betrachtete. Seine ärgste Rivalin, die sich am Anblick seiner Niederlage weidete.

Foaly knurrte. Gut, einmal hatte sie ihn unvorbereitet erwischt, aber das würde ihm nicht noch mal passieren. Er würde sich nicht zu Opals Unterhaltung in die Luft jagen lassen ... Oder vielleicht doch?

Der Zentaur schlug die Hände vors Gesicht und begann theatralisch zu schluchzen. Dabei spähte er zwischen seinen Fingern hindurch. Hm, wo würde ich mich verstecken, wenn ich eine Überwachungskamera wäre? Dort, wo der Sweeper nicht hinkam. Foaly blickte hinauf zu dem Wanzensucher, einem kleinen, kompliziert aussehenden Gewirr von Kabeln und Chips, das an der Decke befestigt war. Der einzige Ort, den der Sweeper nicht überprüfte, war der Sweeper selbst ...

Jetzt wusste er zumindest, von wo aus Opal ihn beobachtete, obwohl ihm das nicht viel nützte. Wenn die Kamera tatsächlich im Sweeper steckte, musste es einen kleinen toten Winkel direkt unterhalb vom Titangehäuse seines Hauptrechners geben. Trotzdem konnte die Wichtelin alles Wesentliche sehen, und außerdem hatte er nach wie vor keine Möglichkeit, in den Computer hinein- oder aus der Kommandozentrale herauszukommen.

Der Zentaur saß da wie das sprichwörtliche Häufchen Elend. In Wirklichkeit jedoch wanderte sein Blick über das Schaltpult. Was war seit der letzten Überarbeitung durch Koboi dazugekommen? Es musste doch irgendwas geben, das nicht von ihr gespickt war ...

Doch alles, was da lag, war eine Rolle Glasfaserkabel, ein paar Leiterklemmen und diverses Werkzeug. Nutzloser Krempel. Da blinkte plötzlich etwas unter einem Rechner hervor. Ein grünes Lämpchen.

Foalys Herz legte zehn Schläge pro Minute zu. Er wusste sofort, was es war – Artemis Fowls Laptop. Samt Modem und E-Mail-Programm. Foaly zwang sich, ruhig zu bleiben. Den konnte Opal unmöglich bearbeitet haben, er war ja erst vor ein paar Stunden bei ihm gelandet. Er hatte es noch nicht einmal geschafft, ihn auseinander zu bauen.

Der Zentaur trottete hinüber zu seinem Werkzeugkoffer und kippte – offensichtlich in einem Anfall von Frustration – den Inhalt zu Boden. Allerdings war er nicht so deprimiert, dass er vergessen hätte, sich zuvor eine Zange und ein Stück Kabel zu schnappen. Der nächste Schritt seines gespielten Nervenzusammenbruchs bestand darin, den Oberkörper unter heftigem Schluchzen auf die Arbeitsfläche zu werfen, natürlich genau an der Stelle, wo Holly den Laptop hingelegt hatte. Mit einer unauffälligen Hufbewegung schob Foaly ihn in den Bereich, den der Sweeper seiner Theorie nach nicht einsehen konnte. Dann ließ er sich zu Boden fallen und trat in einem rasenden Wutanfall mit allen vieren um sich. Opal dürfte auf der Überwachungskamera jetzt nicht mehr als seine zappelnden Beine sehen können.

So weit, so gut. Foaly klappte den Deckel des Laptops auf und schaltete als Erstes den Lautsprecher aus. Warum mussten die Menschen ihre Geräte immer so einstellen, dass sie in den unpassendsten Momenten lospiepsten? Eine seiner Hände wanderte über die Tastatur, und Sekunden später war er im E-Mail-Programm.

Jetzt kam der schwierige Teil. Ein drahtloser Internetzugang war eine feine Sache, aber vom Erdinnern funktionierte das leider nicht, jedenfalls nicht mit der Technik der Menschen. Den Kopf in die Armbeuge gelegt, schob Foaly das Ende eines Glasfaserkabels in die Schnittstelle eines Suchers. Diese Sucher waren verborgene Peilgeräte, die die Unterirdischen an amerikanische Kommunikationssatelliten angeschlossen hatten.

Jetzt hatte er eine Verbindung nach oben. Blieb nur zu hoffen, dass der Menschenjunge auf Empfang war.

Koboi Laboratorien

Noch nie zuvor hatte sich Opal Koboi so prächtig amüsiert. Die Unterwelt war buchstäblich Spielzeug in ihren Händen. Wie eine zufriedene Katze räkelte sie sich auf ihrem Hoverboy und beobachtete genüsslich das Chaos auf den Plasmabildschirmen. Die ZUP hatte keine Chance. Es war nur eine Frage der Zeit, bis die B'wa Kell das Polizeipräsidium stürmte, und dann gehörte die Stadt ihnen. Als Nächstes wäre Atlantis dran, dann die Menschenwelt.

Opal schwebte zwischen den Monitoren hin und her und sog jedes Detail in sich auf. In der Stadt strömten aus jeder dunklen Ecke Kobolde herbei, bewaffnet und blutrünstig. Softnose-Laser rissen Löcher in historische Gebäude. Zivilisten verbarrikadierten sich in ihren Häusern und hofften, dass die plündernden Banden an ihnen vorüberziehen würden. Geschäfte wurden ausgeraubt und in Brand gesetzt. Opal hoffte, dass sie sich mit dem Feuer ein bisschen zurückhielten. Schließlich hatte sie keine Lust, die Königin eines Ruinenfelds zu sein.

Der Hauptbildschirm schaltete um auf Kommunikationsstatus. Es war Cudgeon auf ihrer Privatleitung. Und er sah tatsächlich glücklich aus. Das kalte Glück der Rache.

»Briar«, quiekte Opal. »Einfach himmlisch! Ich wünschte, du wärst hier, um es dir auch anzusehen.«

»Bald. Ich muss bei meinen Truppen bleiben. Schließlich hat mich der Rat wieder zum Commander befördert, weil ich Foalys Verrat aufgedeckt habe. Was macht denn unser Gefangener?«

Opal blickte hinüber zu Foalys Bildschirm. »Bisher bin ich, ehrlich gesagt, ziemlich enttäuscht. Ich hatte eigentlich mit einem Plan gerechnet, oder zumindest mit einem Fluchtversuch. Aber er heult nur und tobt seine Wut aus.«

Cudgeon grinste noch breiter. »Kurz vorm Selbstmord, nehme ich an. Ganz bestimmt sogar.« Dann wurde der frisch beförderte Commander wieder sachlich. »Was ist mit der ZUP? Irgendwelche unerwarteten Vorkommnisse?«

»Nein. Genau, wie du vorhergesagt hast. Die Kerle haben sich im Polizeipräsidium verkrochen wie Schildkröten in ihrem Panzer. Soll ich ihre Funkverbindung kappen?«

Cudgeon schüttelte den Kopf. »Nein. Sie besprechen ihre sämtlichen Bewegungen über die vermeintlich abhörsicheren Kanäle. Lass sie auf Sendung, nur für den Fall.«

Opal schwebte näher an den Bildschirm. »Erzähl's mir noch mal, Briar. Erzähl mir von unserer Zukunft.«

Für eine Sekunde zuckte Verärgerung über Cudgeons Gesicht. Doch heute, an seinem großen Tag, konnte nichts seine Laune nachhaltig verderben. »Der Rat denkt, Foaly hätte den Aufstand von der Kommandozentrale aus geleitet, in die er sich eingeschlossen hat. Doch du wirst auf wundersame Weise die Programmierung des Zentauren überlisten und der ZUP die Kontrolle über die DNS-Kanonen im Polizeipräsidium zurückgeben. Die dämlichen Kobolde werden niedergeschlagen. Ich werde der Held des Widerstands sein und du meine Königin. In den nächsten fünfhundert Jahren geht jeder militärische Auftrag an die Firma Koboi Labor.«

Opal konnte vor Ergriffenheit kaum sprechen. »Und dann?«

»Und dann werden wir gemeinsam die Erde von diesen widerlichen Menschenwesen befreien. Das, meine Liebe, ist die Zukunft.«

Shuttlehafen E93

Artemis' Handy piepste. Damit hatte nicht einmal er gerechnet. Er zog einen Handschuh aus und riss das Handy von der Kletthalterung.

»Eine SMS«, sagte er und rief das Anzeigemenü auf. »Niemand außer Butler hat diese Nummer.«

Holly verschränkte die Arme. »Offensichtlich doch.«

Artemis ignorierte ihren Tonfall. »Das muss Foaly sein. Seit Monaten überwacht er meine Kommunikation. Entweder benutzt er meinen Laptop, oder er hat einen Weg gefunden, unsere Plattformen zu vereinheitlichen.«

»Verstehe«, sagten Butler und Root wie aus einem Mund. Eine doppelte Lüge.

Holly ließ sich von dem Fachjargon nicht beeindrucken. »Und, was steht da?«

Artemis reichte ihr das Handy. »Lesen Sie selbst.«

Holly ließ die Anzeige zum Anfang zurücklaufen und las die Nachricht laut vor. Mit jeder Zeile wurde ihr Gesicht länger ...

CMNDR ROOT. ALARM. HAVN IN HND VN KOBLDN. PLZEIPRÄS UMZNGLT. CDGEON + OPL KBOI VRANTWRTL. WFFN + FUNK AUSGFLLN. DNS-KNONN IN KBOIS HND. STZE IN KMMDOZNTRLE FST. RAT DNKT ICH BN SCHULD. WNN AM LEBN BTTE HLFN. WNN NICHT FLSCH VRBNDEN.

Holly schluckte. Ihre Kehle war auf einmal ganz trocken. »Das klingt nicht gut.«

Der Commander sprang auf die Füße und schnappte sich das Handy, um die Nachricht mit eigenen Augen zu sehen.

»Allerdings«, verkündete er kurz darauf. »Cudgeon! Der steckt also dahinter. Wieso bin ich nicht eher darauf gekommen? Können wir Foaly eine Antwort senden?«

Artemis überlegte einen Moment. »Nein. Hier dürften wir eigentlich gar keine Verbindung bekommen. Ich bin überrascht, dass wir die Nachricht überhaupt empfangen haben.«

»Ließe sich das nicht irgendwie hinkriegen?«

»Sicher. Ich brauche bloß sechs Monate dazu, bisschen technische Geräte, Schmiededraht und drei Kilometer Stahlträger.«

Holly schnaubte. »Ein tolles Genie bist du.«

»Psst«, flüsterte Butler. »Artemis denkt nach.«

Der junge Fowl starrte in das flüssige Plasmaherz des Glühwürfels. »Wir haben zwei Möglichkeiten«, begann er nach einer Weile. Niemand unterbrach ihn, selbst Holly wagte es nicht. Immerhin hatte Artemis auch einmal einen Weg gefunden, dem Zeitfeld zu entkommen.

»Wir könnten uns menschliche Hilfe besorgen. Bestimmt lassen sich ein paar von Butlers etwas zwielichtigeren Bekannten dazu überreden. Gegen Geld, versteht sich.«

Root schüttelte den Kopf. »Keine gute Idee.«

»Man könnte sie hinterher einer Erinnerungslöschung unterziehen.«

»Die funktioniert nicht immer zuverlässig. Das Letzte, was wir brauchen, sind oberirdische Verbrecher mit Erinnerungsresten. Was ist die zweite Möglichkeit?«

»Wir brechen in die Firma dieser Opal Koboi ein und geben der ZUP die Kontrolle über die Waffen zurück.«

Der Commander lachte schallend. »Bei Koboi einbrechen? Ist das Ihr Ernst? Die gesamte Anlage ist in massiven Fels gebaut. Es gibt keine Fenster, die Wände sind laserresistent, und der Eingang ist mit DNS-Kanonen gesichert. Jeder Unbefugte, der sich auch nur auf hundert Meter Entferung nähert, bekommt eine kräftige Ladung direkt zwischen die spitzen Ohren.«

Butler stieß einen Pfiff aus. »Das sind aber eine Menge Schutzmaßnahmen für eine Technikfirma.«

»Ich weiß«, seufzte Root. »Koboi Laboratorien hat eine Spezialerlaubnis bekommen. Ich habe sie selbst unterschrieben.«

Butler überlegte einen Moment. »Das schaffen wir nicht«, verkündete er schließlich. »Nicht ohne die Baupläne.«

»*D'Arvit*«, fluchte der Commander. »Ich hätte nie gedacht, dass ich das eines Tages sagen würde, aber es gibt nur einen einzigen Unterirdischen, der so einen Job erledigen könnte ...«

Holly nickte. »Mulch Diggums.«

»Wer ist das denn?«, fragte Artemis.

»Ein Zwerg. Notorisch kriminell. Der einzige Unterirdische, der je bei Koboi eingebrochen ist und es überlebt hat. Dummerweise haben wir ihn letztes Jahr verloren. Als er sich einen Tunnel aus Ihrem Haus gegraben hat, nebenbei bemerkt.«

»Ach ja, an den erinnere ich mich«, sagte Butler. »Hätte mich fast einen Kopf kürzer gemacht. Ein gerissener Kerl.«

Root lachte leise. »Achtmal habe ich den alten Mulch geschnappt. Das letzte Mal, als er gerade bei Koboi eingebrochen war. Wenn ich mich recht entsinne, hatten Mulch Diggums und sein Cousin sich bei der Firma als Bauunternehmer ausgegeben, angeblich um Sicherungswege anzulegen. Sie bekamen den Auftrag. Und Mulch Diggums hat sich natürlich einen eigenen Zugang gebaut. Typisch Diggums – bricht in die am besten gesicherte Firma unter der Erde ein und versucht dann, ausgerechnet einem meiner Kontaktmänner ein Alchemie-Fass zu verkaufen.«

Artemis setzte sich auf. »Alchemie? Sie haben Alchemie-Fässer?«

»Nicht so gierig, Menschenjunge. Sie dienen nur zu Versuchszwecken. Im Buch steht zwar, dass die alten Zauberer Blei in Gold verwandeln konnten, aber das Geheimnis ist verloren gegangen. Selbst Opal Koboi ist das bisher nicht gelungen.«

»Oh«, sagte Artemis enttäuscht.

»Ob Sie's glauben oder nicht, beinahe fehlt mir dieser dreiste Kerl. Mulch Diggums hatte eine Art, einem Beleidigungen an den Kopf zu werfen…« Root blickte gen Himmel. »Ich frage mich, ob er jetzt wohl da oben ist und auf uns herunterschaut.«

»Nicht ganz, Commander«, sagte Holly betreten. »Eigentlich ist Mulch Diggums in Los Angeles.«

Kapitel 11

Ein Zwerg auf Abwegen

Los Angeles

Genauer gesagt befand Mulch Diggums sich vor der Wohnung einer oscargekrönten Schauspielerin. Natürlich wusste sie nicht, dass er dort war. Und natürlich hatte er nichts Gutes im Sinn. Einmal ein Dieb, immer ein Dieb.

Nicht, dass Mulch das Geld gebraucht hätte. Die Belagerung von Fowl Manor hatte ihm ein hübsches Sümmchen eingebracht. Hübsch genug, um sich eine Penthouse-Suite in Beverly Hills zu mieten und sie mit einer kompletten Pioneer-Anlage, einer üppigen DVD-Bibliothek und Tonnen von Dörrfleisch auszustatten. Zeit für ein paar Jahre Ruhe und Faulenzen.

Doch so spielt das Leben nun mal nicht. Es rollt sich nicht gehorsam zusammen und legt sich still in eine Ecke. Die in mehreren Jahrhunderten gepflegten Gewohnheiten verschwinden nicht einfach. Und zwischen zwei James-Bond-Filmen wurde Mulch eines Tages klar, dass er die schlimmen alten Zeiten vermisste. Wenig später begann der zurückgezogene Bewohner der Penthouse-Suite nächtliche Spaziergänge zu unternehmen. Und diese Spaziergänge endeten meist in den Häusern anderer Leute.

Anfangs beschränkte Mulch Diggums sich aufs Eindringen und genoss lediglich den Kick, die hoch entwickelten Sicherheitssysteme der Oberirdischen zu überlisten. Dann nahm er gelegentlich Trophäen mit. Kleine Dinge, einen Kristallkelch, einen Aschenbecher oder eine Katze, wenn er hungrig war. Doch bald sehnte Mulch sich wieder nach seiner früheren Berühmtheit, und er wurde anspruchsvoller: Goldbarren, gänseeiergroße Diamanten oder Pitbullterrier, wenn er richtig Kohldampf hatte.

Die Sache mit den Oscars begann eigentlich ganz zufällig. Den ersten – für das Beste Drehbuch – ließ er als Kuriosität bei einem Kurztrip nach New York mitgehen. Am nächsten Morgen stand die Sache auf den Titelblättern sämtlicher amerikanischer Zeitungen. Es war gerade so, als hätte er einen ganzen Transportkonvoy mit Medikamenten überfallen, anstatt eine kleine vergoldete Statue zu stibitzen. Mulch Diggums war natürlich begeistert. Er hatte sein neues Hobby gefunden.

In den darauf folgenden zwei Wochen stahl er die Oscars für die Beste Filmmusik und die Besten Spezialeffekte. Die Boulevardpresse überschlug sich. Sie gab ihm sogar einen Spitznamen: Goldfinger. Als Mulch das las, wackelte er vor Freude mit den Zehen. Und die wackelnden Zehen eines Zwergs sind schon ein außergewöhnlicher Anblick. Sie sind so gelenkig wie Finger, fast ebenso geschickt, und je weniger man über ihren Geruch sagt, desto besser.

Für Mulch Diggums stand jedenfalls fest: Er musste eine komplette Sammlung zusammenbekommen.

Im Laufe der nächsten sechs Monate schlug Goldfinger überall in den Vereinigten Staaten zu. Er machte sogar einen Ausflug nach Italien, um sich einen Oscar für den Besten fremdsprachigen Film zu holen. Er ließ sich eigens eine Vitrine mit getöntem Glas anfertigen, das auf Knopfdruck undurchsichtig wurde. Mulch Diggums fühlte sich wieder lebendig.

Natürlich verdreifachten sämtliche Oscar-Gewinner auf der Welt die Sicherheitsvorkehrungen, was Mulch jedoch nur recht sein konnte. Schließlich war es keine Herausforderung, in einen Schuppen am Strand einzubrechen. Action und Technik – das war es, was die Leute wollten. Und das gab Goldfinger ihnen. Die Medien rissen sich um die Neuigkeiten.

Mulch Diggums war ein Held. Tagsüber, wenn er wegen der Helligkeit nicht nach draußen konnte, schrieb er an einem Drehbuch über seine Abenteuer.

Dies nun war eine besondere Nacht. Die der letzten Statue. Goldfinger wollte sich den Oscar für die Beste Darstellerin holen. Und nicht irgendeine Beste Darstellerin. Sein Opfer war die ungestüme jamaikanische Schönheit Maggie V., die für ihre Darstellung von Precious, einer ungestümen jamaikanischen Schönheit, die diesjährige Auszeichnung bekommen hatte. Maggie V. hatte öffentlich erklärt, auf Goldfinger warte in ihrer Wohnung eine Überraschung, mit der er ganz gewiss nicht rechne. Aber er traue sich bestimmt gar nicht. Wie hätte Mulch einer solchen Herausforderung widerstehen können?

Das Gebäude selbst war leicht zu lokalisieren, ein zehnstöckiger Block aus Glas und Stahl, unweit vom

Sunset Boulevard, nur einen mitternächtlichen Spaziergang von Mulch Diggums' Hotel entfernt. Und so packte der unerschrockene Zwerg in dieser wolkigen Nacht sein Werkzeug, um als berühmtester Einbrecher der Welt in die Geschichte einzugehen.

Maggie V. wohnte in der obersten Etage. Über die Treppe, den Aufzug oder den Müllschacht nach oben zu gelangen, kam nicht in Frage. Es musste von außen passieren.

Zur Vorbereitung auf die Klettertour hatte Mulch zwei Tage lang nichts getrunken. Zwergenporen sind nämlich nicht nur zum Schwitzen da, sie können auch Feuchtigkeit aufnehmen. Sehr praktisch, falls man mehrere Tage in einem zusammengestürzten Tunnel festsitzt und jeder Quadratzentimeter Haut in der Lage ist, Wasser aus der Erde rundum aufzunehmen, selbst wenn es weit und breit nichts zu trinken gibt. Ist ein Zwerg durstig, wie Mulch Diggums es jetzt war, öffnen sich seine Poren auf die Größe von Nadellöchern und beginnen, wie verrückt zu saugen. Das kommt ungeheuer gelegen, wenn man zum Beispiel an der Außenwand eines hohen Gebäudes hinaufklettern will.

Mulch zog Schuhe und Handschuhe aus, setzte einen gestohlenen ZUP-Helm auf und machte sich an den Aufstieg.

Schacht E93

Holly spürte, wie der Blick des Commanders ihre Nackenhaare fast versengte. Sie versuchte es zu ignorieren und konzentrierte sich darauf, mit dem Shuttle des atlantischen Botschafters nicht gegen die Wände des arktischen Schachts zu prallen.

»Sie wussten also die ganze Zeit, dass Mulch Diggums noch lebt?«

Holly tippte kurz an den Hebel für das Steuerbordtriebwerk, um einem Geschoss aus halb geschmolzenem Stein auszuweichen. »Nicht mit Sicherheit. Foaly hatte so eine Theorie.«

»Foaly!« Die Finger des Commander schlossen sich um einen imaginären Hals. »Das ist mal wieder typisch!«

Artemis grinste spöttisch von seinem Sessel in der Passagierzone herüber. »Immer schön friedlich bleiben, wir sind schließlich ein Team.«

»Dann erzählen Sie mir mal von Foalys Theorie, Captain«, befahl Root und schnallte sich im Copilotensitz an.

Holly betätigte den Schalter für die elektrostatische Reinigung der Außenkameras; positive und negative Ladungen entfernten die Staubschicht von den Linsen. »Foaly fand Mulchs Tod verdächtig, in Anbetracht der Tatsache, dass er der beste Tunnelmann von Erdland war.«

»Warum ist er damit nicht zu mir gekommen?«

»Es war nur so eine Ahnung. Und bei allem Respekt, Commander, Sie wissen, wie Sie auf Ahnungen reagieren.«

Widerstrebend nickte Root. Es stimmte, für so etwas hatte er keine Zeit. Bei ihm hieß es: Harte Fakten, oder raus aus dem Büro, bis Sie welche haben.

»Also hat Foaly in seiner Freizeit ein bisschen Detektiv gespielt. Das Erste, was ihm auffiel, war, dass das Gold am Schluss etwas zu leicht war. Ich hatte ja die Rückgabe der

Hälfte ausgehandelt, und nach Foalys Schätzung fehlten auf dem Schwebekarren ungefähr zwei Dutzend Barren.«

Der Commander zündete sich eine seiner berüchtigten Pilzzigarren an. Er musste zugeben, es klang logisch: verschwundenes Gold und Mulch im Umkreis von hundert Kilometern. Zwei und zwei macht vier.

»Wie Sie wissen, ist es Vorschrift, jegliches ZUP-Eigentum mit Solinium-Aufspürer zu besprühen, einschließlich des Geiselgolds. Also hat Foaly alles auf Soliniumspuren abgesucht und ist fündig geworden, und zwar in Los Angeles. Vor allem im Crowley Hotel in Beverly Hills. Und als er sich in den Computer des Hauses eingeloggt hat, ist ihm aufgefallen, dass der Mieter des Penthouse ein gewisser Lance Digger ist.«

Roots spitze Ohren zuckten. »Digger?«

»Genau«, sagte Holly und nickte. »Ein bisschen viel des Zufalls. An dem Punkt seiner Untersuchung ist Foaly zu mir gekommen, und ich habe ihm geraten, ein paar Satellitenfotos zu machen, bevor er Ihnen die Akte vorlegt. Nur leider …«

»Nur leider lässt sich Mister Digger nicht blicken, stimmt's?«

»Exakt.«

Roots Gesichtsfarbe wechselte von Zartrosa zu Tomatenrot. »Mulch Diggums, dieser Halunke! Wie hat er das nur wieder angestellt?«

Holly zuckte die Achseln. »Wir nehmen an, dass er tief unter Fowl Manor seine Iriskamera einem Tier eingesetzt hat, möglicherweise einem Kaninchen. Dann brach der Tunnel zusammen.«

»Also stammten die Lebenszeichen, die wir empfangen haben, von einem Kaninchen.«

»Genau. Jedenfalls theoretisch.«

»Ich bringe ihn um!«, brüllte Root und schlug mit der Faust auf das Schaltpult. »Kann diese Kiste nicht schneller fliegen?«

Los Angeles

Mulch Diggums erklomm das Gebäude ohne jede Schwierigkeit. Außen waren zwar Überwachungskameras angebracht, der Ionenfilter seines Helms zeigte ihm jedoch genau, worauf die Kameras gerichtet waren. So brauchte er sich bloß in den toten Winkeln zu halten.

Nach knapp einer Stunde hing der Zwerg außen vor Maggie V.'s Wohnung im zehnten Stock an der Wand. Die Fenster waren dreifach verglast und schusssicher beschichtet. Filmstars – ein paranoides Völkchen.

Natürlich waren Erschütterungsfühler auf den Scheiben angebracht, und innen an der Wand hing ein Bewegungssensor wie eine erstarrte Grille – wie nicht anders zu erwarten.

Mit Hilfe einer Flasche Steinpolitur, die Zwerge normalerweise einsetzten, um in den Minen Diamanten zu reinigen, schmolz Mulch ein Loch in die Scheibe. Wie dumm von den Menschenwesen, Diamanten abzuschleifen, um sie zum Funkeln zu bringen. Kaum zu fassen. Der halbe Stein im Eimer.

Mit dem Ionenfilter seines Helms überprüfte Goldfinger dann die Ausrichtung des Bewegungssensors. Der rote Strahl zeigte, dass er auf den Boden gerichtet war. Kein Problem. Mulch hatte ohnehin vor, die Wand entlangzugehen.

Mit nach wie vor durstig geöffneten Poren schob er sich über die Wände vorwärts, wobei er sich vorzugsweise an ein Regalsystem aus Stahl hielt, das fast das gesamte Wohnzimmer umgab.

Die Frage war nur, wo sich der Oscar befand. Er konnte überall versteckt sein, sogar unter Maggie V.'s Kopfkissen, aber ob Mulch Diggums seine Suche in diesem Raum begann oder in einem anderen, war im Grunde egal. Vielleicht hatte er ja sogar Glück.

Er schaltete den Röntgenfilter des Helms ein und suchte die Wände nach einem Tresor ab. Nichts. Dann versuchte er es auf dem Boden; die Menschenwesen wurden immer cleverer. Da, unter einem unechten Zebrafell, ein Metallwürfel. Na bitte.

Mulch näherte sich dem Bewegungssensor von oben und drehte den Abtaster vorsichtig Richtung Decke. Nun war der Boden sicher.

Er sprang hinunter und tastete die Oberfläche des Teppichs mit seinen empfindsamen Zehen ab. Keine Sicherheitsmatten eingenäht. Dann rollte er das unechte Fell beiseite, unter dem sich eine Klappe im Holzboden befand. Die Scharniere waren für das bloße Auge kaum zu erkennen. Doch Mulch war ein Fachmann, und seine Augen wurden von ZUP-Vergrößerungslinsen unterstützt.

Er fuhr mit dem Fingernagel in die Ritze und öffnete die Klappe. Der eigentliche Tresor war eine Enttäuschung. Noch nicht einmal bleiverschalt war er – mit seinem Röntgenfilter konnte Mulch Diggums direkt in den Schließmechanismus hineinsehen. Ein einfaches Kombinationsschloss mit nur drei Zahlen.

Mulch schaltete den Filter aus. Was war der Witz daran, ein durchsichtiges Schloss zu knacken? Vorsichtig legte er das Ohr an die Tür und drehte an den Rädchen. Keine fünfzehn Sekunden später war die Tür zu seinen Füßen offen.

Die Goldbeschichtung des Oscars strahlte ihm verlockend entgegen. Und genau in diesem Moment beging Mulch Diggums den Fehler: Er entspannte sich und vergnügte sich an der Vorstellung, wie er zurück in seinem Penthouse eine Zweiliterflasche eiskalten Wassers leer schlürfte. Und entspannte Diebe sind reif fürs Gefängnis.

Ohne die Statue auf mögliche Fallen zu überprüfen, nahm er sie aus dem Safe. Hätte er nachgesehen, er hätte bemerkt, dass am Fuß mittels eines Magneten ein Draht befestigt war. Sobald er den Oscar bewegte, wurde ein Stromkreis unterbrochen. Auf einmal war die Hölle los.

Schacht E93

In dreitausend Meter Tiefe unter der Oberfläche schaltete Holly den Autopilot auf Schwebestellung. Sie schlug sich gegen die Brust, um die Sicherheitsgurte zu lösen, und begab sich zu den anderen in den hinteren Teil des Shuttles.

»Es gibt zwei Probleme. Erstens: Wenn wir tiefer gehen, werden die Scanner uns registrieren, sofern sie noch funktionieren.«

»Klingt nicht sehr vielversprechend. Was ist mit Nummer zwei?«, fragte Butler.

»Zweitens: Dieser Teil des Schachts wurde stillgelegt, als wir Unterirdischen uns aus der Arktis zurückgezogen haben.«

»Und das bedeutet?«

»Das bedeutet, dass die Versorgungstunnel verschlossen wurden. Und ohne Versorgungstunnel kommen wir nicht in einen anderen Schacht.«

»Wo ist das Problem?«, fragte Root. »Wir jagen einfach ein Loch in die Wand.«

Holly seufzte. »Womit, Commander? Das hier ist ein Diplomaten-Shuttle. Wir haben keine Kanonen.«

Butler zog zwei Schlagkugeln aus einer Tasche seines Moonbelt. »Wie wär's damit? Foaly meinte, wir könnten sie vielleicht gebrauchen.«

Artemis stöhnte. Er hätte schwören können, dass sein Diener das Ganze genoss.

Los Angeles

»Oh-oh«, murmelte Mulch Diggums.

Innerhalb von Sekunden hatte sich die rosige Lage in eine höchst gefährliche verwandelt. Kaum war der Stromkreis unterbrochen, glitt eine Seitentür auf, und zwei ausgesprochen große Schäferhunde schlüpften hindurch – bekanntlich die besten Wachhunde –, gefolgt von ihrem Abrichter, einem riesigen Kerl in Schutzkleidung. Er sah aus, als wäre er mit Fußmatten behängt. Die Hunde gehorchten also nicht wirklich aufs Wort.

»Brave Hündchen«, sagte Mulch Diggums und knöpfte langsam seine Poklappe auf.

Schacht E93

Holly tippte vorsichtig gegen das Steuer und manövrierte das Shuttle ein Stück näher an die Schachtwand. »Weiter geht's nicht«, sagte sie in ihr Helmmikro. »Wenn wir noch näher ranfliegen, könnten die Heißluftwogen uns gegen den Felsen schleudern.«

»Heißluftwogen?«, knurrte Root. »Davon haben Sie kein Wort gesagt, solange ich noch drinnen war.«

Der Commander lag bäuchlings auf der Backbord-Tragfläche, eine Schlagkugel in jedem Stiefelschaft.

»Tut mir Leid, Commander, aber einer muss diesen Vogel ja schließlich fliegen.«

Root grummelte etwas in sich hinein und schob sich weiter vor zur Spitze der Tragfläche. Die Turbulenzen waren zwar längst nicht so stark wie bei einem Flugzeug in der Luft, aber die böenartigen Heißluftwogen reichten aus, um dem Commander die Eingeweide ganz schön durchzuschütteln. Allein die Vorstellung, wie seine Finger sich um Mulch Diggums' Kehle schlossen, trieb ihn vorwärts.

»Noch einen Meter«, keuchte er in das Mikro. Zumindest hatten sie Funkverbindung; das Shuttle besaß eine eigene Sprechanlage. »Nur noch einen Meter, dann kann ich es schaffen.«

»Geht nicht, Commander. Das ist jetzt Ihr Part.«

Root riskierte einen Blick in den Abgrund. Der Schacht dehnte sich endlos in die Tiefe, bis zum orange glühenden Magma im Erdkern. Der reine Wahnsinn. Selbstmord. Es musste einen anderen Weg geben. An diesem Punkt war Commander Julius Root kurz davor, einen überirdischen Flug zu riskieren.

Doch dann hatte er eine Vision. Vielleicht waren es nur die Schwefeldünste, der Stress oder sogar Unterzuckerung, aber der Commander hätte schwören können, dass sich vor ihm an der Felswand Mulch Diggums' Gesichtszüge abzeichneten. Der Zwerg hatte eine Zigarre im Mundwinkel und grinste ihn spöttisch an.

Augenblicklich kehrte Commander Roots Entschlossenheit zurück. Er, von einem Verbrecher überlistet? Nur über seine Leiche. Mühsam rappelte er sich auf und wischte sich die schweißfeuchten Handflächen am Overall ab. Die Heißluftwogen zupften an seinen Gliedern wie boshafte Geister. »Sind Sie bereit, Luft zwischen uns und das zukünftige Loch zu bringen?«, rief er ins Mikro.

»Darauf können Sie wetten, Commander«, erwiderte Holly. »Sobald wir Sie wieder an Bord haben, gehen wir auf Abstand.«

»Okay. Dann wollen wir mal.«

Root schoss von seinem Gürtel aus einen Enterhaken ab. Die Titanspitze bohrte sich sauber in den Felsen. Eine winzige Sprengladung innerhalb des Hakens würde zwei Seitenflügel ausklappen und ihn in der Felswand sichern. Fünf Meter. Keine große Distanz, um sich an einem Seil hinüberzuschwingen. Aber das Hinüberschwingen war auch nicht das Problem. Problematisch waren der atemberaubende Abgrund und das Fehlen jeglichen Halts.

Komm schon, Julius, kicherte das steinerne Mulchgesicht. Mal sehen, wie sich dein Fettfleck an der Wand macht. »Sie halten den Mund, Gefangener«, brüllte der Commander und schwang sich in das Nichts.

Die Felswand schien auf ihn zuzurasen, und die Wucht des Aufpralls verschlug ihm den Atem. Root biss vor

Schmerz die Zähne zusammen. Er hoffte nur, dass nichts gebrochen war, denn seit dem Abstecher nach Russland hatte er nicht mal mehr genug Magie, um ein Gänseblümchen zum Blühen zu bringen, ganz zu schweigen davon, eine gebrochene Rippe zu heilen.

Die Scheinwerfer des Shuttles beleuchteten die Lötspuren, wo die ZUP-Zwerge den Versorgungstunnel mit Laserstrahlen versiegelt hatten. Das waren die Schwachstellen in der sonst so massiven Felswand. Root schob die Schlagkugeln in zwei Ausbuchtungen.

»Dich schnappe ich mir, Diggums«, knurrte er und aktivierte die eingebauten Sprengkapseln. Jetzt blieben ihm noch dreißig Sekunden.

Root zielte mit einem zweiten Enterhaken auf die Tragfläche des Shuttles. Ein leichter Schuss, so was machte er im Simulator im Schlaf. Dummerweise gab es im Simulator jedoch keine Heißluftwogen, die einem im letzten Moment dazwischenfunkten.

Gerade als der Commander den Haken fortkatapultierte, packte ein besonders heftiger Gaswirbel das Heck des Shuttles und drehte es um vierzig Grad gegen den Uhrzeigersinn. Der Haken ging um einen Meter daneben, er trudelte in den Abgrund, das Rettungsseil des Commanders wie eine Nabelschnur hinter sich herziehend. Root blieben zwei Möglichkeiten: Entweder er rollte das Seil mit Hilfe seiner Gürtelwinde wieder auf, oder er schnitt es einfach ab und startete einen neuen Versuch mit seinem Ersatzhaken. Julius entschied sich für Letzteres; das würde schneller gehen. Ein guter Entschluss – hätte er seinen Ersatzhaken nicht schon dazu benutzt, bei Murmansk aus der Eishöhle herauszukommen. Das fiel dem Commander jedoch erst ein, nachdem er sein letztes Seil abgetrennt hatte.

»*D'Arvit*«, fluchte er und tastete seinen Gürtel nach einem Haken ab, obwohl er wusste, dass keiner mehr da war.

»Was ist los, Commander?«, fragte Holly. Ihre Stimme klang angestrengt von der Millimeterarbeit an den Steuerungshebeln.

»Ich habe keine Haken mehr, und die Sprengkapseln sind aktiviert.«

Ein kurzes Schweigen folgte. Ein sehr kurzes Schweigen. Für langwierige Überlegungen war keine Zeit. Root warf einen Blick auf seinen Mondmeter. Fünfundzwanzig Sekunden, und der Countdown lief.

Als Holly antwortete, sprudelte sie nicht gerade über vor Enthusiasmus und Selbstsicherheit. »Äh, Commander ... Tragen Sie irgendwas aus Metall am Körper?«

»Ja«, antwortete Root verwirrt. »Brustharnisch, Gürtelschnalle, Dienstmarke und Blaster. Warum?«

Holly lenkte das Shuttle noch einen Hauch näher. Jeder Zentimeter mehr wäre Selbstmord gewesen. »Fragen wir mal so: Wie sehr hängen Sie an Ihren Rippen?«

»Wieso?«

»Ich glaube, ich weiß, wie ich Sie hier rüberholen kann.«

»Wie denn?«

»Es wird Ihnen nicht gefallen.«

»Sagen Sie's mir, Captain. Das ist ein Befehl.«

Holly sagte es ihm. Und es gefiel Commander Root ganz und gar nicht.

Los Angeles

Zwergengas – nicht gerade das geschmackvollste Gesprächsthema; selbst Zwerge reden nicht gerne darüber. Viel ist schon über Zwergenfrauen gesagt worden, die ihre Männer ausschelten, weil sie zu Hause Gas ablassen, statt dies in den Tunneln zu erledigen. Tatsache ist, dass Zwerge von Natur aus häufig unter Gasattacken leiden, vor allem wenn sie zuvor in den Minen Lehm gegessen haben. Mit ausgehaktem Kiefer kann ein Zwerg bekanntlich mehrere Kilo Erde pro Sekunde hinunterschlingen, eine Menge Lehm mit einer Menge Luft darin. Und das Ganze muss irgendwo bleiben. Also wandert es nach unten. Um es höflich auszudrücken: Die gegrabenen Tunnel werden automatisch verschlossen. Mulch hatte schon seit Monaten keinen Lehm mehr zu sich genommen, aber für Notfälle hatte er immer ein paar Gasblasen parat.

Die Hunde standen da, bereit zum Angriff. Von ihren gefletschten Zähnen hingen Speichelfäden herunter. Sie würden ihn in Stücke reißen. Mulch Diggums konzentrierte sich. Das vertraute Blubbern begann, an seinem Magen zu zerren. Es fühlte sich an, als würden sich in ihm ein paar Müllgnomen einen Ringkampf liefern. Mulch biss die Zähne zusammen. Das würde eine richtige Bombe werden.

Der Hundeführer blies in eine Trillerpfeife, und die beiden Viecher schossen los wie Torpedos. In derselben Sekunde ließ Mulch eine Gasexplosion ab, die ein Loch in den Teppich riss und den Zwerg an die Decke schleuderte, wo seine durstigen Poren sich sofort festsaugten. In Sicherheit. Fürs Erste jedenfalls.

Die Schäferhunde waren perplex. In ihrer Laufbahn hatten sie so ziemlich alles zwischen den Kiefern gehabt, was die Nahrungskette hergab, aber das hier war neu. Und nicht gerade angenehm. Schließlich ist eine Hundenase wesentlich empfindlicher als die eines Menschen.

Der Hundeführer pustete noch ein paar Mal in seine Trillerpfeife, aber jegliche Kontrolle, die er vielleicht einmal über die Hunde gehabt hatte, löste sich in nichts auf, als der Zwerg per Gasantrieb durch die Luft segelte. Sobald ihre Atemwege wieder frei waren, begannen die Vierbeiner nach ihm zu springen und zu schnappen.

Mulch Diggums schluckte. Hunde waren klüger als ein durchschnittlicher Kobold, und es war nur eine Frage der Zeit, bis sie auf die Idee kamen, auf die Möbel zu klettern und von dort auf ihn loszugehen.

So schnell wie möglich bewegte er sich auf das Fenster zu, doch der Abrichter war schneller und verdeckte das Loch mit seinem gepolsterten Körper. Mulch bemerkte besorgt, dass er nach einer Waffe griff, die an seinem Gürtel befestigt war. Langsam wurde es ernst. Zwerge sind alles Mögliche, aber nicht kugelsicher.

Zu allem Überfluss tauchte auch noch Maggie V. in der Tür auf, einen verchromten Baseballschläger in der Hand. Dies war allerdings nicht die Maggie V., die das Publikum kannte. Ihr Gesicht war mit einer grünen Maske bedeckt, und unter ihren Augen hingen Teebeutel.

»Jetzt haben wir Sie erwischt, Goldfinger«, prahlte sie hämisch. »Ihre Saugnäpfe werden Ihnen auch nichts helfen.«

Mulch erkannte, dass seine Laufbahn als Oscardieb beendet war. Egal ob ihm die Flucht gelang, die Beamten vom LAPD würden jeden Kleinwüchsigen in der Stadt überprüfen, sobald die Sonne aufging. Doch er hatte noch einen Trumpf: die Gabe der Sprache. Jeder Unterirdische besaß ein natürliches Talent für Fremdsprachen, da alle Sprachen vom Gnomischen abstammten, wenn man sie nur weit genug zurückverfolgte. Einschließlich Schäferhundisch.

»*Rrraff*«, knurrte Mulch. »*Rraff, wuff, wuffff.*«

Die Hunde erstarrten. Der eine mitten im Sprung, so dass er prompt auf den Rücken seines Partners fiel. Sie kauten ein Weilchen verlegen an ihren Krallen herum, bis ihnen bewusst wurde, dass es dieses Wesen da oben an der Decke war, das sie anbellte. Mit grauenhaftem Akzent, Mitteleuropäisch irgendwie, aber es war eindeutig Schäferhundisch.

»*Rawuff?*«, fragte Hund Nummer eins. »Was hast du gesagt?«

Mulch Diggums deutete auf den Hundeführer. »*Wuff raff-raff rawuuuh*! Der Mensch da hat einen Riesenknochen unter seinem Hemd«, bellte er. (Das ist natürlich übersetzt.)

Die Schäferhunde stürzten sich auf ihren Hundeführer, Mulch verschwand eilends durch das Loch im Fenster, und Maggie V. kreischte so hysterisch, dass ihre Maske abbröckelte und die Teebeutel herunterfielen. Und obwohl Mulch Diggums wusste, dass seine Karriere als Goldfinger beendet war, schenkte ihm das Gewicht von Maggie V.'s Oscar in seiner Tasche doch ein verdammt befriedigendes Gefühl.

Schacht E93

Noch zwanzig Sekunden bis zur Explosion der Schlagkugeln, und der Commander hing noch immer an der Schachtwand. Es waren keine Flügel an Bord, und sogar wenn sie welche gehabt hätten, wäre die Zeit zu knapp gewesen. Wenn sie Commander Root nicht sofort da wegholten, würde ihn die Explosion in den Abgrund schleudern. Und selbst Magie half da nichts mehr, wenn er zu einem Klumpen verglüht war. Ihnen blieb nur noch eine Möglichkeit: Holly musste die Andockmagnete einsetzen.

Alle Shuttles waren mit einem Ersatzlandesystem ausgerüstet. Funktionierten die Haltebolzen nicht, konnten vier magnetische Andockscheiben abgefeuert werden, die an der Stahlbasis der Andockstation festmachten und das Shuttle zur Luftschleuse zogen. Diese Andockscheiben waren auch in unbekanntem Gelände ganz nützlich, weil ihre Magnete auf Spurenelemente reagierten und sich wie Saugschnecken festsogen.

»Okay, Julius«, sagte Holly. »Jetzt keine Bewegung mehr.«

Root wurde blass. Julius. Holly hatte ihn Julius genannt. Kein gutes Zeichen.

Noch zehn Sekunden.

Holly klappte ein kleines Display herunter. »Vordere Andockscheibe bereit machen.«

Ein knarzendes Brummen zeigte an, dass ihr Befehl ausgeführt wurde.

Das Gesicht des Commanders erschien im Display. Selbst auf die Entfernung sah er nervös aus. Holly richtete das Fadenkreuz auf seine Brust aus.

»Captain Short, sind Sie sicher, dass das eine gute Idee ist?«

Holly ignorierte ihren Vorgesetzten. »Abstand fünf Meter. Magneteinsatz.«

»Holly, vielleicht könnte ich springen. Ich könnte es schaffen. Ganz bestimmt sogar.«

Noch fünf Sekunden …

»Andockscheibe abfeuern.«

Rund um die Basis der Andockscheibe explodierten sechs kleine Sprengladungen und ließen die an einem aufrollbaren Polymerkabel befestigte Metallscheibe aus ihrem Sockel hervorschießen.

Root öffnete den Mund, um zu fluchen, doch im selben Moment donnerte die Scheibe gegen seine Brust und presste auch den letzten Kubikzentimeter Luft aus seiner Lunge. Es krachte unheilvoll.

»Seil einholen«, bellte Holly ins Mikrofon und schaltete gleichzeitig das Shuttle auf vollen Rückwärtsschub. Der Commander wurde hinterhergezogen wie ein Skysurfer.

Null Sekunden. Die Sprengsätze explodierten und jagten zwei Tonnen Felsbrocken hinunter in die Tiefe. Ein Tropfen in einem Ozean aus Magma.

Keine Minute später lag der Commander auf einer Liege im Krankenzimmer des Diplomatenshuttles. Jeder Atemzug tat ihm weh, aber das hinderte ihn nicht am Sprechen. »Captain Short!«, röchelte er. »Was zum Teufel haben Sie sich dabei bloß gedacht? Ich hätte draufgehen können.«

Butler riss Roots Overall auf, um sich einen Überblick über die Verletzungen zu beschaffen. »Das hätten Sie allerdings. Noch fünf Sekunden, und Sie wären Brei gewesen. Dass Sie noch leben, verdanken Sie Holly.«

Holly nahm ein MediPac aus dem Erste-Hilfe-Kasten und zerdrückte es zwischen ihren Fingern, um die Kristalle zu aktivieren. Noch eine von Foalys Erfindungen: eine mit Heilkristallen getränkte Eispackung. Kein Ersatz für Magie, aber besser als ein tröstender Händedruck.

»Wo tut es weh?«

Root hustete; blutiger Schleim kleckste auf seine Uniform. »So ziemlich überall. Ein paar Rippen sind hin.«

Holly biss sich auf die Lippe. Sie war keine Ärztin, und Heilen funktionierte keineswegs automatisch. Dabei konnte auch was schief gehen. Sie kannte einen anderen Captain, der sich ein Bein gebrochen hatte und dann ohnmächtig geworden war. Als er wieder zu sich gekommen war, hatte der eine Fuß nach hinten gezeigt. Andererseits hatte Holly durchaus schon einige schwierige Aufgaben gemeistert. Als Artemis sie gebeten hatte, die Depression seiner Mutter zu heilen, hatte diese sich in einem anderen Zeitfeld befunden. Also hatte Holly ein starkes positives Signal ausgesandt, mit reichlich Funken darin, damit es mehrere Tage in der Atmosphäre blieb – eine Art Energieschub zur freien Verfügung. Jeder, der während der folgenden Woche Fowl Manor auch nur besucht hatte, war hinterher vermutlich munter pfeifend nach Hause gegangen.

»Holly«, stöhnte Root.

»Okay«, stammelte sie. »Okay.« Sie legte Root die Hände auf die Brust und schickte die Magie in ihre Finger. »Heile«, flüsterte sie.

Der Commander verlor das Bewusstsein. Die Magie schaltete ihn für die Dauer der Heilung aus. Holly packte ihm das MediPac auf die Brust.

»Fest aufdrücken«, wies sie Artemis an. »Aber nur zehn Minuten. Sonst kann die Haut Schaden nehmen.«

Artemis gehorchte. Nach wenigen Sekunden waren seine Hände blutbeschmiert. Er verspürte nicht den geringsten Drang, eine geistreiche Bemerkung zu machen. Erst körperliche Anstrengung, dann ein abgetrennter Finger und jetzt das. Dies alles war turbulenter als er es sich je vorgestellt hatte. Beinahe sehnte er sich nach St. Bartleby's zurück.

Holly kehrte umgehend ins Cockpit zurück und richtete die Außenkameras auf den Versorgungstunnel.

Butler quetschte sich in den Copilotensessel. »Na, wie sieht's aus?«

Holly grinste. Und für einen winzigen Moment erinnerte ihn ihr Gesichtsausdruck an den von Artemis Fowl.

»Wie ein ziemlich großes Loch.«

»Gut. Wie wär's dann mit einem Besuch bei unserem alten Freund?«

Hollys Daumen legten sich auf die Schalter der Triebwerke. »Hervorragende Idee.«

Das Shuttle des atlantischen Botschafters verschwand im Versorgungstunnel, schneller als eine Karotte in Foalys Rachen. Und für diejenigen, die nicht Bescheid wissen: Das ist verdammt schnell.

Crowley Hotel, Beverly Hills, Los Angeles

Mulch Diggums gelangte unbemerkt zurück in sein Hotel. Dort brauchte er natürlich nicht an der Wand hochzuklettern, was entschieden schwieriger gewesen wäre als bei Maggie V., da die Wände aus Backstein waren und sehr porös. Seine Finger hätten sofort die in den Steinen gespeicherte Feuchtigkeit aufgesogen und damit ihre Saugkraft verloren.

Nein, Mulch Diggums benutzte ganz einfach den Haupteingang. Und warum auch nicht? Für den Portier war er schließlich Lance Digger, ein zurückgezogen lebender Millionär. Kleinwüchsig, aber reich.

»'n Abend, Art«, sagte der Zwerg und winkte dem Portier auf dem Weg zum Fahrstuhl zu.

Art spähte über den marmornen Empfangstresen. »Ah, Sie sind's, Mister Digger«, sagte er leicht verwirrt. »Ich dachte, ich hätte Sie gerade eben erst hier unten vorbeigehen hören.«

»Nein«, sagte Mulch grinsend, »das ist heute Nacht das erste Mal.«

»Hm. War vielleicht der Wind.«

»Schon möglich. Allerdings sollte die Direktion bei der Miete dafür sorgen, dass es hier drinnen nicht zieht.«

»Sehr wohl, Sir«, sagte Art. Immer den Gästen zustimmen, lautete die Geschäftsphilosophie.

Im verspiegelten Fahrstuhl zog Mulch Diggums einen Teleskopstab aus der Tasche, um auf P für Penthouse zu drücken. Während der ersten Monate war er gesprungen, um an den Knopf zu kommen, aber das war eines Millionärs nicht würdig und er konnte nicht ausschließen, dass das Rumpeln bis zu Art an der Rezeption zu hören war.

Lautlos glitt der Aufzug nach oben. Mulch widerstand dem Drang, den Oscar hervorzuholen. Es konnte schließlich jederzeit jemand zusteigen. So begnügte er sich mit einem ausgiebigen Schluck aus seiner Flasche mit irischem Quellwasser, das der Reinheit des unterirdischen Wassers noch am nächsten kam. Sobald er die Statue verstaut hatte, würde er sich ein kaltes Bad einlaufen lassen und seinen Poren etwas zu trinken geben. Sonst würde er am nächsten Morgen beim Aufwachen womöglich im Bett festkleben.

Die Tür des Apartments war mit einem Zahlencode gesichert, einer Sequenz aus vierzehn Ziffern. Ein bisschen Verfolgungswahn schadet nie, wenn man dem Gefängnis entgehen will. Obwohl die ZUP ihn für tot hielt, wurde er nie so ganz das Gefühl los, dass Commander Julius Root ihm eines Tages auf die Schliche kommen und nach ihm suchen würde.

Für eine menschliche Behausung war das Dekor seiner Wohnung recht ungewöhnlich: jede Menge Lehm, Felsbrocken und Wasserspiele. Eher wie das Innere einer Höhle als eine exklusive Residenz in Beverly Hills.

Die nördliche Wand schien aus einer einzigen schwarzen Marmorplatte zu bestehen. Schien, wohlgemerkt. Bei näherem Hinsehen entdeckte man einen Ein-Meter-Flachbildschirmfernseher, einen DVD-Spieler und eine getönte Glasscheibe. Mulch wuchtete eine Fernbedienung hoch, die größer war als sein Bein, und öffnete mit einem weiteren komplizierten Zahlencode die verborgene Vitrine. Darin standen drei Reihen Oscars. Er platzierte den von Maggie V. auf dem bereit liegenden Samtuntersetzer und wischte sich eine imaginäre Träne aus dem Augenwinkel.

»Ich danke der Academy für diese Auszeichnung«, kicherte er.

»Sehr rührend«, sagte eine Stimme hinter ihm.

Mulch knallte die Vitrinentür so heftig zu, dass das Glas einen Sprung bekam.

Da stand ein Menschenjunge neben dem Steingarten. In seinem Penthouse! Der Junge sah seltsam aus, selbst für einen Oberirdischen. Er war ungewöhnlich blass und schmal, hatte rabenschwarzes Haar und trug eine Schuluniform, die wirkte, als hätte man sie über zwei Kontinente geschleift.

Die Haare auf Mulchs Kinn versteiften sich. Der Junge bedeutete Ärger. Zwergenhaar irrte sich nie.

»Ihr Sicherheitssystem ist ja ganz nett«, fuhr der Junge fort. »Ich habe tatsächlich mehrere Sekunden gebraucht, um es zu überlisten.«

Da wusste Mulch, dass er in Schwierigkeiten war. Die Menschenpolizei brach schließlich nicht in anderer Leute Wohnungen ein.

»Wer bist du, Men … Junge?«

»Ich glaube, die Frage ist eher, wer Sie sind? Der eigenbrötlerische Millionär Lance Digger? Der berüchtigte Goldfinger? Oder sind Sie, wie Foaly annimmt, der entflohene Gefangene Mulch Diggums?«

Der Zwerg rannte los, angetrieben von einem letzten Rest Gas aus seinen Gedärmen. Er hatte keine Ahnung, wer dieser Menschenjunge war, aber wenn Foaly ihn geschickt hatte, war er ein Kopfgeldjäger der einen oder anderen Art.

Mulch schoss durch den abgesenkten Salon auf seinen Fluchtweg zu. Er war der Grund dafür gewesen, dass er dieses Haus als Wohnort gewählt hatte. Das Gebäude, das Anfang des neunzehnten Jahrhunderts gebaut worden war, hatte einen mächtigen Schornstein, der sich mitten durch sämtliche Stockwerke zog. Als in den fünfziger Jahren eine Zentralheizung eingebaut worden war, hatte der Bauunternehmer den Schacht einfach mit Erde gefüllt und mit einer Betonplatte verschlossen. Der Zwerg hatte die Erdader sofort gerochen, als sein Immobilienmakler die Tür geöffnet hatte. Im Handumdrehen hatte er den alten Kamin freigelegt und den Beton entfernt, und fertig war der Fluchttunnel.

Im Laufen knöpfte er seine Poklappe auf. Der seltsame Junge machte keinerlei Anstalten, ihn zu verfolgen. Warum auch? Schließlich konnte er ja nirgends hin.

Der Zwerg gönnte sich eine Sekunde, um einen Abschiedsspruch loszulassen. »Lebend kriegst du mich nie, Menschenjunge. Sag Foaly, er soll keinen Oberirdischen schicken, um einen Unterirdischen zu fangen.«

Du meine Güte, dachte Artemis und massierte sich die Stirn. Immer diese Hollywoodsprüche.

Mulch Diggums riss einen Korb mit Trockenblumen vom Kamin, hakte seinen Unterkiefer aus und tauchte direkt in die jahrzehntealte Erde. Sie war nicht gerade nach seinem Geschmack. Die Mineralien und Nährstoffe waren seit langem verbraucht, und alles schmeckte nach Ruß und Asche. Aber immerhin war es Erde, und dies war, wofür Zwerge geboren waren. Mulch spürte, wie die Angst von ihm abfiel. Hier konnte ihn kein lebendes Wesen fangen. Er war in seinem Reich.

In rasender Geschwindigkeit fraß sich der Zwerg durch die Stockwerke nach unten, wobei unterwegs die eine oder andere Wand nachgab. Mulch hatte so eine

Ahnung, dass er seine Mietkaution nicht wiedersehen würde, selbst wenn er noch da wäre, um sie in Empfang zu nehmen.

In etwas mehr als einer Minute hatte er die Garage im Untergeschoss erreicht. Er hakte den Kiefer wieder ein, schüttelte sein Hinterteil, um eventuelle Gasblasen zu lösen, und taumelte dann durch das Gitter. Der speziell für ihn umgebaute Geländewagen stand bereit, voll getankt, verdunkelt und startklar.

»Und tschüs«, sagte der Zwerg voller Schadenfreude und griff nach den Schlüsseln, die ihm an einer Kette um den Hals hingen.

Da tauchte plötzlich Holly aus dem Nichts direkt vor seiner Nase auf. »Wie war das?«, fragte sie und schaltete ihren Elektrostock auf höchste Stufe.

Mulch Diggums erwog seine Fluchtmöglichkeiten. Der Kellerboden war aus Asphalt, und der war tödlich für Zwerge, verschloss ihre Eingeweide wie Klebstoff. Die Ausfahrt wurde blockiert von einem riesigen Oberirdischen. Den hatte Mulch schon mal gesehen, und zwar in Fowl Manor. Dann musste der Junge oben in seinem Penthouse der berüchtigte Artemis Fowl sein. Direkt vor ihm stand Captain Short, und sie sah nicht besonders friedfertig aus. Also blieb ihm nur ein Weg: zurück in den Kaminschacht, ein paar Stockwerke hinauf um sich in einer der anderen Wohnungen zu verstecken.

Holly grinste. »Nur zu, Mulch, wenn du dich traust.«

Mulch machte kehrt und sprang erneut in den Schacht, auf einen heftigen Schmerz im Hinterteil gefasst. Er wurde nicht enttäuscht. Wie hätte Holly ein solches Ziel auch verfehlen können?

Schacht E116, Los Angeles

Der Shuttlehafen von Los Angeles lag zehn Kilometer außerhalb der Stadt, verborgen hinter der holographischen Projektion einer Sanddüne. Commander Root wartete im Shuttle auf sie. Er hatte sich immerhin genug erholt, um spöttisch zu grinsen.

»Na, sieh mal einer an«, grunzte er und hievte sich von der Liege, ein frisches MediPac vor die Brust geschnallt. »Wenn das nicht mein Lieblingsgefangener ist, auferstanden von den Toten.«

Mulch Diggums nahm sich ein Glas Tintenfischpastete aus dem persönlichen Kühlschrank des Botschafters.

»Wie kommt es eigentlich, dass Sie mir nie einen privaten Besuch abstatten, Julius? Immerhin habe ich Ihnen damals in Irland die Karriere gerettet. Ohne mich hätten Sie nie erfahren, dass Fowl eine Kopie des Buchs besitzt.«

Wenn Root kochte, wie es jetzt der Fall war, hätte man an seinen Wangen Marshmallows rösten können.

»Wir hatten eine Vereinbarung, Gefangener. Die haben Sie nicht eingehalten. Und deshalb hole ich Sie mir jetzt.«

Mit seinen Stummelfingern schöpfte Mulch die Pastete aus dem Glas.

»'n bisschen Käfersauce wär nicht schlecht«, bemerkte er.

»Genießen Sie's, solange Sie können, Diggums, denn Ihre nächste Mahlzeit wird Ihnen durch eine Türklappe geschoben.«

Der Zwerg lehnte sich im gepolsterten Sessel zurück. »Gemütlich.«

»Finde ich auch«, stimmte Artemis ihm zu. »Muss eine Art Gelfüllung sein. Wahrscheinlich ziemlich teuer.«

»Auf jeden Fall bequemer als ein Knastshuttle. Ich weiß noch, wie sie mich geschnappt haben, als ich 'nem Texaner einen Van Gogh verkaufen wollte. Das Shuttle, in dem sie mich nach unten gebracht haben, war nicht größer als ein Mauseloch. Und in der Nachbarzelle saß ein Troll. Da stank's vielleicht!«

Holly grinste. »Das hat der Troll auch gesagt.«

Root wusste, dass Mulch Diggums ihn absichtlich reizte, aber ihm platzte trotzdem der Kragen. »Passen Sie auf, Gefangener, ich bin nicht quer durch die halbe Erde gereist, um mir Ihre Abenteuergeschichten anzuhören. Also halten Sie die Klappe, bevor ich Sie zutackere.«

Doch so leicht war der Zwerg nicht zu beeindrucken. »Nur aus Neugier, Julius, warum sind Sie denn überhaupt so weit gereist? Der große Commander Root kommt mit einem Botschaftershuttle angeflogen, um mich kleinen Ganoven einzusammeln? Das nehme ich Ihnen nun wirklich nicht ab. Also, was ist los? Und was haben die Oberirdischen hier zu suchen?« Er deutete mit einer Kopfbewegung auf Butler. »Vor allem der da.«

Der Diener grinste. »Sie erinnern sich also an mich? Mir scheint, Sie schulden mir noch was.«

Mulch schluckte. Butler und er waren sich schon begegnet, und das war für den Menschenmann nicht gut ausgegangen. Mulch hatte ihm eine volle Ladung Zwergengas entgegengeschleudert, was für einen Leibwächter von Butlers Format ziemlich peinlich war, von den Schmerzen ganz zu schweigen.

Commander Root musste lächeln, obwohl ihm eigentlich gar nicht danach zumute war. »Okay, Mulch, Sie haben Recht. Es ist etwas im Gange. Etwas Wichtiges.«

»Dachte ich's mir doch. Und wie üblich brauchen Sie mich, um Ihnen die Drecksarbeit abzunehmen.« Mulch rieb sich das Hinterteil. »Mich anzugreifen ist allerdings nicht gerade die richtige Taktik. Ein bisschen weniger hätte gereicht, Captain Short. Das gibt 'ne Narbe.«

Holly legte die Hand hinter ihr spitzes Ohr und blickte sich in der Runde um. »Hat jemand was gehört? Ich nicht. Interessiert ja auch nicht die Bohne. Und nach allem, was ich gesehen habe, haben Sie sich von dem ZUP-Gold ein verdammt schönes Leben gemacht, Mulch.«

»Wissen Sie eigentlich, was mich die Wohnung gekostet hat? Allein für die Kaution müssten Sie vier Jahre schuften. Und dieser Ausblick! In dem Schuppen hat vorher mal ein Filmregisseur gewohnt.«

Spöttisch zog Holly die Augenbraue hoch. »Freut mich, dass das Geld sinnvoll angelegt worden ist. Nicht auszudenken, wenn Sie es verschwendet hätten.«

Mulch Diggums zuckte die Achseln. »Was wollen Sie, ich bin ein Dieb. Dachten Sie vielleicht, ich mache ein Heim für Obdachlose auf?«

»Nein, Mulch, auf die Idee wäre ich komischerweise nie gekommen.«

Artemis räusperte sich. »Dieses Wiedersehen ist ja wirklich rührend. Aber während Sie hier geistreiche Konversation betreiben, sitzt mein Vater frierend in der Arktis.«

Der Zwerg zog den Reißverschluss seines Anzugs hoch. »Sein Vater? Sie wollen, dass ich Artemis Fowls Vater rette? Aus der Arktis?« In seiner Stimme lag echte Panik. Eis verabscheuten Zwerge fast genauso sehr wie Feuer.

Root schüttelte den Kopf. »Ich wünschte, es wäre so einfach. Und in ein paar Minuten werden Sie sich das auch wünschen.«

Mulch Diggums' Barthaare krümmten sich in unguter Vorahnung. Und wie hatte seine Großmutter immer gesagt? Hör auf deine Haare, Mulch, hör auf deine Haare.

Kapitel 12

Zurück zum Ausgangspunkt

Kommandozentrale

Foaly dachte nach. Ununterbrochen. In seinem Gehirn sprangen die guten Ideen nur so umher wie Maiskörner in der Popcornmaschine. Aber er konnte nichts daraus machen. Er konnte nicht einmal Julius Root anrufen und ihn mit seinen hanebüchenen Plänen nerven. Die einzige »Waffe«, die dem Zentauren noch zur Verfügung stand, war Artemis Fowls Laptop. Es war, als trete er mit einem Zahnstocher in der Hand gegen einen Troll an.

Obwohl der Menschencomputer auf seine altmodische Weise durchaus brauchbar war. Das mit der E-Mail hatte ja schon mal geklappt. Vorausgesetzt, es war noch jemand am Leben, um sie zu lesen. Und in den Deckel war eine kleine Kamera für Videokonferenzen eingelassen – eine absolute Neuheit bei den Oberirdischen. Bisher hatten sie lediglich über Text oder Klangwellen kommuniziert. Barbaren, murmelte Foaly herablassend. Aber diese Kamera lieferte sogar eine recht hohe Qualität, mit mehreren Filtereinstellungen. Hätte er es nicht besser gewusst, er hätte geschworen, dass da jemand Zugriff auf Elfentechnik hatte.

Mit dem Huf drehte Foaly den Laptop so, dass die Kameralinse auf die Wandmonitore gerichtet war. Komm schon, Cudgeon, dachte er. Hier ist das Vögelchen.

Er brauchte nicht lange zu warten. Nach ein paar Minuten belebte sich einer der Bildschirme, und Cudgeon erschien, eine weiße Flagge in der Hand.

»Wie rührend«, bemerkte Foaly sarkastisch.

»Ja, nicht?«, erwiderte der Elf und schwenkte die Fahne theatralisch. »Die brauche ich nachher noch.« Er drückte auf einen Knopf seiner Fernbedienung. »Wollen Sie mal sehen, was draußen los ist?«

Die Scheiben der Kommandozentrale wurden wieder transparent, und Foaly erblickte Scharen von Technikern, die alle fieberhaft versuchten, die Verriegelung der Zentrale zu knacken. Die meisten von ihnen probierten es mit Computersensoren, die sie an die einzelnen Schnittstellen der Zentrale angeschlossen hatten, doch einige hatten sich für die altmodischere Variante entschieden und schlugen mit einem dicken Hammer auf die Türen ein. Keiner von ihnen hatte Erfolg.

Foaly schluckte. Er saß wie eine Ratte in der Falle. »Warum verraten Sie mir nicht Ihren Plan, Briar? Das tut der machtgierige Unhold in so einem Moment doch immer.«

Briar Cudgeon lehnte sich in seinem Drehsessel zurück. »Aber gerne, Foaly. Gerade weil das hier keiner der von Ihnen so geliebten Menschenfilme ist. Kein Held wird im letzten Augenblick hereingestürmt kommen. Short und Root sind bereits tot, ebenso ihre oberirdischen Verbündeten. Keine Begnadigung, keine Rettung. Nur der sichere Tod.«

Foaly wusste, er sollte Trauer verspüren, doch das Einzige, was in ihm hochstieg, war Hass.

»Wenn die Lage der Ordnungshüter vollkommen verzweifelt erscheint, werde ich Opal anweisen, die ZUP-Waffen wieder zu aktivieren. Die B'wa Kell wird betäubt und für die ganze Geschichte verantwortlich gemacht werden, sofern es Überlebende gibt, was ich bezweifle.«

»Wenn die Kobolde wieder zu sich kommen, werden sie aber Sie als den Schuldigen nennen.«

Cudgeon schwenkte abwehrend den Zeigefinger. »Nur eine Hand voll von ihnen weiß, dass ich da mit drinstecke, und um die kümmere ich mich persönlich. Sie sind bereits zum Firmensitz von Koboi Laboratorien beordert worden. Ich werde mich in Kürze zu ihnen gesellen. Die DNS-Kanonen werden gerade umprogrammiert, so dass sie auf Koboldzellen reagieren. Im richtigen Moment werde ich sie aktivieren, und dann ist die ganze Bande fällig.«

»Und Opal Koboi wird Ihre Königin, nehme ich an?«

»Natürlich«, sagte Cudgeon laut. Dann jedoch drückte er erneut auf seine Fernbedienung, um auf einen abhörsicheren Kanal zu schalten. »Königin?«, flüsterte er. »Ich bitte Sie, Foaly, glauben Sie im Ernst, dass ich mir all diese Mühe mache, um die Macht am Ende zu teilen? Oh nein. Sobald diese Farce vorbei ist, wird Miss Koboi einen tragischen Unfall erleiden. Vielleicht auch mehrere.«

Foaly schnaubte. »Auf die Gefahr hin, ein Klischee zu bemühen, Briar, damit kommen Sie nie durch.«

Cudgeons Finger schwebte über dem Aus-Knopf. »Nun, falls nicht«, sagte er liebenswürdig, »werden Sie zumindest nicht mehr in der Lage sein, sich über mich lustig zu machen.« Und damit verschwand er vom Bildschirm und überließ den Zentauren seinem traurigen Schicksal. Zumindest dachte er das.

Foaly griff nach dem Laptop unter dem Tisch. »Und Schnitt«, murmelte er und hielt die Kamera an. »Fünf Minuten Pause, Leute, die Szene ist im Kasten.«

Schacht E116

Holly parkte das Shuttle mit Hilfe der Andockscheiben an der Wand eines unbenutzten Seitenschachts. »Wir haben etwa dreißig Minuten. Laut Schachtsensoren kommt hier in einer halben Stunde eine Glutwoge hoch, und die Hitze hält kein Shuttle aus.«

Sie fanden sich im Salon ein, um gemeinsam einen Plan auszutüfteln.

»Wie ich schon sagte, wir müssen bei Koboi einbrechen und die Kontrolle über die ZUP-Waffen zurückgewinnen«, sagte der Commander.

Mulch Diggums sprang auf und flüchtete Richtung Tür. »Nicht mit mir, Julius. Die haben aufgerüstet in dem Laden, seit ich da war. Angeblich haben die sogar DNS-Kanonen.«

Root packte den Zwerg am Kragen. »Erstens: Nennen Sie mich nicht Julius. Und zweitens haben Sie gar keine andere Wahl, Gefangener.«

Mulch sah ihn scharf an. »Oh doch, Julius, die habe ich. Ich kann meine Strafe ganz gemütlich in einer Zelle absitzen. Mich mit Gewalt in die Schusslinie zu zerren, ist eine Verletzung meiner Bürgerrechte.«

Roots Gesichtsfarbe wechselte von Pastellrosa zu Tulpenlila. »Bürgerrechte?!«, schnaubte er. »Sie wagen es, mir mit Bürgerrechten zu kommen?«

Dann beruhigte er sich schlagartig. Ja, er wirkte sogar beinahe fröhlich. Und wer den Commander kannte, wusste, wenn er fröhlich war, würde jemand anders bald unglücklich sein. Sehr unglücklich.

»Was ist?«, fragte Mulch misstrauisch.

Root zündete sich eine seiner unerträglichen Pilzzigarren an. »Oh, nichts weiter. Sie haben vollkommen Recht.«

Die Augen des Zwergs verengten sich zu schmalen Schlitzen. »Ich habe Recht? Sie sagen vor Zeugen, dass ich Recht habe?«

»Aber gewiss doch. Sie in die Schusslinie zu bringen, würde in der Tat sämtlichen Gesetzen des Buchs widersprechen. Also werde ich mir den fantastischen Deal verkneifen, den ich Ihnen anbieten wollte, und Ihre Strafe stattdessen um ein paar hundert Jahre verlängern, inklusive Unterbringung im Hochsicherheitstrakt.« Root legte eine Pause ein und blies Mulch Diggums eine Rauchwolke ins Gesicht. »Im Hochsicherheitstrakt von Howler's Peak.«

Der Zwerg erbleichte unter dem Schmutz auf seinen Wangen. »Howler's Peak? Aber das ist ein –«

»Ein Kobold-Gefängnis«, ergänzte der Commander. »Ganz recht. Aber bei jemandem mit einem so hohen Ausbruchsrisiko wie Ihrem werde ich gewiss keine Schwierigkeiten haben, den Rat davon zu überzeugen, dass er eine Ausnahme macht.«

Mulch sank in den gepolsterten Drehsessel. Das hörte sich nicht gut an. Seinen letzten Aufenthalt in einer Zelle mit Kobolden hatte er nicht besonders spaßig gefunden. Und das war im Polizeipräsidium gewesen. Im Koboldknast aber würde er keine Woche überleben.

»Was für einen Deal würden Sie mir denn anbieten?«

Artemis grinste amüsiert. Commander Root war gewitzter als er aussah. Andererseits war es auch fast unmöglich, das nicht zu sein.

»Ach, jetzt sind wir plötzlich interessiert?«

»Wäre möglich, aber versprechen kann ich nichts.«

»Also gut, hier ist mein Angebot. Es ist ein einmaliges Angebot. Gehandelt wird nicht. Sie verschaffen uns Zutritt zum Firmensitz von Koboi Laboratorien, und ich gebe Ihnen zwei Tage Vorsprung, wenn die ganze Sache beendet ist.«

Mulch Diggums schluckte. Das war ein gutes Angebot. Ihnen musste das Wasser bis zum Hals stehen.

Polizeipräsidium, Haven City

Die Lage im Polizeipräsidium wurde langsam brenzlig. Die Ungeheuer standen vor der Tür. Im wahrsten Sinne des Wortes. Captain Kelp lief von einem Posten zum anderen und versuchte, seine Männer zu beruhigen.

»Keine Sorge, Leute, mit ihren Softnose-Gewehren kommen sie nicht durch die Tür. Dazu bräuchten sie schon Raketen oder –«

In diesem Augenblick dellte ein gewaltiger Schlag die Eingangstür nach innen ein, wie eine Papiertüte, die von einem Kind aufgeblasen wurde. Sie hielt stand. Gerade noch.

Briar Cudgeon kam aus der Einsatzzentrale gestürzt, das funkelnde Commander-Abzeichen auf der Brust. Mit seiner Wiederernennung durch den Rat hatte er Geschichte gemacht, denn er war der einzige Commander in der ZUP, der zweimal in diesen Rang befördert worden war.

»Was war das?«

Trouble schaltete einen Bildschirm auf die Außenansicht des Gebäudes. Draußen stand ein Kobold mit einem riesigen Rohr auf der Schulter.

»Eine Art Panzerfaust. Wahrscheinlich eine von den alten Softnose-Kanonen mit hoher Reichweite.«

Cudgeon schlug sich gegen die Stirn. »Das darf nicht wahr sein! Die sind doch angeblich alle eingeschmolzen worden. Dieser verfluchte Zentaur! Wie hat er es bloß geschafft, das ganze Zeug unter meiner Nase wegzuschmuggeln?«

»Machen Sie sich nicht zu viele Vorwürfe«, sagte Trouble. »Er hat uns alle ausgetrickst.«

»Wie lange hält die Tür noch?«

Trouble zuckte die Achseln. »Nicht mehr lange. Zwei, drei Attacken vielleicht. Hoffentlich haben sie ja nur das eine Geschoss.«

Wie aufs Stichwort erbebte die Eingangstür erneut, und aus einzelnen Marmorsäulen brachen große Stücke heraus.

Trouble erhob sich vom Boden, während Magiefunken eine Platzwunde auf seiner Stirn verschlossen. »Sanitäter, suchen Sie nach Verletzten. Sind die verdammten Waffen endlich aufgeladen?«

Grub kam mühsam herübergelaufen. Er schwankte unter dem Gewicht zweier Elektrogewehre. »Jawohl, Captain. Zweiunddreißig Waffen mit je zwanzig Schuss.«

»Okay. Verteil sie an die besten Schützen. Und kein Schuss ohne mein Kommando.«

Grub nickte, blass und entschlossen.

»Gut, Corporal, dann mal los.«

Als sein Bruder außer Hörweite war, sprach Trouble leise mit Commander Cudgeon. »Ich weiß nicht, was ich Ihnen sagen soll, Commander. Die Kobolde haben den Tunnel nach Atlantis gesprengt, von dort kommt also keine Hilfe. Wir schaffen es nicht, sie unter einem Fünfeck zu versammeln, um einen Zeitstopp durchzuführen. Wir sind vollständig umzingelt und dazu noch zahlen- und waffenmäßig restlos unterlegen. Wenn es der B'wa Kell gelingt, die Tür zu sprengen, ist die Sache innerhalb von Sekunden gelaufen. Wir müssen endlich in die Kommandozentrale. Irgendwelche Fortschritte?«

Cudgeon schüttelte den Kopf. »Die Techniker sind dabei. Wir tasten jeden Quadratzentimeter mit Sensoren ab. Aber ob wir dabei auf den Zugangscode stoßen, ist reine Glückssache.«

Trouble rieb sich die Müdigkeit aus den Augen. »Ich brauche Zeit. Es muss einen Weg geben, sie aufzuhalten.«

»Den gibt es …« Cudgeon zog eine weiße Fahne aus seiner Uniformjacke.

»Commander! Sie können nicht da rausgehen, das wäre Selbstmord.«

»Mag sein«, sagte der Commander. »Aber wenn ich es nicht tue, sind wir alle in ein paar Minuten tot. So gewinnen wir zumindest ein bisschen Zeit, um vielleicht doch noch in die Kommandozentrale zu gelangen.«

Trouble dachte nach. Einen anderen Weg gab es nicht. »Womit wollen Sie sie locken?«

»Mit den Gefangenen in Howler's Peak. Vielleicht können wir eine stufenweise Freilassung aushandeln.«

»Darauf wird sich der Rat niemals einlassen.«

Cudgeon reckte sich zur vollen Größe auf. »Jetzt ist nicht die Zeit für politisches Taktieren, Captain. Jetzt muss etwas getan werden.«

Trouble war bass erstaunt. Das war nicht der Briar Cudgeon, den er kannte. Jemand musste diesem Elf ein Rückgrat eingepflanzt haben.

Diesmal würde sich der frisch ernannte Commander das Eichelabzeichen verdienen. Trouble merkte, wie eine Empfindung in seiner Brust aufwallte, die er noch nie in Zusammenhang mit Briar Cudgeon verspürt hatte: Respekt.

»Öffnen Sie die Eingangstür einen Spalt«, befahl der Commander in einem Tonfall, der keinen Widerspruch duldete. Foaly würde begeistert sein, wenn er dies alles am Bildschirm verfolgte. »Ich werde mit diesen Reptilien reden.«

Trouble gab den Befehl weiter. Wenn sie je lebend hier rauskamen, würde er dafür sorgen, dass Commander Cudgeon postum die Goldene Eichel verliehen wurde. Mindestens.

Unbenannter Schacht, unterhalb der Firma Koboi Laboratorien

Das atlantische Shuttle sauste einen weiten Schacht hinunter, hielt sich allerdings dicht an der Wand. So dicht, dass die Außenhülle bereits einige Kratzer bekommen hatte.

Artemis steckte seinen Kopf ins Cockpit. »Ist das wirklich nötig, Captain?«, fragte er, als sie zum x-ten Mal haarscharf am Absturz vorbeigeschrammt waren. »Oder wollen Sie uns nur beweisen, was für ein toller Hecht Sie sind?«

Holly zwinkerte ihm zu. »Sehe ich für dich wie ein Hecht aus, Fowl?«

Artemis musste zugeben, dass dem nicht so war. Captain Short war außerordentlich hübsch, aber auf eine gefährliche Weise. Auf kreuzspinnenhafte Weise. Artemis schätzte, dass ihn die Pubertät in etwa acht Monaten erwischen würde, und er hatte den Verdacht, dass er Holly dann in einem ganz anderen Licht sehen würde. Wahrscheinlich war es ganz gut, dass sie schon achtzig Jahre alt war.

»Ich fliege so nah an der Wand, um den Riss zu finden, der Mulch Diggums zufolge hier irgendwo sein soll«, erklärte Holly.

Artemis nickte. Die Theorie des Zwergs war gerade unglaublich genug, um wahr sein zu können. Er kehrte in den hinteren Bereich zurück, um Mulchs Version einer Lagebesprechung weiter zu folgen.

Der Zwerg hatte auf eine von hinten erleuchtete Wandtafel ein grobes Diagramm gezeichnet. Um ehrlich zu sein, gab es Schimpansen, die talentierter waren als er. Außerdem stanken sie weniger. Als Zeigestab verwendete Mulch Diggums eine Möhre, beziehungsweise mehrere. Zwerge mochten Möhren.

»Das hier ist der Firmensitz von Koboi Laboratorien«, murmelte er mit vollem Mund.

»Das?«, rief Root aus.

»Ja, Julius, ich weiß, dass das kein maßstabsgerechter Grundriss ist.«

Der Commander hüpfte fast aus seinem Sessel. Es sah aus, als hätte er eine Ladung Zwergengas abbekommen. »Ein maßstabsgerechter Grundriss? Das ist nichts weiter als ein Rechteck, Himmel noch mal!«

Mulch ließ sich nicht aus der Ruhe bringen. »Das ist unwichtig. Wichtig ist das hier.«

»Diese verwackelte Linie?«

»Das ist ein Riss«, protestierte der Zwerg. »Das sieht doch jeder.«

»Im Kindergarten vielleicht. Also, was ist mit dem Riss?«

»Jetzt wird's spannend. Der ist normalerweise nämlich nicht da.«

Root sah schon wieder aus, als wollte er jemanden erwürgen. Was in letzter Zeit recht häufig vorkam.

Doch Artemis merkte auf. »Wann erscheint er denn?«

Doch so schnell rückte Mulch nicht mit der Antwort heraus. »Wir Zwerge, wir verstehen was von Felsen. Graben schließlich schon seit Jahrhunderten darin herum.« Root trommelte mit den Fingern auf seinen Elektrostock. »Was die meisten Unterirdischen nicht wissen, ist, dass Felsen leben. Sie atmen.«

Artemis nickte. »Natürlich. Ausdehnung bei Hitze.«

Triumphierend biss Mulch in die Möhre. »Genau. Und das Gegenteil. Wenn sie abkühlen, ziehen sie sich zusammen.« Nun hörte sogar Root zu. »Die Werkstätten von Koboi sind auf einer massiven Felsschicht gebaut, zwei Kilometer dick. Da kommt man höchstens mit Schallsprengköpfen durch, und das würde Opal Koboi vermutlich nicht verborgen bleiben.«

»Und was bedeutet das für uns?«

»Wenn der Fels abkühlt, öffnet sich ein Riss. Ich habe beim Bau des Fundaments von diesem Laden mitgearbeitet. Durch den Riss kommt man bis unter das Labor. Dann hat man immer noch ein gutes Stück vor sich, aber man ist zumindest durch den Fels.«

Der Commander war skeptisch. »Und wieso hat Opal Koboi diesen gewaltigen Riss noch nicht bemerkt?«

»Oh, gewaltig würde ich ihn nicht nennen.«

»Wie groß ist er denn?«

Mulch zuckte die Achseln. »Keine Ahnung. Vielleicht fünf Meter. An der breitesten Stelle.«

»Das ist immer noch ganz schön groß für einen Riss im Fundament.«

»Ja, aber er ist ja nicht ständig da«, unterbrach ihn Artemis. »Oder, Mulch?«

»Ständig? Schön wär's. Ich würde sagen, im Höchstfall – das ist natürlich nur eine ungefähre Schätz –«

Root platzte allmählich der Kragen. Er konnte es nicht leiden, wenn er ständig einen Schritt hinterherhinkte. »Raus mit der Sprache, Gefangener, sonst verpasse ich Ihnen noch ein Brandzeichen auf den Hintern!«

Mulch war verletzt. »Hören Sie auf, mich anzuschreien, Julius, mir kräuseln sich schon die Barthaare.«

Root riss den Kühlschrank auf und ließ die eisige Luft über sein Gesicht streichen. »Also gut, Mulch. Wie lange?«

»Maximal drei Minuten. Beim letzten Mal hab ich's mit Flügeln und Hochdruckanzug gemacht. Wäre um ein Haar zerquetscht und gebraten worden.«

»Wieso gebraten?«

»Nun, ich schätze, der Riss öffnet sich nur, wenn der Fels sich stark genug zusammengezogen hat«, sagte Artemis. »Und wenn dieser Riss an einer Schachtwand liegt, dürfte der kühlste Moment wohl der unmittelbar vor der nächsten Magmawoge sein.«

Mulch zwinkerte ihm zu. »Clever, Menschenjunge. Wenn der Fels dich nicht erwischt, dann erwischt dich das Magma.«

Hollys Stimme tönte aus dem Lautsprecher: »Ich habe hier was auf dem Monitor, Commander. Könnte ein Schatten sein, vielleicht aber auch ein Riss in der Felswand.«

Selbstzufrieden stolzierte Mulch auf und ab. »Na los, Julius, sagen Sie's ruhig. Ich hatte wieder mal Recht! Sie schulden mir was, Julius.«

Der Commander massierte sich die Nasenwurzel. Wenn er das hier lebend überstand, würde er nie wieder den Fuß vor sein Büro setzen.

Koboi Laboratorien

Vor dem Firmensitz von Koboi Laboratorien hatte sich ein Ring von B'wa-Kell-Kobolden aufgestellt, bis an die Zähne bewaffnet, kampflüstern und blutgierig. Briar Cudgeon wurde grob nach vorn geschubst; ein Dutzend Gewehrläufe bohrte sich ihm in die Rippen. Die DNS-Kanonen hingen vorübergehend deaktiviert in ihren Halterungen. Sobald Cudgeon befand, dass die B'wa Kell ihren Zweck erfüllt hatte, würden sie wieder eingeschaltet.

Der frisch gebackene Commander wurde zum Allerheiligsten geführt und vor Opal und den Generälen der B'wa Kell auf die Knie gezwungen. Sobald die Soldaten den Raum verlassen hatten, stand Cudgeon wieder auf und übernahm das Ruder.

»Alles läuft nach Plan«, verkündete er, trat auf Opal zu und strich ihr über die Wange. »In einer Stunde gehört Haven uns.«

General Scalene war skeptisch. »Es würde uns viel schneller gehören, wenn wir Koboi-Blaster hätten.«

Cudgeon seufzte geduldig. »Das haben wir doch schon besprochen, General. Das Unterbrechungssignal legt *alle* Neutrinowaffen still. Wenn Ihre Blaster funktionieren, dann funktionieren auch die der ZUP.«

Mit der zuckenden Zunge über seine Augen leckend, schlurfte Scalene in eine Ecke.

Das war natürlich nicht der einzige Grund, warum die Kobolde keine Neutrinoblaster bekamen. Cudgeon hatte nicht die Absicht, diejenigen zu bewaffnen, die er betrügen wollte. Sobald die B'wa Kell den Rat ausgeschaltet hatte, würde Opal der ZUP ihre Macht zurückgeben.

»Wie läuft's drüben?«

Opal drehte sich auf ihrem Hoverboy-Sessel herum, die Beine untergeschlagen. »Wunderbar. Kurz nachdem du gegangen bist, um zu … verhandeln, hat die Tür nachgegeben.«

Cudgeon grinste. »Gut, dass ich schon weg war. Sonst wäre ich womöglich noch verletzt worden.«

»Captain Kelp hat sich mit dem Rest seiner Männer weiter ins Innere zurückgezogen und versucht, die Kommandozentrale zu knacken. Der Rat ist auch dort.«

»Perfekt«, sagte Cudgeon.

Sputa, einer der anderen beiden B'wa-Kell-Generäle hieb mit der Faust auf den Tisch. »Nein, Cudgeon. Das ist alles andere als perfekt. Unsere Brüder sitzen in Howler's Peak und leiden.«

»Geduld, General Sputa«, sagte Cudgeon besänftigend und tätschelte dem Kobold tatsächlich die Schulter. »Sobald das Polizeipräsidium fest in unserer Hand ist, können wir die Zellen in Howler's Peak ohne jeden Widerstand öffnen.«

Innerlich kochte Cudgeon. Wie er diese dämlichen Kobolde hasste! Trugen Kleider aus ihrer eigenen abgelegten Haut. Widerlich. Er konnte es kaum erwarten, die DNS-Kanonen zu reaktivieren und ihr Geplapper für ein paar süße Stunden nicht mehr hören zu müssen.

Sein Blick kreuzte sich mit dem von Opal. Sie wusste, was er dachte, und er sah ihre kleinen Zähne voller Vorfreude aufblitzen. Was für eine herrlich boshafte Kreatur.

Aber genau deshalb musste er sie natürlich loswerden. Opal Koboi würde es niemals akzeptieren, an zweiter Stelle zu stehen.

Er zwinkerte ihr zu. »Bald«, formte er lautlos mit den Lippen. »Bald.«

Kapitel 13

Hinein in die Höhle des Löwen

Tief unter dem Firmensitz von Koboi Laboratorien

Die ZUP-Shuttle haben die Form eines Wassertropfens: ein dickes Hinterteil voller Triebwerke und eine Nase, die Stahl durchbohren könnte. Aber unsere Helden saßen ja nicht in einem ZUP-Shuttle, sondern in dem Luxusschlitten des atlantischen Botschafters, und bei dem war Bequemlichkeit eindeutig wichtiger als Geschwindigkeit. Es hatte eine Nase wie ein Gnomenhintern, sah wuchtig und teuer aus, und auf dem Kühlergrill hätte man einen Büffel braten können.

»Dieser Riss ist also nur ein paar Minuten offen, und ich soll hineinfliegen. Ist das der ganze Plan?«, fragte Holly.

»Einen besseren haben wir nicht«, erwiderte Root trübsinnig.

»Na, zumindest sitzen wir in weichen Sesseln, wenn wir zerquetscht werden. Das Ding ist ungefähr so wendig wie ein dreibeiniges Nashorn.«

»Wenn ich das geahnt hätte!«, grummelte Root. »Ursprünglich war das als Routinefahrt geplant. Außerdem hat dieses Shuttle eine ausgezeichnete Stereoanlage.«

Butler hob die Hand. »Psst. Was ist das für ein Geräusch?«

Sie lauschten. Das Geräusch kam aus der Tiefe unter ihnen, und es klang, als räusperte sich ein Riese.

Holly starrte auf die Monitore der Kielkameras.

»Magmawoge«, verkündete sie. »Und zwar eine ziemlich große. Die kann uns jeden Moment die Schwanzfedern ankokeln.«

Die Felswand vor ihnen krachte und ächzte in unablässigem Dehnen und Zusammenziehen. Risse öffneten sich wie grinsende Münder voller schwarzer Zähne.

»Da, das ist er. Nichts wie rein«, drängte Mulch. »Der Riss schließt sich schneller als das Maul eines –«

»Er ist noch nicht breit genug«, widersprach Holly barsch. »Das ist schließlich ein Shuttle, kein einzelner dicker Zwerg mit geklauten Flügeln.«

Mulch Diggums war viel zu verängstigt, um ernstlich beleidigt zu sein. »Wir müssen rein. Der weitet sich innen noch.«

Normalerweise hätte Holly gewartet, bis Root ihr grünes Licht gab, doch hier war sie in ihrem Element. Niemand schrieb Captain Short vor, was sie am Steuer eines Shuttles zu tun hatte.

Bebend öffnete sich der Riss einen weiteren Meter.

Holly biss die Zähne zusammen. »Festhalten«, befahl sie und schob den Regler für die Triebwerke auf volle Kraft.

Die Passagiere des Shuttles krallten sich in die Armlehnen, und mehr als einer schloss die Augen. Nicht aber Artemis. Er konnte es einfach nicht. Es war makaber und faszinierend zugleich, sich mit rasender Geschwindigkeit in den Riss in einer Felswand zu stürzen, über den man nicht mehr wusste als das, was einem ein kleptomanischer Zwerg erzählt hatte.

Holly konzentrierte sich ganz auf die Instrumente. In die Verkleidung eingebaute Kameras und Sensoren lieferten Informationen an diverse Bildschirme und Lautsprecher. Das Sonar drehte durch; es piepste so schnell, dass es fast wie ein durchgängiges Jaulen klang. Die Halogenscheinwerfer lieferten den Monitoren eine gespenstische Szenerie, und der Radarlaser zeichnete mit grünen Linien 3D-Grafiken auf einen Bildschirm. Natürlich gab es auch noch die Windschutzscheibe aus Quartz. Bei der Schicht aus Steinstaub und Felsschotter nützte einem das bloße Auge jedoch so gut wie gar nichts.

»Die Temperatur steigt«, murmelte Holly und warf einen Blick auf den Heckmonitor. Eine orange glühende Magmawoge donnerte an der Felsöffnung vorbei und drang in den Tunnel ein.

Sie flogen um ihr Leben. Hinter ihnen schloß sich der Riss, und vor ihnen öffnete er sich. Der Lärm war unvorstellbar, wie Donner in einer Luftblase.

Mulch Diggums hielt sich die Ohren zu. »Beim nächsten Mal entscheide ich mich für Howler's Peak.«

»Klappe, Gefangener«, knurrte Root. »Das war schließlich Ihre Idee.«

Ihre Kabbelei wurde von einem markerschütternden Kratzen unterbrochen, und vor der Windschutzscheibe tanzten Funken.

»Tut mir Leid«, entschuldigte sich Captain Short. »Das war unsere Funkanlage.«

Sie kippte das Shuttle seitwärts, um zwischen zwei Felsplatten hindurchzuschlüpfen, die sich aufeinander zuschoben. Hinter ihnen krachten sie zusammen wie die Hände eines Riesen beim Klatschen. Die Hitze des Magmas fraß sich in die Felsoberfläche und drückte die Schichten ineinander. Eine scharf gezackte Spitze bohrte sich in das Heck des Shuttles. Butler griff nach seiner Sig Sauer. Sie hatte etwas Tröstendes.

Dann waren sie plötzlich hindurch und flogen taumelnd in eine Höhle, in die drei riesige Titanpfeiler hineinragten.

»Da«, stieß Mulch aus. »Die Grundpfeiler.«

Holly verdrehte die Augen. »Was Sie nicht sagen«, stöhnte sie und feuerte die Andockscheiben ab.

Mulch hatte ein weiteres Diagramm gezeichnet. Diesmal sah es aus wie eine gewundene Schlange.

»Unser Anführer ist ein Idiot mit einem Malstift«, sagte Root in täuschend ruhigem Tonfall.

»Bis hierher sind wir immerhin gekommen, oder nicht?«, entgegnete Mulch beleidigt.

Holly leerte die letzte Flasche Mineralwasser. Ein gutes Drittel davon schüttete sie sich über den Kopf. »Jetzt fangen Sie bloß nicht an zu schmollen, Mulch«, sagte sie. »So weit ich sehe, sitzen wir mitten in der Erde fest, ohne Funk und ohne Weg nach draußen.«

Mulch trat einen Schritt zurück. »Mir scheint, Sie sind ein bisschen angespannt vom Flug. Ich würde vorschlagen, wir beruhigen uns jetzt erst mal, okay?«

Sie alle sahen etwas angeschlagen aus. Selbst Artemis schien ein wenig aus dem Gleichgewicht gebracht. Butler umklammerte noch immer seine Sig Sauer.

»Das Schlimmste haben wir hinter uns. Wir sind jetzt im Fundament. Der einzige Weg führt nach oben.«

»Ach, tatsächlich, Gefangener?«, sagte Root. »Und wie genau sollen wir Ihrer Meinung nach dorthin gelangen?«

Mulch nahm eine Möhre aus dem Vorratsschrank und zeigte damit auf sein Diagramm. »Das hier ist …«

»Eine Schlange?«

»Nein, Julius. Das ist einer der Pfeiler.«

»Die massiven Titanpfeiler, die in undurchdringlichem Grundgestein verankert sind?«

»Genau. Nur dass einer von ihnen nicht massiv ist.«

Artemis nickte. »Das dachte ich mir. Sie haben bei der Arbeit ein bisschen was gespart, oder, Mulch?«

Mulch Diggums blieb ungerührt. »Sie kennen doch das Theater mit den Bauvorschriften. Massive Titanpfeiler! Haben Sie eine Ahnung, was das kostet? Das hätte unseren Kostenrahmen gesprengt. Also haben mein Cousin Nord und ich beschlossen, die Titanfüllung zu vergessen.«

»Aber mit irgendwas müssen Sie den Pfeiler doch gefüllt haben«, unterbrach ihn der Commander. »Koboi hat garantiert Kontrollscans gemacht.«

Mulch nickte schuldbewusst. »Wir haben die Klärschlammpumpen für ein paar Tage daran angeschlossen. Die Schallbilder waren einwandfrei.«

Holly schnürte sich die Kehle zusammen. »Klärschlamm? Wollen Sie damit sagen …?«

»Nein. Jetzt nicht mehr. Das ist hundert Jahre her, inzwischen müsste das einfach Lehm sein. Sehr guter Lehm sogar.«

Auf Roots Gesicht hätte man einen Kessel Wasser zum Kochen bringen können. »Sie erwarten von uns, dass wir durch zwanzig Meter … Dünger klettern?«

Der Zwerg zuckte die Achseln. »Wie Sie wollen. Von mir aus können Sie bis in alle Ewigkeit hier bleiben. Ich gehe jedenfalls rauf.«

Diese plötzliche Wendung gefiel Artemis gar nicht. Laufen, springen, Verletzungen, okay. Aber Klärschlamm? »Und das ist Ihr ganzer Plan?«, brachte er stammelnd hervor.

»Was ist los, Menschenjunge?«, spottete Mulch. »Hast du Angst, dir die Finger schmutzig zu machen?«

Es war nur eine Redewendung, das wusste Artemis. Aber der Zwerg hatte damit ins Schwarze getroffen. Artemis betrachtete seine schmalen Finger. Gestern Morgen waren es noch Pianistenfinger mit manikürten Nägeln, heute hätten sie einem Bauarbeiter gehören können.

Holly klopfte Artemis auf die Schulter. »Okay«, sagte sie. »Machen wir uns auf den Weg. Sobald wir die Sache in Erdland hinter uns haben, kümmern wir uns wieder um die Rettung deines Vaters.« Sie bemerkte eine Veränderung in Artemis' Gesicht. Es sah fast so aus, als wüssten seine Züge nicht, wie sie darauf reagieren sollten. Plötzlich wurde ihr bewusst, was sie gesagt hatte. Für sie war es nur eine beiläufige Ermunterung gewesen, wie ein Officer sie jeden Tag gebrauchte.

Artemis jedoch war anscheinend nicht daran gewöhnt, Mitglied eines Teams zu sein. »Glaub bloß nicht, ich wollte mich bei dir lieb Kind machen oder so. Aber wenn ich jemandem mein Wort gebe, dann halte ich es auch.«

Artemis beschloss, nicht darauf einzugehen. Er hatte erst vor zu kurzer Zeit einen Haken von ihr abgekriegt.

Sie verließen das Shuttle über eine ausklappbare Treppe.

Artemis trat hinunter auf den Boden und bewegte sich vorsichtig über die spitzen Steine und den Bauschutt, den Mulch Diggums und sein Cousin ein Jahrhundert zuvor dort liegen gelassen hatten. Die Höhle war erleuchtet vom sternähnlichen Funkeln phosphoreszierender Felseinschlüsse.

»Das ist ja das reinste geologische Wunder«, rief Artemis unwillkürlich aus. »In dieser Tiefe müsste uns der Druck eigentlich zerquetschen, aber das ist nicht der Fall.« Er ging in die Hocke, um einen Pilz zu betrachten, der aus einer verrosteten Farbdose spross. »Hier gibt es sogar Leben.«

Mulch zerrte die Überreste eines Hammers zwischen zwei Felsblöcken hervor. »Ach, hier ist der also gelandet. Wir haben ein bisschen zu viel Sprengstoff genommen, als wir die Schächte für die Säulen angelegt haben. Dabei ist wohl ein Teil unseres Abfalls… äh… verteilt worden.«

Holly war entsetzt. Umweltverschmutzung ist allen Angehörigen des Erdvolks eigentlich ein Gräuel. »Mulch,

Sie haben hier so viele Gesetze gebrochen, dass meine Finger nicht mal ausreichen, um sie aufzuzählen. Wenn wir Ihnen die zwei Tage Vorsprung gewähren, sollten Sie sich lieber beeilen, denn ich werde mich höchstpersönlich an Ihre Fersen heften.«

»Da ist der Eingang«, sagte der Zwerg, ohne auf die Drohung einzugehen. Wenn man so viele zu hören bekam wie er, perlten sie irgendwann einfach an einem ab.

In einen der Pfeiler hatte jemand ein Loch gebohrt. Zärtlich strich Mulch über den Rand. »Diamant-Lasercutter, nuklearbetrieben. Mit dem Schätzchen kommt man überall durch.«

»Oh, an das Ding erinnere ich mich«, sagte Root. »Damit hätten Sie mich fast mal enthauptet.«

Mulch seufzte. »Die guten alten Zeiten, was, Julius?«

Roots Antwort war ein schwungvoller Tritt in den Hintern. »Schluss mit dem Gefasel, Gefangener, und ab in die Erde.«

Holly hielt die Hand in die Öffnung. »Ich spüre einen ganz leichten Luftzug. Hohlräume im Lehm. Aber so scheint das Druckfeld der Stadt den Luftdruck in dieser Höhle im Lauf der Jahre nach und nach angeglichen zu haben. Deshalb sind wir jetzt auch nicht platt wie Mantarochen.«

»Verstehe«, kam es gleichzeitig aus Butlers und Roots Mund. Die reinste Lüge.

Mulch Diggums knöpfte sich die Poklappe auf. »Ich grabe mich nach oben und warte da auf Sie. Räumen Sie so viel Abfall wie möglich beiseite. Ich verteile die verarbeitete Erde, so gut es geht, damit sich die Röhre nicht hinter mir gleich wieder verschließt.«

Artemis stöhnte. Die Vorstellung, durch Mulchs Ausstoß zu kriechen, war beinahe unerträglich. Das Einzige, was ihn vorantrieb, war der Gedanke an seinen Vater.

Mulch baute sich vor der Öffnung auf. »Zurücktreten«, warnte er und hakte seinen Kiefer aus.

Butler wich eilends zur Seite; er hatte nicht vor, sich noch einmal von Zwergengas niederstrecken zu lassen.

Mulch steckte seinen Oberkörper bis zur Hüfte in den Titanpfeiler. Innerhalb von Sekunden war er verschwunden. Die Röhre begann unter seltsamen, unappetitlichen Geräuschen zu erbeben. Erdbrocken knallten gegen die Metallwände, und aus dem Loch spritzte ein unablässiger Strom von komprimierter Luft und Schutt.

»Unglaublich«, staunte Artemis. »Was man mit zehn von denen alles machen könnte. Fort Knox wäre in null Komma nichts geknackt.«

»Wagen Sie es ja nicht«, warnte ihn Root. Dann wandte er sich an Butler. »Was haben wir noch an Waffen?«

Der Diener zog seine Pistole. »Eine Sig Sauer mit zwölf Schuss im Magazin. Das ist alles. Und die nehme ich, weil ich der Einzige bin, der sie heben kann. Sie beide schnappen sich unterwegs, was Sie kriegen können.«

»Und was ist mit mir?«, fragte Artemis, obwohl er die Antwort bereits wusste.

Butler blickte seinem Herrn unverwandt in die Augen. »Ich möchte, dass Sie hier bleiben. Das ist ein militärischer Einsatz, und außer sich umbringen zu lassen, können Sie da nichts tun.«

»Aber …«

»Es ist mein Job, Sie zu beschützen, Artemis, und das hier dürfte so ziemlich der sicherste Ort auf dem Planeten sein.«

Artemis widersprach ihm nicht. Tatsächlich war ihm dieser Gedanke auch schon gekommen. Manchmal war es ganz schön lästig, ein Genie zu sein. »Also gut, Butler, ich werde hier bleiben. Es sei denn …«

Butlers Augen verengten sich. »Es sei denn was?«

Artemis lächelte sein gefährliches Lächeln. »Es sei denn, ich habe eine Idee.«

Polizeipräsidium

Die Lage im Polizeipräsidium war verzweifelt. Captain Kelp hatte sich mit dem Rest seiner Männer hinter einen Wall aus umgestürzten Rechnern zurückgezogen. Die Kobolde schossen blindlings vom Eingang in den Raum, und keiner von den Magiern hatte auch nur einen Tropfen Magie übrig. Jeder, der von nun an verletzt wurde, musste verletzt bleiben.

Die Mitglieder des Rates kauerten hinter einer dichten Mauer von Soldaten. Alle bis auf Commander Vinyáya, die sich eines der erbeuteten Softnose-Lasergewehre geschnappt hatte. Bisher hatte sie mit jedem Schuss getroffen.

Die Techniker hockten hinter ihren Schreibtischen und probierten alle nur denkbaren Code-Kombinationen aus, um die Kommandozentrale zu knacken. Trouble hatte allerdings wenig Hoffnung. Wenn Foaly eine Tür verschloss, dann blieb sie verschlossen.

Der Zentaur konnte derweil nichts weiter tun, als frustriert auf den Tisch einzuschlagen. Cudgeon hatte in seiner Grausamkeit dafür gesorgt, dass Foaly das Ganze durch die schusssichere Scheibe beobachten konnte.

Die Situation schien hoffnungslos. Selbst wenn Julius und Holly seine Nachricht bekommen hatten, war es jetzt zu spät, um noch irgendwas zu tun. Foalys Kehle war trocken. Er war von allen guten Geistern verlassen, seinem Computer, seiner Intelligenz, seiner spöttischen Schlagfertigkeit. Einfach allem.

Unterhalb von Koboi Laboratorien

Etwas Nasses klatschte Butler an den Kopf.

»Was war das?«, zischte er Holly zu, die die Nachhut bildete.

»Fragen Sie lieber nicht«, krächzte Captain Short. Selbst durch ihren Helmfilter war der Gestank widerlich.

Der Inhalt des Pfeilers hatte ein Jahrhundert Zeit gehabt zu fermentieren und roch genauso giftig wie am Tag, als er dort hingekommen war. Wahrscheinlich sogar schlimmer.

Wenigstens muss ich das Zeug nicht essen, dachte Butler.

Root war an der Spitze; seine Helmstrahler schnitten Schneisen in die Dunkelheit. Der Pfeiler stieg in einem Vierzig-Grad-Winkel an und war in regelmäßigen Abständen ausgebuchtet, wodurch die Füllung aus Titanblöcken an ihrem Platz gehalten werden sollte.

Mulch Diggums hatte bei seinem Versuch, ihnen einen freien Weg durch die Röhre zu bahnen, erstklassige Arbeit geleistet. Sicher, irgendwo musste der Ausstoß schließlich bleiben, immerhin hatte er aber jede Portion sorgfältig gekaut, um feste Klumpen zu vermeiden.

Mühsam kämpfte sich der Kapertrupp voran. Sie alle waren bemüht, nicht darüber nachzudenken, was sie da gerade taten. Als sie den Zwerg schließlich einholten, klammerte der sich mit schmerzverzerrtem Gesicht an einen Vorsprung.

»Was ist, Mulch?«, fragte Root und klang dabei sogar versehentlich besorgt.

»Rauf mit euf«, stöhnte Mulch. »Rauf, awer fnell!«

Roots Augen weiteten sich vor Panik. »Hoch!«, zischte er. »Los, alle Mann hoch!«

Hastig krabbelten sie in den schmalen Freiraum oberhalb des Zwergs. Keine Sekunde zu früh. Mulch entspannte sich und ließ eine Ladung Gas ab, mit der man ein Zirkuszelt hätte aufpumpen können. Dann hakte er seinen Kiefer wieder ein.

»Das tat gut«, seufzte er. »In dieser Erde ist 'ne Menge Luft. Würd's Ihnen was ausmachen, den Strahler abzuschalten? Sie wissen doch, wie lichtempfindlich ich bin.« Der Commander tat ihm den Gefallen und schaltete auf Infrarot um.

»Okay, oben sind wir, aber wie kommen wir jetzt raus? Ihren Cutter haben Sie ja nicht dabei, wenn ich mich recht entsinne.«

Der Zwerg grinste. »Kein Problem. Ein guter Dieb sorgt stets für einen zweiten Besuch vor. Sehen Sie hier?« Er zeigte auf ein Stück Titan, das exakt wie der Rest der

Röhre aussah. »Diesen Flicken habe ich beim letzten Mal angebracht. Aus Epoxidharz.«

Commander Root musste lächeln. »Sie sind ein verdammt pfiffiger Halunke. Wie haben wir Sie nur zu fassen gekriegt?«

»Pures Glück«, erwiderte der Zwerg und drückte mit dem Ellbogen gegen das Flickwerk. Eine große runde Klappe sprang auf und legte das hundert Jahre alte Loch frei. »Willkommen bei Koboi Laboratorien.«

Sie kletterten in einen schwach beleuchteten Flur. Entlang der Wände stapelten sich Reihen von beladenen Schwebekarren. Die Leuchtstoffröhren an der Decke waren auf Minimalbetrieb geschaltet.

»Den Teil des Gebäudes kenne ich«, sagte Root. »Hier bin ich schon mal gewesen, bei der Inspektion für die Spezialwaffengenehmigung. Zwei Flure weiter ist die Computerzentrale. Wir haben tatsächlich eine Chance, es zu schaffen.«

»Und was ist mit diesen DNS-Betäubungskanonen?«, fragte Butler.

»Knifflige Sache«, gab der Commander zu. »Wenn der eingebaute Scanner Sie nicht erkennt, sind Sie erst mal weg vom Fenster. Die Dinger können so programmiert werden, dass sie ganze Arten ausschalten.«

»Unangenehm«, stimmte der Diener zu.

»Aber ich wette, sie sind abgeschaltet«, fuhr Root fort. »Erstens: So viele Kobolde, wie hier vermutlich rumlaufen, können nicht heimlich reingekommen sein. Und zweitens: Wenn Foaly die Schuld an diesem kleinen Aufstand zugeschoben werden soll, wird Opal Koboi garantiert so tun, als wären ihre Waffen ausgefallen, genau wie die der ZUP.«

»Wie wollen wir vorgehen?«, fragte Butler.

»Tja, einen richtigen Plan habe ich auch nicht«, gab der Commander zu. »Sobald wir um die Ecke sind, werden wir von den Kameras erfasst. Also ab durch den Flur, so schnell wie möglich, und alles niederschlagen, was sich in den Weg stellt. Waffen werden konfisziert. Mulch, Sie bleiben hier und erweitern den Tunnel. Es könnte sein, dass wir schnell von hier verschwinden müssen. Alles klar?«

Holly streckte die Hand aus. »Meine Herren, es war mir ein Vergnügen.«

Root und Butler schlugen ein. »Danke, gleichfalls.«

Unsere drei nahezu unbewaffneten Helden liefen den Flur entlang. Gegen zweihundert Kobolde. Es würde eng werden.

Allerheiligstes, Koboi Laboratorien

»Eindringlinge«, quiekte Opal Koboi begeistert. »Hier in der Firma!«

Cudgeon stürzte hinüber zum Plasmabildschirm. »Sieht aus, als wäre es Julius. Erstaunlich. Anscheinend hat Ihr Killerteam etwas übertrieben, General Sputa.«

Wütend leckte Sputa sich über die Augen. Lieutenant Nyle würde seine Haut verlieren, und zwar noch vor der Häutungszeit.

Cudgeon flüsterte Opal ins Ohr. »Können wir die DNS-Kanonen wieder aktivieren?«

Die Wichtelin schüttelte den Kopf. »Nicht sofort. Sie sind bereits auf Kobold-DNS umprogrammiert. Es würde zu lange dauern.«

Cudgeon wandte sich an die drei B'wa-Kell-Generäle. »Schicken Sie eine bewaffnete Einheit von hinten und eine von der Seite. Wir schnappen sie uns vor der Tür. Die kommen hier nicht raus.«

Hingerissen starrte Cudgeon auf den Plasmabildschirm. »Das läuft ja noch besser als geplant. Jetzt, Julius, mein alter Freund, kann ich mich endlich rächen.«

Artemis meditierte. Dies war der richtige Moment, um sich zu konzentrieren. Er saß im Schneidersitz auf einem Felsen und spielte im Geist die verschiedenen Rettungsstrategien durch, die sie einsetzen könnten, wenn sie erst in Russland waren. Gelang es der Mafija, die Übergabe vorzubereiten, bevor er dort war, konnte nur noch ein Plan funktionieren. Und der war sehr riskant. Artemis wühlte tiefer in seinem Hirn. Es musste noch einen anderen Weg geben.

Ein kräftiges Tuten aus dem Titanpfeiler riss ihn aus seinen Gedanken. Es klang wie ein lang gezogener Fagottton. Zwergengas, nahm er an. Der Pfeiler hatte eine ganz beachtliche Akustik.

Was er brauchte, war ein Geistesblitz. Ein kristallklarer Gedanke, der durch den Nebel fuhr, in dem er hockte, und für freie Sicht sorgte.

Acht Minuten später wurde Artemis erneut unterbrochen. Diesmal war es kein Zwergengas, sondern ein Hilfeschrei. Mulch Diggums steckte entweder in Schwierigkeiten oder er hatte sich verletzt.

Artemis wollte gerade Butler bitten, sich darum zu kümmern, als ihm einfiel, dass sein Leibwächter gar nicht da war, sondern den Elfen half, Erdland zu retten. Er musste wohl selbst etwas tun. Zögernd steckte er den Kopf in den Pfeiler. Darin war es so dunkel wie in einem alten Stiefel, und doppelt so muffig. Ein ZUP-Helm war angesagt. Schnell holte er sich einen aus dem Shuttle, und nach kurzem Herumprobieren gelang es ihm, Beleuchtung und Verschluss zu aktivieren.

»Mulch? Sind Sie da oben?«

Keine Antwort. Konnte es eine Falle sein? War es möglich, dass er, Artemis Fowl, kurz davor war, auf einen uralten Trick hereinzufallen? Durchaus möglich, dachte er. Trotzdem konnte er das behaarte kleine Wesen nicht einfach seinem Schicksal überlassen. Irgendwie war ihm Mister Diggums seit der Begegnung in Los Angeles wider besseres Wissen ans Herz gewachsen. Artemis erschauerte. Das passierte ihm immer häufiger, seit seine Mutter wieder gesund war.

Er kletterte in die Röhre und machte sich auf den Weg zu dem runden Lichtfleck über ihm. Der Gestank war unerträglich. Seine Schuhe waren hin, und keine Reinigung der Welt würde den Schulblazer von St. Bartleby's retten können. Hoffentlich saß Mulch wirklich in der Klemme, sonst ...

Als er oben ankam, fand er den Zwerg zusammengekrümmt und mit schmerzverzerrtem Gesicht auf dem Boden vor.

»Was ist los?«, fragte er, nahm den Helm ab und kniete sich neben Mulch.

»Akute Verstopfung«, ächzte der Zwerg. Schweißperlen liefen ihm über die Barthaare. »Irgendwas Hartes, das ich nicht kleinkriege.«

»Was kann ich tun?«, fragte Artemis, obwohl er sich vor der Antwort fürchtete.

»Mein linker Stiefel. Zieh ihn mir aus.«

»Den Stiefel?«

»Ja«, heulte der Zwerg, starr vor Schmerz. »Runter damit!«

Artemis konnte sich einen erleichterten Seufzer nicht verkneifen. Er hatte mit Schlimmerem gerechnet. Er legte den Fuß des Zwergs auf seinen Schoß und begann, die Schnürsenkel zu lösen. »Schöne Stiefel«, bemerkte er.

»Vom Rodeo Drive«, japste Mulch. »Nun mach schon.«

»'tschuldigung.«

Der Stiefel glitt ab, und darunter kam ein nicht ganz so eleganter Socken mit Zehenloch und Stopfstellen zum Vorschein.

»Den kleinen Zeh«, sagte Mulch, die Augen vor Schmerz geschlossen.

»Was ist damit?«

»Drück auf das Gelenk. Kräftig.«

Auf das Gelenk drücken. Musste wohl was mit Reflexzonen zu tun haben. Jedem Körperteil entsprach eine Zone am Fuß, die Füße waren also quasi die Tastatur des Körpers. Wurde im Orient schon seit Jahrhunderten praktiziert.

»Bitte, wenn Sie meinen.«

Artemis umschloss Mulch Diggums' behaarten Zeh mit Zeigefinger und Daumen. Vielleicht war es nur Einbildung, aber ihm schien, als wichen die Haare zur Seite, um ihm Platz zu machen.

»Drücken«, ächzte der Zwerg. »Warum drückst du denn nicht?«

Artemis drückte nicht, weil seine Augen auf den Lauf eines Lasergewehrs schielten, der sich ihm mitten in die Stirn bohrte.

Lieutenant Nyle, der das Gewehr hielt, konnte sein Glück kaum fassen. Er hatte ganz allein zwei Eindringlinge gefasst und obendrein noch ihr Schlupfloch entdeckt. Wer sagt, dass Drückebergerei keine Vorzüge hat? Diese Revolution lohnte sich für ihn ja richtig. Wenn das so weiterging, wäre er noch vor seiner dritten Häutung Colonel.

»Aufstehen«, befahl er, blaue Flammen hechelnd. In Artemis' Ohren klang es trotz des Übersetzungsgeräts reptilisch. Er erhob sich langsam, Mulch Diggums' Fuß noch immer in der Hand. Die Poklappe des Zwergs war noch offen.

»Was ist denn mit dem?« Nyle beugte sich vor, um Mulch genauer zu betrachten.

»Hat was Falsches gegessen«, sagte Artemis und drückte auf das Zehgelenk.

Die prompt folgende Explosion haute den Kobold glatt um und schleuderte ihn den Flur hinunter – ein Anblick, wie man ihn nicht jeden Tag zu sehen bekommt.

Mulch sprang auf die Füße. »Danke, Junge. Ich hab schon gedacht, ich müsste den Löffel abgeben. Muss irgendwas Hartes gewesen sein, Granit vielleicht oder Diamant.«

Artemis nickte nur. Die Sache hatte ihm die Sprache verschlagen.

»Diese Kobolde sind sowas von blöd. Hast du dir sein Gesicht angeschaut?«

Artemis schüttelte den Kopf, noch immer stumm.

»Na, dann versuch's jetzt mal!«

Dieser taktlose Humor riss Artemis aus seiner Benommenheit. »Der Kerl war doch bestimmt nicht allein.«

Der Zwerg knöpfte seine Poklappe zu. »Nein, vorher ist 'ne ganze Truppe von denen vorbeimarschiert. Unser Spezi hat wahrscheinlich versucht, sich zu drücken. Typisch Kobold.«

Artemis rieb sich die Schläfen. Es musste doch irgendetwas geben, was er tun konnte, um seinen Freunden zu helfen. Schließlich hatte er den höchsten je getesteten IQ in Europa, Himmel noch mal. »Mulch, ich habe eine wichtige Frage an Sie.«

»Nur zu, schließlich stehe ich ja wohl in deiner Schuld.«

Artemis legte den Arm um die Schulter des Zwergs. »Ich weiß, wie Sie in die Firma Koboi reingekommen sind. Aber Sie konnten nicht denselben Weg zurücknehmen, wegen der Magmawoge. Wie sind Sie also rausgekommen?«

Mulch grinste. »Ganz einfach. Ich habe Alarm ausgelöst und bin dann in der ZUP-Uniform rausspaziert, die ich mitgebracht hatte.«

Artemis verzog das Gesicht. »Das nützt uns nichts. Es muss einen anderen Weg geben. Es muss.«

Die DNS-Kanonen waren offensichtlich außer Betrieb. Root verspürte gerade einen Anflug von Optimismus, als er das Donnern herannahender Stiefel hörte.

»*D'Arvit!* Die haben uns bemerkt. Ihr zwei lauft weiter. Ich halte sie auf, so lange ich kann«, befahl er.

»Nein, Commander«, sagte Butler. »Bei allem Respekt, wir haben nur eine Waffe, und mit der kann ich wesentlich besser schießen als Sie. Ich schnappe sie mir, wenn sie um die Ecke biegen. Versuchen Sie in der Zwischenzeit, die Tür der Zentrale aufzukriegen.«

Holly öffnete den Mund, um zu widersprechen. Aber wer wagte das schon bei einem Mann von seinem Format? »Okay. Viel Glück. Falls Sie verwundet werden, bleiben Sie möglichst still liegen, bis ich wieder da bin. Sie wissen ja, Sie haben nur maximal vier Minuten.«

Butler nickte. »Ja, ich erinnere mich.«

»Und, Butler?«

»Ja, Captain?«

»Unser kleines Missverständnis letztes Jahr, als Sie und Artemis mich entführt hatten.«

Butler schaute verlegen an die Decke. Normalerweise hätte er seine Schuhspitzen angestarrt, aber Holly war im Weg. »Ja, ich wollte sowieso schon die ganze Zeit …«

»Vergessen Sie's einfach. Nach dieser Geschichte sind wir quitt.«

»Holly, setzen Sie sich in Bewegung«, befahl Root. »Und, Butler, lassen Sie sie nicht zu nah herankommen.«

Butler umfasste fest den Griff seiner Pistole. Er sah aus wie ein bewaffneter Bär. »Keine Sorge, wenn sie klug sind, bleiben die auf Abstand.«

Artemis kletterte auf einen Schwebekarren und klopfte an eine der Röhren, die unter der Decke des Flurs entlangliefen. »Die Dinger scheinen sich durchs ganze Gebäude zu ziehen. Was ist das, ein Belüftungssystem?«

Mulch schnaubte. »Schön wär's. Das ist die Plasmaleitung für die DNS-Kanonen.«

»Warum sind Sie nicht da durchgeklettert?«

»Weil in jedem Tropfen Plasma genug Ladung ist, um einen Troll zu grillen.«

Artemis legte die flache Hand an das Metall. »Und was ist, wenn die Kanonen nicht in Betrieb sind?«

»Sobald die Kanonen deaktiviert sind, ist das Plasma nur eine radioaktive Suppe.«

»Radioaktiv?«

Nachdenklich zupfte Mulch an seinem Bart. »Hmm, Julius meinte ja, die Dinger wären ausgeschaltet.«

»Gibt es eine Möglichkeit, das zu überprüfen?«

»Wir könnten das unknackbare Schloss dieser Klappe knacken.« Mulch strich mit den Fingern über die gewölbte Oberfläche. »Ah, hier haben wir's. Ein Minischlüsselloch. Für die Wartung der Kanonen. Selbst Plasma muss ab und zu wieder aufgeladen werden.« Er deutete auf ein winziges Loch im Metall. Es hätte ein Schmutzfleck sein können. »Jetzt kannst du einen Meister bei der Arbeit sehen.«

Der Zwerg schob eines seiner Barthaare hinein. Als die Spitze wieder zum Vorschein kam, riss er das Haar mitsamt der Wurzel aus. In dem Moment starb das Haar, verfiel in Totenstarre und behielt so die exakte Form der Innenseite des Schlosses bei.

Mit angehaltenem Atem drehte Mulch den selbst gemachten Schlüssel im Schloss. Die Klappe sprang auf. »Das, mein Junge, ist wahres Talent.«

Die Röhre war gefüllt mit einer sanft pulsierenden orangefarbenen Masse, in der hier und da Funken aufleuchteten. Das Plasma war so dickflüssig, dass es nicht heraustropfte, sondern seine zylindrische Form behielt.

Mulch musterte das wabbelige Gel. »Stimmt, ist ausgeschaltet. Wenn das Zeug aktiv wäre, hätten unsere Gesichter jetzt schon ganz hübsch Farbe.«

»Was ist mit den Funken?«

»Restladung. Das kitzelt ein bisschen, aber mehr nicht.«

Artemis nickte. »Dann mal los«, sagte er und setzte den Helm auf.

Mulch erbleichte. »Das ist doch wohl nicht dein Ernst, Menschenjunge! Hast du eine Ahnung, was passiert, wenn die Kanonen wieder eingeschaltet werden?«

»Ich versuche, nicht darüber nachzudenken.«

»Das ist wahrscheinlich auch besser so.« Der Zwerg schüttelte fassungslos den Kopf. »Also gut. Du hast dreißig Meter vor dir, und die Luft in deinem Helm reicht maximal für zehn Minuten. Lass die Filter geschlossen; die Luft wird zwar mit der Zeit etwas muffig, aber das ist immer noch besser, als Plasma in die Nase zu kriegen. Und hier, nimm das mit.« Er zog das erstarrte Haar aus dem Schlüsselloch.

»Wozu?«

»Nun, ich nehme an, dass du am anderen Ende wieder raus willst. Oder hattest du daran etwa nicht gedacht, Schlaukopf?«

Artemis schluckte. Nein, hatte er nicht. Um den Helden zu spielen, brauchte man mehr als blinden Mut.

»Aber sei vorsichtig, wenn du es reinschiebst. Denk dran, es ist Haar, kein Metall.«

»Verstanden.«

»Und lass die Scheinwerfer aus. Das Halogen könnte das Plasma reaktivieren.«

Artemis drehte sich der Kopf von all diesen lebenswichtigen Informationen.

»Und schäum dich ein, sobald du kannst. Die Strahlenschutzkanister sind blau. Stehen überall rum.«

»Blaue Kanister. Sonst noch was, Mister Diggums?«

»Na ja, da wären noch die Plasmaschlangen ...«

Artemis wären beinahe die Knie weggesackt. »Das ist doch nicht Ihr Ernst, oder?

»Nein«, gab Mulch zu. »War ein Scherz. Deine Reichweite dürfte etwa einen halben Meter betragen, also rechne etwa sechzig Schwimmzüge, und dann nichts wie raus.«

»Etwas weniger als ein halber Meter, schätze ich. Vielleicht dreiundsechzig Züge.« Er verstaute das Zwergenhaar in seiner Brusttasche.

Mulch zuckte die Achseln. »Wie du meinst, Junge. Es ist ja deine Haut. Dann mal rein mit dir.«

Der Zwerg verschränkte die Finger, und Artemis trat in den improvisierten Steigbügel. Gerade als er darüber nachzudenken begann, ob er es sich nicht doch noch anders überlegen sollte, schob Mulch ihn in die Röhre. Das orangefarbene Gel sog ihn auf und umschloss seinen Körper im Handumdrehen.

Wie ein lebendes Wesen wand sich das Plasma um ihn. Luftblasen blubberten aus seiner Kleidung. Ein Funke berührte ihn am Bein, und ein stechender Schmerz durchzuckte seinen Körper. Das nannte der Zwerg kitzeln?

Artemis blickte durch das Gel nach draußen. Mulch spornte ihn mit erhobenem Daumen an, ein breites Grinsen auf dem Gesicht. Wenn er hier lebend herauskam, beschloss Artemis, würde er den Zwerg auf seine Lohnliste setzen.

Blindlings begann er zu kraulen. Erster Zug, zweiter Zug ...

Der dreiundsechzigste schien noch sehr weit weg.

Butler legte die Sig Sauer an. Das Dröhnen der sich nähernden Schritte war jetzt ohrenbetäubend und hallte von den Wänden wider. Schatten reckten sich um die Ecke, ihren Besitzern voraus. Der Diener zielte, so gut es ging.

Ein Kopf erschien. Froschähnlich. Mit einer Zunge, die über die Augen leckte. Butler drückte ab. Die Kugel schlug ein melonengroßes Loch in die Wand oberhalb des Koboldkopfes, der sofort zurückgezogen wurde. Natürlich hatte Butler absichtlich danebengeschossen. Eingeschüchtert war immer besser als tot. Aber ewig konnte es nicht so weitergehen. Er hatte nur noch elf Schuss.

Die Kobolde wurden mutiger und wagten sich immer weiter vor. Irgendwann würde er einen erschießen müssen.

Der Diener beschloss, sich auf einen Nahkampf einzulassen. Leiser als ein Panther erhob er sich aus seiner Hockstellung und rannte den Flur hinunter, dem Feind direkt entgegen.

Auf der ganzen Erde gab es nur zwei Männer, die in den verschiedenen Kampfkünsten besser ausgebildet waren als Butler, und mit einem von ihnen war er verwandt. Der andere lebte auf einer Insel im Südchinesischen Meer und verbrachte seine Tage damit, zu meditieren und Palmen zu zerlegen. Die Kobolde konnten einem Leid tun.

Die B'wa Kell hatte zwei Wachen an der Tür zum Allerheiligsten postiert. Beide waren bis an die Zähne bewaffnet und dumm wie eine ganze Wagenladung Brot. Trotz wiederholter Warnungen nickten sie gerade unter ihren Helmen ein, als die Elfen um die Ecke gelaufen kamen.

»Guck mal«, murmelte der eine. »Elfen.«

»Hä?«, sagte der andere, der dümmere von beiden.

»Nicht wichtig«, sagte Nummer eins. »Die ZUP-Typen haben eh keine Waffen.«

Nummer zwei leckte sich über die Augen. »Schon, aber die sind immer so nervös.«

Genau in diesem Moment traf ihn Hollys Stiefel mit voller Wucht in die Brust und schleuderte ihn gegen die Wand.

»He«, beschwerte sich Nummer eins und hob sein Gewehr. »Das ist nicht fair.«

Sportliche Kicks waren nicht Roots Sache. Er rammte stattdessen den Wachposten mit seinem ganzen Körper gegen die Titantür.

»Na bitte«, keuchte Holly. »Zwei weniger. So schwer war das doch nicht.«

Eine etwas verfrühte Feststellung, wie sich zeigen sollte. Denn jetzt donnerte der Rest der zweihundert Mann starken B'wa-Kell-Schwadron auf sie zu.

»So schwer war das doch nicht«, äffte der Commander sie nach und ballte die Fäuste.

Artemis' Konzentration ließ nach. Die Funken schienen mehr zu werden, und jeder Schlag riss ihn aus seinem Rhythmus. Zweimal hatte er sich schon verzählt. Er war jetzt bei vierundfünfzig. Oder sechsundfünfzig. Die zwei Züge konnten über Leben oder Tod entscheiden.

Er kämpfte sich weiter vorwärts, einen Arm nach dem anderen, durch ein wogendes Meer aus Gel. Die Sicht war mehr oder weniger gleich null. Alles war orange. Und die einzige Bestätigung dafür, dass er sich überhaupt von der Stelle bewegte, waren die Vertiefungen auf Kniehöhe, wo das Plasma zu einer Kanone abgeleitet wurde.

Artemis machte einen letzten Armzug durch das Gel, die Lungen gefüllt mit verbrauchter Luft. Dreiundsechzig – das war's. Bald würden die Luftreiniger in seinem Helm nichts mehr nützen, und er würde nur noch Kohlendioxid einatmen.

Mit den Fingerspitzen tastete er das Innere der Röhre ab, auf der Suche nach dem Schlüsselloch. Auch jetzt halfen ihm seine Augen nicht. Er konnte nicht einmal den Helmscheinwerfer einschalten, weil das womöglich die Plasmasäule entzündet hätte.

Nichts. Keine Einkerbung. Er würde hier einsam sterben. Nie berühmt werden. Artemis spürte, wie sein Gehirn aussetzte, taumelnd in einen schwarzen Tunnel stürzte. Konzentrier dich, beschwor er sich. Ein Funke kam herangezuckt. Ein silberner Stern inmitten des Sonnenuntergangs. Träge schlängelte er sich durch die Röhre und beleuchtete im Vorübergleiten die Metallwand.

Da! Ein Loch. Das Loch, das er suchte. Wie ein betrunkener Schwimmer griff Artemis in seine Tasche und holte das Zwergenhaar heraus. Würde es funktionieren? Es war unwahrscheinlich, dass diese Klappe ein anderes Schloss hatte.

Vorsichtig schob Artemis das Haar in den Zylinder. Er blinzelte. War es drin? Es schien ihm so. Er war nur zu etwa sechzig Prozent sicher. Das würde reichen müssen.

Er drehte es herum, und die Klappe sprang auf. Vor seinem inneren Auge sah er wieder Mulchs Grinsen. Das, mein Junge, ist wahres Talent.

Es war gut möglich, dass sämtliche Feinde, die er in der Unterwelt hatte, unterhalb der Klappe auf ihn warteten, riesige Gewehre auf seinen Kopf gerichtet. Aber das war Artemis in diesem Moment ziemlich egal. Er wollte nur noch an die frische Luft und diesen verflixten Funkenschlägen entkommen.

Und so streckte er seinen Helm aus der Plasmamasse, klappte das Visier auf und genoss einen Atemzug, der gut sein letzter sein konnte. Er hatte Glück: Die Anwesenden blickten gebannt auf einen Bildschirm. Sie beobachteten gerade, wie seine Freunde um ihr Leben kämpften. Die hatten leider nicht so viel Glück wie er.

Es sind zu viele, dachte Butler, als er um die Ecke kam und fast einer ganzen B'wa-Kell-Armee gegenüberstand, die gerade ihre Waffen mit neuen Batterien versorgte.

Den Kobolden wiederum schossen bei Butlers Anblick Gedanken durch den Kopf wie: O Gott, es ist ein verkleideter Troll!, oder: Warum hab ich bloß nicht auf Mama gehört und mich von der B'wa Kell fern gehalten?

Dann nahm Butler Anlauf und flog geradewegs auf sie zu. Er landete auf ihnen wie der sprichwörtliche nasse Sack, nur wesentlich gezielter. Drei Kobolde waren im Land der Träume, bevor sie wussten, wie ihnen geschah. Einer schoss sich selbst in den Fuß, und mehrere andere ließen sich auf den Boden fallen und stellten sich bewusstlos.

Artemis verfolgte das Ganze auf dem Plasmabildschirm im Allerheiligsten, gemeinsam mit den anderen Zuschauern. Diese schienen sich allerdings prächtig zu unterhalten. Die Kobold-Generäle lachten und schnitten Grimassen, als Butler ihre Männer ausschaltete. Das war nicht weiter dramatisch. Im Gebäude befanden sich ja noch Hunderte von Kobolden, und der Raum galt als absolut sicher.

Artemis blieben nur Sekunden, um sich eine Strategie zu überlegen, und er hatte keine Ahnung, wie die Technik um ihn herum funktionierte. Seine Augen suchten die Wände und Tische unter ihm ab. Es musste doch etwas geben, was ihm helfen konnte.

Da. Auf einem kleinen Bildschirm an der Seite war Foaly zu sehen, eingeschlossen in der Kommandozentrale. Der Zentaur hatte doch bestimmt einen Plan, schließlich hatte er Zeit genug gehabt, sich etwas auszudenken. Artemis wusste, dass sich alle auf ihn stürzen würden, sobald er aus seinem Versteck herauskam. Sie würden ihn töten, ohne zu zögern.

Er wand sich aus der Röhre und plumpste mit einem satten Klatschen zu Boden. Seine voll gesogenen Kleider behinderten ihn beim Laufen. Aus dem Augenwinkel bekam er mit, wie die Köpfe sich zu ihm umwandten. Gestalten stürzten auf ihn zu, er wusste nicht, wie viele.

Unterhalb von Foalys Bild befand sich ein Mikrofon. Artemis drückte auf den Knopf. »Foaly!«, krächzte er. Plasmakleckse spritzten auf das Schaltpult. »Können Sie mich hören?«

Der Zentaur reagierte sofort. »Fowl? Was ist denn mit Ihnen passiert?«

»Fünf Sekunden, Foaly. Ich brauche einen Plan, sonst sind wir alle tot.«

Foaly nickte kurz. »Habe ich. Stellen Sie mich auf sämtliche Monitore.«

»Wie?«

»Drücken Sie auf den Konferenz-Schalter. Gelb. Ein Kreis mit Strahlen drumherum, wie die Sonne. Haben Sie ihn?«

Artemis hatte ihn gefunden und drückte darauf. Im selben Augenblick drückte ihn seinerseits etwas an der Schulter, und zwar ziemlich schmerzhaft.

General Scalene bemerkte die Gestalt, die aus der Plasmaröhre fiel, als Erster. Was war das? Ein Wichtel? Nein, bei allen Göttern, es war ein Mensch.

»Seht mal!«, entfuhr ihm mit einem Keckern. »Ein Oberirdischer.«

Die anderen reagierten nicht, sondern verfolgten gebannt das Spektakel auf dem Bildschirm.

Bis auf Briar Cudgeon. Ein Menschenwesen in ihrem Allerheiligsten – das konnte nur dieser Artemis Fowl sein. Er packte Scalene an den Schultern. »Töten Sie ihn!«

Jetzt wurden auch die anderen Generäle aufmerksam. Sie durften jemanden töten! Und noch dazu ohne dass für sie die leiseste Gefahr bestand. Sie würden es auf die altmodische Weise erledigen, mit Klauen und Feuerbällen.

Der Menschenjunge stolperte zu einem der Schaltpulte, und sie umringten ihn mit gierig heraushängenden Zungen. Sputa wirbelte den Oberirdischen herum. Zeit für ihn, seinem Schicksal ins Auge zu sehen.

Einer nach dem anderen ließen die Generäle Feuerbälle in ihrer Faust aufflammen und rückten ihrem Opfer auf die Pelle. Doch dann geschah etwas, das sie den Menschenjungen völlig vergessen machte. Auf allen Bildschirmen erschien Cudgeons Gesicht. Und das, was er sagte, gefiel den Anführern der B'wa Kell ganz und gar nicht.

»– Wenn die Lage der Ordnungshüter vollkommen verzweifelt erscheint, werde ich Opal anweisen, die ZUP-Waffen wieder zu aktivieren. Die B'wa Kell wird betäubt und für die ganze Geschichte verantwortlich gemacht werden, sofern es sie dann noch gibt, was ich bezweifle –«

Sputa wirbelte zu seinem Verbündeten herum. »Cudgeon! Was hat das zu bedeuten?«

Zischend und spuckend kamen die Generäle auf ihn zu. »Verrat, Cudgeon! Verrat!«

Cudgeon wirkte nicht allzu beunruhigt. »Stimmt«, sagte er. »Verrat.«

Cudgeon brauchte einen Moment, um zu begreifen, was passiert war. Foaly. Er musste ihr Gespräch irgendwie aufgezeichnet haben. Wie ärgerlich. Aber eins musste man dem Zentauren lassen: Er war findig.

Rasch lief Cudgeon zum Hauptrechner hinüber und schaltete die Bildschirmanlage aus. Es wäre gar nicht gut, wenn Opal den Rest davon zu hören bekam, vor allem den Teil über ihren tragischen Unfall. Er musste wirklich vorsichtiger sein mit seiner Angeberei. Egal. Noch lief alles nach Plan.

»Verrat!«, zischte Scalene.

»Stimmt«, gab Cudgeon zu. »Verrat.« Und fuhr fort: »Computer, DNS-Kanonen aktivieren. Autorisation: Cudgeon B. Alpha alpha zwei zwei.«

Hingerissen wirbelte Opal auf ihrem Schwebesessel herum und klatschte vor Begeisterung in die Hände. Briar mochte ja furchtbar hässlich sein, aber er war so herrlich böse.

Überall in der Firma Koboi richteten sich DNS-Kanonen in ihren Halterungen automatisch auf und führten einen Systemcheck durch. Von einem kleinen Leck im Allerheiligsten abgesehen war alles in Ordnung. Und so begannen sie ohne weitere Umstände ihrer Programmierung zu gehorchen und nahmen alles, was eine Kobold-DNS aufwies, mit einer Frequenz von zehn Schuss pro Sekunde aufs Korn.

Schnell – und, wie bei allem von Koboi, wirkungsvoll – war alles vorbei. Nach nicht einmal fünf Sekunden senkten sich die Kanonen wieder in ihre Halterungen. Auftrag erfüllt: zweihundert bewusstlose Kobolde im gesamten Gebäude verteilt.

▲▼▲

»Puh.« Mit einem Ächzen kletterte Holly über Reihen schnarchender Kobolde hinweg. »Das war knapp.«

»Das können Sie laut sagen«, stimmte Root ihr zu.

▲▼▲

Cudgeon versetzte dem schlafenden Sputa einen Tritt. »Wie du siehst, hast du überhaupt nichts erreicht, Artemis Fowl«, sagte er und zog seinen Redboy. »Deine Freunde sind draußen und du bist hier drin. Die Kobolde sind bewusstlos und werden in Kürze mit ein paar besonders reaktionsfreudigen Chemikalien einer Erinnerungslöschung unterzogen. Genau wie ich es geplant habe.« Er lächelte Opal zu, die über ihnen schwebte. »Genau wie wir es geplant haben.«

Opal erwiderte das Lächeln.

Unter anderen Umständen hätte Artemis sich einen bissigen Kommentar nicht verkneifen können, doch seine Gedanken waren zu sehr mit der Möglichkeit seines unmittelbar bevorstehenden Todes beschäftigt.

»Und nun werde ich ganz einfach die Kanonen auf

deine Freunde umprogrammieren, die ZUP-Waffen wieder einsatzfähig machen und die Weltherrschaft übernehmen. Und nichts und niemand kann mich daran hindern.«

So etwas sollte man natürlich nie sagen, schon gar nicht, wenn man ein Erzschurke ist. Damit beschwört man schließlich das Unheil nur herauf.

Butler stürmte den Flur entlang zu den beiden Elfen vor dem Allerheiligsten. Durch die Quartzscheibe in der Tür musste er mit ansehen, in welche prekäre Lage sich Artemis manövriert hatte. Wie sollte man seine Arbeit als Leibwächter erfüllen, wenn der eigene Schützling sozusagen von sich aus in die Schlangengrube sprang?

Butler spürte, wie Testosteron sich in seinen Adern staute. Diese Tür war alles, was ihn von Artemis trennte. Eine kleine Tür, dafür entworfen, Unterirdischen mit Strahlengewehren standzuhalten. Er trat ein paar Schritte zurück.

Holly wusste, was ihm durch den Kopf ging. »Lassen Sie's. Die Tür ist verstärkt.«

Butler antwortete nicht. Er hätte auch gar nicht antworten können, denn sein wahres Ich war versunken in einem Meer von Adrenalin, hinter der schützenden Rüstung seiner gewaltigen Körperkraft verborgen.

Mit lautem Brüllen stürmte Butler auf die Tür zu, sämtliche Energie auf das Dreieck seiner Schulter konzentriert. Die Aufprallwucht hätte ausgereicht, ein mittelgroßes Nilpferd umzuwerfen. Und die gegen Plasmastreuung und leichte körperliche Angriffe verstärkte Tür erwies sich als nicht Butler-sicher. Das metallene Türblatt zerknüllte wie Alufolie.

Butler hatte so viel Schwung, dass er quer über die Gummifliesen des Allerheiligsten segelte. Holly und Root folgten ihm, nachdem sie sich kurz gebückt hatten, um sich Softnose-Lasergewehre von den bewusstlosen Kobolden zu schnappen.

Cudgeon reagierte schnell und zog Artemis an sich. »Stehen bleiben, allesamt. Sonst töte ich den Menschenjungen.«

Doch Butler beachtete ihn nicht. Sein letzter bewusster Gedanke war gewesen, Cudgeon auszuschalten, und das war jetzt sein einziges Lebensziel. Mit ausgestreckten Fäusten rannte er auf ihn zu.

Verzweifelt hechtete Holly hinter Butler her und packte ihn am Gürtel. Doch er riss sie mit wie ein Hochzeitsauto eine Kette aus Blechdosen.

»Butler, bleiben Sie stehen«, ächzte sie.

Der Leibwächter ignorierte sie.

Mit aller Kraft stemmte Holly ihre Fersen in den Boden. *»Stehen bleiben!«*, wiederholte sie, diesmal mit dem hypnotisierenden Tonfall des *Blicks*.

Butler schien aufzuwachen, und schüttelte sein Höhlenmann-Ich ab.

»So ist es brav, Oberirdischer«, sagte Cudgeon. »Hören Sie auf, Captain Short. Wir werden sicher zu einer Einigung kommen.«

»Gehandelt wird nicht, Briar«, entgegnete Root. »Die Sache ist gelaufen, also lass den Menschenjungen los.«

Cudgeon drückte Artemis die Mündung des Redboy an die Schläfe. »Wenn ich hier was loslasse, dann eine Laserladung.«

Butlers schlimmster Albtraum war eingetreten. Sein Schützling befand sich in den Händen eines Psychopathen, der nichts mehr zu verlieren hatte. Und er konnte nichts dagegen unternehmen.

Ein Telefon klingelte.

»Ich glaube, das ist meins«, sagte Artemis automatisch.

Wieder ein Klingeln. Sein Handy, eindeutig. Erstaunlich, dass es überhaupt noch funktionierte, nach allem, was es durchgemacht hatte. Artemis klappte das Handy auf. »Ja?«

Alle standen reglos da. Keiner wusste, was er tun sollte.

Da warf Artemis das Handy Opal zu. »Für Sie.«

Die Wichtelin beugte sich auf ihrem Hochsitz hinunter, um das Gerät aufzufangen. Cudgeon rang nach Luft. Sein Körper wusste instinktiv, was kommen würde, auch wenn sein Gehirn noch nicht so weit war.

Opal hielt sich den kleinen Lautsprecher an ihr spitzes Ohr. »– Ich bitte Sie, Foaly«, hörte sie Cudgeons Stimme, »glauben Sie im Ernst, dass ich mir all diese Mühe mache, um die Macht am Ende zu teilen? Oh nein. Sobald diese Farce vorbei ist, wird Miss Koboi einen tragischen Unfall erleiden. Vielleicht auch mehrere –«

Opal wurde kreidebleich. »Du!«, kreischte sie.

»Das ist ein Trick!«, protestierte Cudgeon. »Die versuchen doch nur, uns gegeneinander aufzuhetzen.«

Doch seine Augen verrieten die Wahrheit.

Wichtel können trotz ihrer geringen Körpergröße ziemlich unangenehm werden. Sie lassen sich einiges gefallen, aber wenn sie explodieren, gehen sie hoch wie eine Rakete. Bei Opal Koboi war in diesem Moment offensichtlich der Countdown abgelaufen. Sie drückte auf die Schalter ihres Hoverboy und schoss im Sturzflug abwärts.

Cudgeon zögerte keine Sekunde. Er feuerte zwei Ladungen auf den Sessel ab, doch die verstärkte Polsterung des Rückenteils hielt stand.

Opal Koboi steuerte direkt auf ihren ehemaligen Partner zu. Als der Elf die Arme hob, um sich zu schützen, warf Artemis sich auf den Boden. Briar Cudgeon hingegen verfing sich in den Landekufen des Hoverboy und wurde von der wild gewordenen Wichtelin in die Luft katapultiert. Ineinander verhakt, wirbelten sie durch den Raum, prallten mehrfach von den Wänden ab und knallten schließlich mitten durch den Plasmabildschirm in die Zuleitungsröhre der Kanonen, wo Cudgeon im Plasma landete.

Zu seinem Pech war das Gel jetzt allerdings aktiv. Kein anderer als er selbst hatte es aktiviert. Doch diese Ironie des Schicksals entging ihm, als er von Millionen radioaktiver Plasmatentakeln gegrillt wurde.

Opal hingegen hatte Glück. Sie war vom Schwebesessel geschleudert worden und lag stöhnend auf den Gummifliesen.

Butler setzte sich sofort in Bewegung. Misstrauisch drehte er Artemis um und überprüfte, ob seinem Schützling etwas passiert war. Nur ein paar Kratzer. Nichts, was eine Hand voll blauer Funken nicht regeln konnte.

Holly sah nach Opal Koboi.

»Ist sie bei Bewusstsein?«, fragte Commander Root.

Blinzelnd öffnete Opal die Augen. Unauffällig versetzte Holly ihr einen Handkantenschlag gegen die Schläfe. »Nein«, erklärte sie dann mit Unschuldsmiene. »Die ist weggetreten.«

Root warf einen Blick auf das, was von Cudgeon übrig war. Bei dem jedenfalls war es überflüssig, Puls oder Atmung zu kontrollieren. Vielleicht sogar besser für ihn. Als Alternative hätten ihm bestimmt ein paar hundert Jahre in Howler's Peak gewinkt.

Auf einmal bemerkte Artemis eine Bewegung an der Tür. Es war Mulch. Grinsend winkte er ihnen zu, nur für den Fall, dass Julius die Sache mit den zwei Tagen Vorsprung vergessen hatte. Der Zwerg deutete auf einen blauen Kanister, der an der Wand befestigt war, und verschwand.

»Butler«, ächzte Artemis mit allerletzter Kraft. »Könnte mich bitte jemand einsprühen? Und können wir dann endlich nach Murmansk fliegen?«

Butler sah ihn verständnislos an. »Einsprühen? Womit?«

Holly nahm den Kanister mit Strahlenschutzspray vom Haken und löste den Sicherheitsverschluss. »Du gestattest!«, sagte sie grinsend. »Es ist mir ein Vergnügen.«

Innerhalb von Sekunden war Artemis von einem widerlich stinkenden Schaumstrahl eingehüllt. Er sah aus wie ein halb geschmolzener Schneemann. Holly lachte. Wer hatte noch gesagt, die Arbeit eines Hüters der Gerechtigkeit sei langweilig?

Kommandozentrale, Polizeipräsidium

In dem Moment, als das Plasma Cudgeon einhüllte, verursachte es auch einen Kurzschluss in seiner Fernsteuerung und mit einem Mal funktionierten die Computer in der Kommandozentrale wieder. Foaly aktivierte sofort alle Schläfer, die man bereits den straffällig gewordenen Kobolden unter die Haut gepflanzt hatte. Prompt war die Hälfte der B'wa Kell ausgeschaltet. Und als Foaly dann alle DNS-Kanonen des Präsidiums auf Betäubungsschüsse umprogrammiert hatte, war der Spuk innerhalb von Sekunden vorbei.

Captain Kelps erster Gedanke galt hingegen seinen Untergebenen. »Alle Mann Kontrollmeldung!« Sein Brüllen übertönte das entstandene Chaos. »Verluste?«

Die Truppenführer antworteten der Reihe nach und bestätigten, dass es keine Toten zu beklagen gab.

»Wir haben Glück gehabt«, bemerkte einer der Sanitätsmagier. »Im gesamten Gebäude ist kein Funken Magie mehr übrig. Nicht mal mehr ein MediPac. Der Nächste, den's erwischt hätte, wäre nicht zu retten gewesen.«

Als zweites wandte Trouble seine Aufmerksamkeit der Kommandozentrale zu. Er sah dabei richtig ungemütlich aus.

Foaly depolarisierte die Quartzscheibe und schaltete die Sprechanlage ein. »He, Jungs, wirklich, ich bin nicht der Bösewicht. Das war Briar Cudgeon. Ich hingegen habe euch gerade alle gerettet. War gar nicht so einfach, die Aufzeichnung eines Gesprächs an ein Handy zu schicken. Ihr solltet mir dafür einen Orden verleihen.«

Trouble ballte die Fäuste. »Ja, ja, Foaly, kommen Sie mir nur in die Hände, dann kriegen Sie schon Ihren Orden.«

Foaly war vielleicht nicht sehr geschickt im Umgang mit anderen, aber er erkannte eine kaum verhüllte Drohung, wenn er sie hörte. »Oh nein, ganz bestimmt nicht. Ich bleibe hier, bis Commander Root zurück ist. Er kann alles erklären.«

Der Zentaur schaltete die Scheibe wieder auf undurchsichtig und machte erst einmal einen Virencheck. Er würde keine Ruhe geben, bis er jede noch so winzige Spur von Opal Koboi gefunden und aus dem System getilgt hatte. Er und paranoid? Ha!

Kapitel 14
Vatertag

Murmansk, Nordrussland

Die Küstenlinie zwischen Murmansk und Severomorsk war zu einem Unterwasserfriedhof für die einst mächtige russische Flotte geworden. Mindestens einhundert Atom-U-Boote rosteten in der Kola-Bucht vor sich hin, und es gab kaum Warnschilder oder Patrouillen, um Neugierige fern zu halten. Die Gegend war so verstrahlt, dass man meinte, nachts das Glühen zu sehen und das Summen zu hören.

Eines dieser U-Boote war die *Nikodim*. Ein zwanzig Jahre altes Modell der Typhoon-Klasse mit verrosteten Leitungen und einem Leck im Reaktor. Keine gesunde Kombination. Und ausgerechnet hierhin hatte der Mafija-Boss Britwa seine Lakaien beordert, um die Übergabe von Artemis Fowl senior durchzuführen.

Kein Wunder, dass Michail Wassikin und Kamar alles andere als glücklich waren. Seit zwei Tagen hockten sie bereits in der Kapitänskajüte und wussten, dass sich mit jeder verstreichenden Minute ihr Leben weiter verkürzte.

Wassikin hustete. »Hörst du das? Mit mir ist was nicht in Ordnung. Das liegt an der Strahlung, ich sag's dir.«

»Das Ganze ist doch lächerlich«, knurrte Kamar. »Der junge Fowl ist dreizehn. Dreizehn! Er ist noch ein Kind. Wie soll ein Kind fünf Millionen Dollar auftreiben? Völlig verrückt.«

Wassikin setzte sich in seiner Koje auf. »Vielleicht auch nicht. Ich habe Geschichten über den Jungen gehört. Es heißt, er hätte magische Kräfte.«

Kamar schnaubte verächtlich. »Magische Kräfte? Ach, steck deine Birne doch gleich in den Reaktor, du Feigling.«

»Nein, ich habe einen Kontakt bei Interpol. Sie haben eine Akte über den Jungen. Dreizehn Jahre alt und eine Akte. Ich bin siebenunddreißig, und über mich gibt's immer noch keine Akte bei Interpol.« Der Russe klang enttäuscht.

»Eine Akte. Und was soll daran magisch sein?«

»Mein Kontaktmann schwört, dass der junge Fowl an verschiedenen Ecken der Erde gesehen wurde, am selben Tag und zur selben Zeit.«

Kamar ließ sich nicht beeindrucken. »Dein Kontaktmann ist noch feiger als du.«

»Glaub doch, was du willst. Aber ich bin froh, wenn ich lebend aus diesem verfluchten Boot herauskomme. So oder so.«

Kamar zog sich die Pelzmütze über die Ohren. »Gut, lass uns gehen. Es ist so weit.«

»Endlich«, seufzte Wassikin.

Die beiden Männer holten ihren Gefangenen aus der benachbarten Kabine. Angst, er könnte einen Fluchtversuch starten, hatten sie nicht. Wie denn auch, mit nur einem Bein und einem Sack über dem Kopf. Wassikin warf sich Fowl senior über die Schulter und kletterte die Leiter zum Kommandoturm hinauf.

Kamar nahm per Funk Kontakt zur Verstärkung auf. Hinter eisstarren Büschen und Schneewehen hatten sich die rund hundert Männer der Mafija versteckt. Zigarettenspitzen leuchteten wie Glühwürmchen in der Dunkelheit.

»Macht gefälligst die Zigaretten aus, ihr Trottel!«, fauchte Kamar sie über eine offene Frequenz an. »Es ist fast Mitternacht. Fowl kann jede Sekunde hier sein. Und denkt dran, keiner schießt, bevor ich nicht den Befehl dazu gebe. Dann schießen aber alle.«

Kamar konnte förmlich das Zischen hören, als die hundert Zigaretten in den Schnee geworfen wurden. Hundert Mann – eine kostspielige Aktion. Aber nur ein Tropfen im Ozean verglichen mit den zwanzig Prozent, die Britwa ihnen versprochen hatte.

Aus welcher Richtung dieser Fowl auch auftauchen mochte, er würde in ein tödliches Kreuzfeuer laufen. Weder für ihn noch für seinen Vater gab es einen Ausweg, während er und Wassikin sicher in dem stählernen Kommandoturm saßen.

Kamar grinste. Dann wollen wir doch mal sehen, ob du wirklich magische Kräfte besitzt, *irlandez.*

Holly beobachtete die Szene durch den hochauflösenden Nachtsichtfilter in ihrem Helm, während Butler sich mit einem ganz normalen Feldstecher begnügen musste.

»Wie viele Zigaretten haben Sie gezählt?«

»Über achtzig«, erwiderte Captain Short. »Könnten gut hundert Mann sein. Wer da reingeht, kommt nur liegend wieder raus.«

Root nickte. Ein taktischer Alptraum.

Sie hatten ihr Lager auf der gegenüberliegenden Seite der Bucht aufgeschlagen, hoch oben an einem schneebedeckten Hang. Der Rat hatte ihnen im Hinblick auf Artemis' soeben geleistete Dienste sogar Flügel bewilligt.

Foaly hatte über Artemis' Computer eine Mailabfrage gestartet und eine Nachricht vorgefunden: »Fünf Millionen US-Dollar. Die *Nikodim*. Murmansk. Am 14. um Mitternacht.« Kurz und aufs Wesentliche beschränkt. Was gab es auch sonst zu sagen? Sie hatten die Gelegenheit verpasst, sich Artemis senior zu schnappen, bevor er zum Übergabeort gebracht wurde, und jetzt hatte die Mafija das Heft in der Hand.

Sie versammelten sich um Butler, der mit einem Laserpointer ein Bild in den Schnee zeichnete.

»Ich nehme an, die Geisel wird hier festgehalten, im Kommandoturm. Um dorthin zu gelangen, müsste man das gesamte U-Boot entlanglaufen. Die haben hundert Mann rundherum versteckt, und wir haben keine Unterstützung aus der Luft, keine Daten der Satellitenerkundung und kaum Waffen.« Butler seufzte. »Tut mir Leid, Artemis, aber ich sehe einfach keine Möglichkeit.«

Holly ging in die Hocke, um sich die Zeichnung genauer anzusehen. »Einen Zeitstopp zu organisieren, würde Tage dauern. Der Sichtschild funktioniert wegen der Strahlung nicht, und wir kommen nicht nah genug heran, um den *Blick* einzusetzen.«

»Was ist mit den ZUP-Waffen?«, fragte Artemis, obwohl er die Antwort bereits kannte.

Root kaute auf einer kalten Zigarre herum. »Darüber haben wir doch schon gesprochen, Artemis. Wir haben so viel Schusskraft, wie Sie nur wollen, aber wenn wir loslegen, ist Ihr Vater das erste Opfer. Das ist bei Entführungen immer so.«

Artemis zog sich den ZUP-Parka enger um den Hals und starrte auf die grobe Zeichnung. »Und wenn wir ihnen das Geld geben?«

Foaly hatte ihnen die fünf Millionen in kleinen Scheinen auf einem seiner alten Drucker fertig gemacht und sogar einen Trupp Feenmänner dazu abkommandiert, sie ein wenig zu zerknüllen.

Butler schüttelte den Kopf. »So funktioniert das bei diesen Leuten nicht. Solange Mister Fowl lebt, ist er ein potentieller Feind. Er muss sterben, so oder so.«

Artemis nickte langsam. Es gab tatsächlich keinen anderen Weg. Er würde umsetzen müssen, was er sich während der Warterei unterhalb des Firmensitzes von Koboi Laboratorien ausgedacht hatte. »Also gut«, sagte er. »Ich habe einen Plan. Aber er wird Ihnen ein wenig gewagt vorkommen.«

Das Klingeln von Michail Wassikins Handy durchbrach die eisige Stille. Vor Schreck wäre Wassikin fast durch den Lukendeckel gestürzt. »*Da?* Was gibt's? Ich bin beschäftigt.«

»Hier Fowl«, sagte eine Stimme, kälter als arktisches Packeis, in makellosem Russisch. »Es ist Mitternacht. Ich bin da.«

Michail schwang herum und suchte mit seinem Feldstecher die Umgebung ab.

»Wo? Ich sehe nichts.«

»Nah genug.«

»Wie sind Sie an diese Nummer gekommen?«

Ein Lachen schepperte durch den Lautsprecher. Das Geräusch ließ Wassikins Plomben erbeben.

»Ich kenne jemanden, der hat alle Nummern.«

Michail holte tief Luft, um sich zu beruhigen. »Haben Sie das Geld?«

»Natürlich. Haben Sie die Ware?«

»Direkt neben mir.«

Wieder dieses kalte Lachen. »Alles, was ich sehe, ist ein fetter Trottel, eine Ratte und jemand mit einem Sack über dem Kopf. Es könnte schließlich jeder sein. Ich zahle nicht fünf Millionen für Ihren Cousin Juri.«

Wassikin duckte sich hinter den Rand des Kommandoturms. »Fowl beobachtet uns!«, zischte er Kamar zu. »Bleib unten.«

Kamar lief hastig zur anderen Seite des Turms und griff nach dem Funkgerät. »Er ist hier. Fowl ist hier. Sucht die Gegend ab.«

Wassikin nahm das Handy wieder ans Ohr. »Dann kommen Sie her und überzeugen sich selbst.«

»Ich habe von hier aus alles sehr gut im Blick. Nehmen Sie ihm den Sack ab.«

Michail legte die Hand über die Muschel. »Er will, dass ich ihm den Sack abnehme. Was soll ich tun?«

Kamar seufzte. Langsam war es ja wohl klar, wer von ihnen beiden mehr im Kopf hatte. »Tu's einfach. Was soll's? In fünf Minuten sind sie sowieso beide tot.«

»Okay, Fowl. Ich nehme ihm den Sack ab. Das Gesicht, das Sie gleich sehen werden, ist das Ihres Vaters.« Der massige Russe lehnte den Gefangenen gut sichtbar gegen die Luke des Turms und zog ihm mit einer Hand den Sack vom Kopf.

Am anderen Ende der Leitung schnappte jemand hörbar nach Luft.

Durch das Zoom seines geliehenen ZUP-Helms kam es Artemis so vor, als wäre der Kommandoturm nur einen Meter entfernt. Unwillkürlich entfuhr ihm ein Schnaufer, als Wassikin dem Unbekannten den Sack vom Kopf zog.

Es war sein Vater. Deutlich verändert, aber immer noch erkennbar. Artemis Fowl der Erste, ganz ohne Zweifel.

»Nun«, fragte der Russe an seinem Ohr. »Ist er es?«

Artemis bemühte sich, das Zittern in seiner Stimme zu unterdrücken. »Ja«, sagte er. »Er ist es. Glückwunsch. Sie haben da eine recht wertvolle Geisel.«

Im Kommandoturm reckte Wassikin triumphierend den Daumen in die Luft. »Er ist es«, flüsterte er. »Wir sind reich!«

Doch Kamar teilte seinen Jubel nicht. Er würde erst feiern, wenn er die Scheine in der Hand hatte.

Butler stützte die Farshoot Neutrino, die er aus dem Arsenal der ZUP ausgewählt hatte, auf dem Dreibein ab. Fünfzehnhundert Meter. Kein leichter Schuss. Aber es war windstill, und Foaly hatte ihm ein Zielfernrohr gegeben, das ihm die Arbeit fast abnahm. Das Fadenkreuz war auf den Oberkörper von Artemis Fowl senior gerichtet.

Er holte tief Luft. »Artemis, sind Sie sicher? Das hier ist riskant.«

Artemis antwortete nicht, sondern vergewisserte sich zum hundertsten Mal, dass Holly in Position war. Natürlich war er nicht sicher. Bei einem Täuschungsmanöver wie diesem konnten tausend Dinge schief gehen, aber was blieb ihm anderes übrig?

Er nickte. Nur einmal.

Butler drückte ab.

Der Schuss traf Artemis senior in die Schulter. Er wirbelte herum und fiel gegen den überraschten Wassikin.

Der Russe heulte auf vor Empörung und hievte den blutenden Iren wütend über den Rand des Kommandoturms. Artemis senior glitt am Rumpf hinab und brach durch die dünne Eisdecke, die das U-Boot umgab.

»Er hat ihn erschossen«, heulte der *chuligany*. »Der Teufel hat seinen eigenen Vater erschossen.«

Kamar war fassungslos. »Du Idiot!«, bellte er. »Du hast gerade unsere Geisel über Bord geworfen!« Er spähte hinunter in das schwarze Loch im Eis. Außer ein paar Luftblasen war da keine Spur mehr von dem *irlandez*.

»Spring doch hinterher und fisch ihn raus, wenn du willst«, erwiderte Wassikin beleidigt.

»War er tot?«

Wassikin zuckte die Achseln. »Kann sein. Er hat stark geblutet. Und wenn die Kugel ihn nicht erledigt, tut es das Wasser. Egal, ist schließlich nicht unsere Schuld.«

Kamar fluchte inbrünstig. »Ich glaube kaum, dass Britwa das auch so sehen wird.«

»Britwa«, sagte Wassikin tonlos. Die einzige Sprache, die der *menidhzer* verstand, war Geld. »O Gott. Wir sind so gut wie tot.«

Das Handy, das auf dem Boden lag, gab seltsame Geräusche von sich. Artemis junior war immer noch in der Leitung.

Michail hob das Handy auf, als wäre es eine Granate. »Fowl? Sind Sie noch dran?«

»Ja.«

»Sie verrückter Teufel! Was haben Sie getan? Ihr Vater ist so gut wie tot. Ich dachte, wir hätten eine Vereinbarung!«

»Die haben wir auch. Aber eine etwas andere. Sie können sich Ihr Geld immer noch verdienen.«

Michails Panik flaute ab und er begann gebannt zuzuhören. Gab es womöglich einen Ausweg aus diesem Albtraum?

»Das Letzte, was ich gebrauchen kann, ist, dass mein Vater nach Hause kommt und mir alles kaputtmacht, was ich in den letzten zwei Jahren aufgebaut habe.«

Michail nickte. Das klang vollkommen logisch.

»Also musste er sterben. Um sicher zu sein, wollte ich selbst dabei sein. Aber ich könnte Ihnen immer noch eine Kleinigkeit dalassen.«

Wassikin traute sich kaum zu atmen. »Was denn für eine Kleinigkeit?«

»Das Lösegeld. Die ganzen fünf Millionen.«

»Und warum sollten Sie das tun?«

»Sie kriegen das Geld und lassen mich unbehelligt nach Hause fahren. Einverstanden?«

»Einverstanden.«

»Gut. Dann schauen Sie jetzt mal zur anderen Seite der Bucht.«

Michail blickte hinüber. Oben auf dem schneebedeckten Hang brannte ein Leuchtsignal.

»An dem Signal ist ein Aktenkoffer befestigt. Das Feuer geht in zehn Minuten aus. An Ihrer Stelle würde ich zusehen, dass ich vorher da hinkomme. Sonst könnte es nämlich Jahre dauern, bis Sie den Koffer finden.«

Wassikin machte sich nicht einmal die Mühe, die Verbindung zu unterbrechen, sondern ließ das Handy einfach fallen und rannte los. »Das Geld«, rief er Kamar zu. »Da oben, bei dem Leuchtsignal.«

Kamar folgte ihm auf den Fuß und brüllte Befehle in sein Funkgerät, während er lief. Einer von ihnen musste an das Geld herankommen. Wen kümmerte ein ertrinkender *irlandez*, wenn da oben fünf Millionen Dollar warteten?

Kaum war der Schuss auf Artemis senior gefallen, hatte Root Holly das Startzeichen gegeben. »Los!«, befahl er.

Captain Short warf ihre Flügel an und sprang vom Hang in die Tiefe. Was sie da taten, verstieß natürlich gegen sämtliche Vorschriften, aber nachdem er ihn beinahe wegen Hochverrats verurteilt hatte, war der Rat gewillt, Foaly die Zügel ein wenig länger zu lassen. Die einzige Bedingung war, dass der Zentaur die ganze Zeit über im Funkkontakt mit ihnen blieb und alle Mitglieder der Truppe mit ferngesteuerten Brandsätzen ausgestattet waren, damit sie und die ganze Elfentechnik im Fall einer Gefangennahme oder Verletzung zerstört werden konnten.

Holly verfolgte die Geschehnisse auf dem U-Boot durch ihr Visier und beobachtete wie die Kugel Artemis senior in die Schulter traf und ihn gegen den größeren der beiden Russen schleuderte. Blut leuchtete rot in ihrem Sichtfeld auf. Es war trotz allem warm genug, um von ihrem Thermofilter registriert zu werden. Holly musste zugeben, dass es beeindruckend wirkte. Vielleicht würde Artemis' Plan tatsächlich funktionieren. Vielleicht fielen die Russen darauf herein. Schließlich sahen Oberirdische meist nur, was sie sehen wollten.

Dann jedoch ging alles schief.

»Er ist im Wasser!«, rief Holly in ihr Helmmikro und schaltete die Flügel auf höchste Stufe. »Noch lebt er, aber nicht mehr lange, wenn wir ihn da nicht rauskriegen.«

Lautlos schoss sie über das schimmernde Eis, die Arme vor der Brust gekreuzt, um den Luftwiderstand zu minimieren. Sie bewegte sich zu schnell, um für menschliche Augen erkennbar zu sein; sie hätte ein Vogel sein können oder ein Seehund, der durch die Wellen brach. Der Umriss des U-Boots kam näher.

Die beiden Russen verließen die *Nikodim* so überstürzt, dass sie vor Hast beinahe von der Turmleiter abgerutscht wären. Am Ufer dasselbe: Männer brachen aus ihrer Deckung und stolperten hastig durch das gefrorene Gebüsch. Der Commander musste das Leuchtsignal gezündet haben. Die Menschenwesen waren wie verrückt nach dem kostbaren Geld, das sich jedoch innerhalb von zweiundsiebzig Stunden in Nichts auflösen würde. Zeit genug, es ihrem Boss zu übergeben – der sich vermutlich nicht besonders freuen würde, wenn es dann spurlos verschwand.

Geduckt glitt Holly am Rumpf des U-Boots entlang, durch Overall und Helm vor der Strahlung geschützt, bis sie am Kommandoturm angelangt war, der ihr vom Nordufer aus Deckung bot. Sie nahm Gas weg und schwebte über dem Eisloch, in das der Oberirdische gefallen war. Der Commander sagte irgendetwas in ihren Helmlautsprecher, doch Holly antwortete nicht. Sie hatte einen Auftrag zu erfüllen und keine Zeit zum Plaudern.

Elfen hassen Kälte. Sie verabscheuen sie. Manche haben einen solchen Widerwillen gegen kalte Temperaturen, dass sie nicht einmal Eiskrem essen. Auch nur einen Zeh in das eisige, radioaktiv verstrahlte Wasser zu tauchen, war das Letzte, worauf Holly jetzt Lust hatte. Aber was blieb ihr anderes übrig? »*D'Arvit*«, fluchte sie und sprang hinein.

Die Mikrofasern ihres Overalls dämpften die Kälte, konnten sie jedoch nicht völlig vertreiben. Holly wusste, dass sie nur wenige Sekunden Zeit hatte, bevor der Temperaturabfall ihre Reaktionen verlangsamen und ihren Körper in einen Schockzustand versetzen würde.

Der bewusstlose Mensch unter ihr war bleich wie ein Gespenst. Holly fingerte am Regler ihrer Flügel. Zu viel Gas, und sie würde zu tief abtauchen, etwas zu wenig, und sie käme nicht an ihn heran. Und bei diesen Temperaturen blieb ihr nur der eine Versuch.

Vorsichtig gab sie Gas. Der Motor brummte einmal auf und beförderte sie zehn Faden abwärts. Perfekt. Sie packte Fowl senior am Gürtel und befestigte ihn an ihrem Moonbelt, wo er schlaff wie eine Puppe hing. Er brauchte Magie, und zwar so schnell wie möglich.

Holly blickte nach oben. Es schien ihr so, als habe die Eisdecke bereits wieder begonnen, sich zu schließen. Was sollte denn noch alles schief gehen? Sie hörte den Commander in ihr Ohr brüllen, doch sie schaltete auf Durchzug und konzentrierte sich ganz darauf, wieder ins Trockene und auf festen Boden zu kommen.

Eiskristalle spannten sich über dem Loch wie Spinnweben. Das Meer schien entschlossen, sie bei sich zu behalten.

So weit kommt's noch, dachte Holly, richtete sich auf, Helm nach oben, und gab Vollgas. Sie brachen durch das Eis, flogen im hohen Bogen durch die Luft und landeten auf dem rauen Bug des U-Boots.

Das Gesicht des Menschenmannes war so weiß wie die Landschaft ringsumher. Holly beugte sich wie ein Raubtier über seine Brust und legte die angebliche Wunde frei. Auf dem Deck war Blut, aber es stammte von Artemis junior. Sie hatten den Verschluss einer Hydrosionspatrone geöffnet und sie zur Hälfte mit Blut aus Artemis' Arm gefüllt. Beim Aufprall hatte der Spritzer Artemis senior aus dem Gleichgewicht gebracht und die leuchtend rote Flüssigkeit in der Luft verteilt. Sehr überzeugend. Dass er danach in das eisige Wasser geschubst worden war, hatte allerdings nicht zu ihrem Plan gehört.

Das Geschoss war zwar nicht in die Haut eingedrungen, aber Mister Fowl war noch nicht außer Lebensgefahr. Hollys Thermofilter zeigte ihr, dass sein Herzschlag gefährlich langsam und schwach war. Sie legte ihre Hände auf seine Brust. »Heile«, flüsterte sie. »Heile.«

Und die Magie floss hinunter in ihre Fingerspitzen.

Artemis hatte es nicht ertragen, Holly bei ihrem Rettungsversuch zuzusehen. Hatte er das Richtige getan? Was, wenn die Hydrosionspatrone seinen Vater ernsthaft verletzt hatte? Wie sollte er seiner Mutter je wieder in die Augen blicken?

»Oh nein«, stöhnte Butler.

Artemis war sofort an seiner Seite. »Was ist?«

»Ihr Vater ist im Wasser. Einer von den Russen hat ihn reingeworfen.«

Der Junge stöhnte. Das Wasser war genauso tödlich wie eine Kugel. Er hatte ja befürchtet, dass etwas passieren würde.

Root verfolgte ebenfalls den Rettungsversuch. »Okay, sie ist jetzt über dem Wasser. Haben Sie Sichtkontakt, Holly?«

Keine Antwort. Nur Rauschen in seinen Helmlautsprechern.

»Captain, hören Sie mich? Bitte melden.«

Nichts.

»Holly?«

Sie sagt nichts, weil es zu spät ist, dachte Artemis und wendete sich wieder ab. Sie kann nichts mehr tun, kann meinen Vater nicht mehr retten, und es ist alles meine Schuld.

Roots Stimme unterbrach seine Gedanken. »Die Russen hauen wirklich ab«, berichtete er. »Holly ist jetzt beim U-Boot, über dem Loch im Eis. Sie taucht unter. Holly, wie sieht's aus? Holly, bitte kommen, sagen Sie etwas.«

Nichts. Endloses Schweigen.

Dann brach Holly wie ein aufgezogener Spielzeugdelphin durchs Eis. Sie schoss in einem kurzen Bogen durch die arktische Nacht und landete dann mehr schlecht als recht auf dem Deck der *Nikodim*.

»Sie hat Ihren Vater«, rief der Commander aus.

Artemis setzte sich seinen geliehenen ZUP-Helm auf und wartete angespannt, endlich Hollys Stimme aus dem Lautsprecher zu vernehmen. Er zoomte das Bild in seinem Visier so weit heran, dass er meinte, seinen Vater berühren zu können, und schaute gebannt zu, wie Holly sich über ihn beugte und Magiefunken aus ihren Fingern schossen.

Nach einer Weile blickte Holly auf, direkt in Artemis' Augen, als wüsste sie, dass er zusah. »Ich hab ihn«, keuchte sie. »Der Menschenmann lebt. Es sieht ziemlich übel aus, aber er atmet.«

Artemis sank zu Boden, von Schluchzern der Erleichterung geschüttelt. Er weinte eine volle Minute, dann war er wieder er selbst. »Gut gemacht, Captain. Und jetzt nichts wie weg hier, bevor Foaly aus Versehen einen seiner Brandsätze aktiviert.«

Unten in den Eingeweiden der Erde lehnte der Zentaur sich vor seinem Schaltpult zurück. »Führen Sie mich nicht in Versuchung«, schmunzelte er.

Ein oder zwei Epiloge

Tara

Artemis beeilte sich zur St. Bartleby's School zurückzukommen. Dort musste er sein, wenn die Ärzte in Helsinki seinen Vater anhand des entsprechend ramponierten Passes identifizierten, den Foaly für ihn fabriziert hatte.

Holly hatte ihr Bestes getan, um dem verletzten Artemis Fowl senior zu helfen, hatte seine Brustwunde geheilt und sogar seinem blinden Auge die Sehfähigkeit zurückgegeben. Um das Bein wieder anzubringen, war es jedoch zu spät, zumal sie es ja ohnehin nicht hatten. Nein, Artemis senior brauchte gründliche medizinische Versorgung, und die musste irgendwo beginnen, wo sein Auftauchen halbwegs erklärbar war. Also war Holly Richtung Südwesten geflogen, nach Helsinki, und hatte den bewusstlosen Mann vor der Tür des Universitätskrankenhauses abgelegt. Einem Pförtner war der fliegende Patient aufgefallen, aber Holly hatte ihn einer Erinnerungslöschung unterzogen.

Wenn Artemis senior zu sich kam, würden die vergangenen zwei Jahre für ihn nur wie ein verschwommener Nebel sein, und seine letzte Erinnerung wäre eine glückliche: der Abschied von seiner Familie im Hafen von Dublin. Auch dies war Foaly und seiner ausgefeilten Erinnerungslöschtechnik zu verdanken.

»Wie wär's, wenn ich direkt bei Ihnen einziehe?«, hatte der Zentaur bei ihrer Rückkehr zum Polizeipräsidium gefrotzelt. »Ich könnte ja nebenbei ein bisschen bügeln.«

Artemis lächelte. Das tat er in letzter Zeit häufig. Sogar der Abschied von Holly war glatter gelaufen, als er gedacht hatte – immerhin hatte er Butler befohlen, auf Mister Fowl senior zu schießen, seinen eigenen Vater. Artemis erschauerte. Insbesondere dieser Teil seines Plans würde ihm noch einige schlaflose Nächte bereiten.

Es war Captain Holly Short, die sie nach Tara brachte. Sie ließ Artemis und Butler durch eine holographische Hecke hinaus. Es gab sogar eine holografische Kuh, die virtuelle Halme kaute, um die Menschen von jedem Gedanken an Unterirdische abzubringen.

Artemis trug seine Schuluniform, die dank der Elfentechnik auf wundersame Weise wiederhergestellt war. Er schnüffelte an dem Aufschlag. »Der Blazer riecht eigenartig«, bemerkte er. »Nicht unangenehm, aber eigenartig.«

»Er ist absolut sauber«, sagte Holly lächelnd. »Foaly musste ihn dreimal durch die Maschine laufen lassen, bis –«

»– bis er die Spuren von uns Oberirdischen raushatte«, beendete Artemis den Satz.

»Genau.«

Am Himmel hing der Vollmond, hell und genarbt wie ein Golfball. Holly spürte, wie seine Magie sie betörte. »Foaly wird übrigens in Anbetracht der Hilfe, die du uns geleistet hast, die Überwachung von Fowl Manor einstellen.«

»Gut zu wissen«, sagte Artemis.

»Ob das eine kluge Entscheidung ist?«

Artemis zögerte nur einen Moment. »Ja. Die Unterirdischen haben von mir nichts mehr zu befürchten.«

»Gut. Ein großer Teil des Rates wollte nämlich, dass du einer Erinnerungslöschung unterzogen wirst. Und bei der Löschung eines so großen Teils des Gedächtnisses hätte dein IQ bestimmt gelitten.«

Butler streckte die Hand aus. »Nun, Captain, ich schätze, ich werde Sie nicht wiedersehen.«

Holly schlug lächelnd ein. »Und wenn doch, ziehe ich bestimmt schneller.« Sie wandte sich zurück zur Elfenburg. »Ich mache mich wohl besser auf den Weg. Es wird bald hell, und ich möchte nicht ohne Sichtschild von einem Spionagesatelliten erwischt werden. Das Letzte, was ich gebrauchen kann, ist mein Foto im Internet, jetzt wo ich gerade erst wieder in die Aufklärung zurückversetzt worden bin.«

Butler stupste seinen Herrn sanft mit dem Ellbogen an.

»Oh, Holly … äh, Captain Short.« Äh? Artemis konnte nicht fassen, dass er »äh« gesagt hatte. Das war ja nicht mal ein Wort.

»Ja, Oberird … Artemis?«

Artemis blickte Holly dabei in die Augen, wie Butler ihn angewiesen hatte. Diese Geschichte mit der Höflichkeit war schwieriger, als er gedacht hatte. »Ich wollte … Ich meine … Was ich sagen wollte, ist …«

Ein weiterer Stupser von Butler.

»Danke. Ich verdanke Ihnen sehr viel. Durch Ihre Hilfe habe ich meine Eltern wieder. Und wie Sie das Shuttle geflogen haben, das war wirklich fantastisch. Und im Zug … Was Sie alles getan haben, hätte ich niemals …«

Noch ein Stupser. Diesmal, damit er mit dem Gefasel aufhörte.

»Na ja, Sie wissen schon, was ich meine.«

Auf Hollys Elfengesicht lag ein seltsamer Ausdruck, irgendwas zwischen Verlegenheit und, ja, es sah tatsächlich aus wie Freude.

Schnell riss sie sich wieder zusammen. »Vielleicht bin ich dir auch etwas schuldig, Menschenjunge«, sagte sie und zog ihre Pistole. Fast hätte Butler eingegriffen, beschloss dann jedoch, Holly zu vertrauen.

Sie nahm eine Goldmünze aus ihrem Gürtel und warf sie fünfzehn Meter in die Luft. Mit einer flüssigen Bewegung hob sie die Waffe und feuerte einen einzelnen Schuss ab. Die Münze wurde noch fünfzehn Meter höher gewirbelt und fiel dann zurück Richtung Erde. Es gelang Artemis, sie aus der Luft zu fangen. Der erste coole Moment in seinem jungen Leben.

»Guter Schuss«, sagte er. Die runde Metallscheibe hatte jetzt ein kleines Loch in der Mitte.

Holly streckte die Hand aus, an der noch immer die frische Narbe zu sehen war. »Wenn du nicht gewesen wärst, hätte ich bestimmt daneben geschossen. Kein mechanischer Finger bringt solche Genauigkeit zustande. Also sollte ich dir wohl auch danken.«

Artemis hielt ihr die Münze hin.

»Nein, behalte sie, als Erinnerung.«

»Als Erinnerung woran?«

Holly schaute ihm unverwandt in die Augen. »Daran, dass es tief unter den Schichten der Verschlagenheit einen Funken Anstand gibt. Vielleicht solltest du ihn ab und zu mal anpusten.«

Artemis schloss die Finger um die Münze. Sie fühlte sich warm an. »Ja, vielleicht.«

Über ihnen brummte ein kleiner Zweisitzer durch die Nacht. Artemis sah nach oben, und als er den Blick wieder senkte, war Holly verschwunden. Ein leichtes Hitzeflimmern lag über dem Gras.

»Auf Wiedersehen, Holly«, sagte er leise.

Der Bentley sprang beim ersten Drehen des Schlüssels an. Keine Stunde später kamen sie beim Eingangstor von St. Bartleby's an.

»Lassen Sie Ihr Handy eingeschaltet«, sagte Butler, während er ihm das Tor aufhielt. »Die Behörden in Helsinki dürften bald die Ergebnisse von Interpol haben. Dank Foaly ist die Akte Ihres Vaters wieder in deren Hauptrechner eingespeist worden.«

Artemis nickte und vergewisserte sich, dass sein Handy an war. »Versuchen Sie herauszufinden, wo Mutter und Juliet sich aufhalten, bevor die Neuigkeit offiziell wird. Ich habe keine Lust, sämtliche Badeorte in Südfrankreich abzuklappern.«

»Ja, Artemis.«

»Und überprüfen Sie, ob alle meine Konten gut versteckt sind. Vater muss ja nicht unbedingt erfahren, was ich in den letzten zwei Jahren so alles getrieben habe.«

Butler lächelte. »Sehr wohl, Artemis.«

Artemis ging ein paar Schritte auf das College zu, wandte sich dann jedoch noch einmal um. »Und Butler, eins noch. In der Arktis …«

Er brachte die Frage nicht über die Lippen, aber sein Leibwächter wusste, was ihm auf dem Herzen lag.

»Ja, Artemis«, sagte er sanft. »Sie haben das Richtige getan. Es war die einzige Möglichkeit.«

Artemis nickte und blieb am Tor stehen, bis der Bentley um die nächste Kurve verschwunden war. Von nun an würde sein Leben anders aussehen. Mit beiden Eltern im Haus würde er seine Aktivitäten sehr viel vorsichtiger planen müssen. Ja, er war es den Unterirdischen schuldig, sie für eine Weile in Ruhe zu lassen, aber Mulch Diggums … das war eine ganz andere Geschichte. So viele gesicherte Gebäude, und so wenig Zeit.

Büro des Schulpsychologen, St. Bartleby's School

Dr. Po war nicht nur immer noch in St. Bartleby's tätig, die kurze Phase der Ruhe vor Artemis schien ihm sogar ausgesprochen gut getan zu haben. Seine anderen Patienten waren vergleichsweise einfache Fälle. Jähzorn, Prüfungsstress oder exzessive Schüchternheit. Und das waren bloß die Lehrer.

Artemis ließ sich auf der Couch nieder, sorgfältig darauf bedacht, nicht aus Versehen auf den Schalter des Handys zu drücken.

Dr. Po nickte seinem Computer zu. »Der Direktor hat Ihre E-Mail an mich weitergeleitet. Charmant.«

»Tut mir Leid«, murmelte Artemis und stellte überrascht fest, dass es ihm tatsächlich Leid tat. Normalerweise kümmerte es ihn nicht, wenn er anderen Leuten Ärger bereitete. »Ich war in einer Phase der Verdrängung. Also habe ich meine Ängste auf Sie projiziert.«

Po musste sich ein Lachen verkneifen. »Ja, sehr gut. Genau, wie es im Buch steht.«

»Ich weiß«, sagte Artemis. Und das stimmte. Ein Kapitel in dem betreffenden Buch stammte nämlich von Dr. F. Roy Dean Schlippe.

Dr. Po legte seinen Füllhalter hin, was er bisher noch nie getan hatte. »Wie Sie wissen, haben wir unser letztes Thema noch nicht abgeschlossen.«

»Welches Thema war das noch gleich, Doktor?«

»Respekt. Beim letzten Mal haben wir über Respekt gesprochen.«

»Ah ja, ich erinnere mich.«

Po legte die Fingerspitzen aneinander. »Ich möchte, dass Sie so tun, als wäre ich genauso klug wie Sie, und mir eine ehrliche Antwort geben.«

Artemis dachte an seinen Vater, der in Helsinki im Krankenhaus lag, an Captain Short, die ihr Leben riskiert hatte, um ihm zu helfen, und natürlich an Butler, ohne den er nie aus Opal Kobois Firma herausgekommen wäre. Er blickte auf und sah, dass Dr. Po ihn anlächelte.

»Nun, junger Mann, haben Sie jemanden gefunden, der Ihres Respekts würdig ist?«

Artemis erwiderte das Lächeln. »Ja«, sagte er. »Ich glaube, das habe ich.«